DIS-MOI SI TU SOURIS

Ce livre est un ouvrage de fiction. Les noms, les personnages, les lieux,
les péripéties sont le fruit de l'imagination de l'auteur ou utilisés de manière fictive.
Toute ressemblance avec des événements, des lieux ou des personnes
ayant réellement existé serait fortuite.

L'édition originale de ce livre a été publiée
pour la première fois en anglais à New York, États-Unis,
par Poppy, une marque de Little, Brown and Co, Hachette Book Group,
1290 Avenue of the Americas, New York, NY10104, sous le titre *Not if I See You First*.

Loi n° 49-956 du 16 juillet 1949 sur les publications destinées à la jeunesse,
modifiée par la loi n° 2011-525 du 17 mai 2011

ISBN : 978-2-09-256327-4

Dépôt légal : juin 2016

ERIC LINDSTROM

DIS-MOI SI TU SOURIS

Traduit de l'anglais (États-Unis) par Anne Delcourt

Nathan

POUR TOUS CEUX QUI SAVENT AIMER,
ET EN PARTICULIER

SHANNON,
QUI M'A POUSSÉ À COMMENCER

RACHEL,
QUI M'A AIDÉ À TERMINER

SUSAN,
QUI ME FAIT TOUJOURS AVANCER

AVANCEZ SANS CRAINTE

PROLOGUE

Mon réveil sonne. Je l'éteins et j'appuie sur le bouton Audio, histoire d'être sûre, comme toujours. « Cinq heures cinquante-cinq », m'annonce la voix de Stephen Hawking.

J'ouvre la fenêtre et je tends la main à l'extérieur. Frais, brumeux mais pas trop humide. Ciel couvert, probablement. Je m'habille – soutien-gorge de sport, débardeur, chaussures de course – sans prendre la peine de vérifier quoi que ce soit, toutes mes affaires de sport étant noires.

En revanche, je choisis mon foulard. Je les inspecte tous du bout des doigts en touchant les étiquettes en plastique, et je sonde mon humeur du jour. Comme je me sens bizarrement perturbée ce matin, j'en prends un qui peut faire pencher la balance : celui en coton jaune avec des smileys brodés dessus. Je le noue sur mes yeux comme un bandeau, un smiley sur chaque œil.

Le soleil levant me réchauffe les joues ; le ciel doit être dégagé à l'est. Je ferme la porte d'entrée et glisse la clé froide dans ma chaussette. Quand l'allée devient goudronnée, je tourne à droite et je commence à courir.

Les trois pâtés de maisons qui me séparent du stade sont programmés dans mes pieds, mes jambes, mon équilibre. Au bout de sept ans, je connais chaque bosse, chaque fissure, chaque racine qui dépasse de ce trottoir. Je n'ai pas besoin de voir où je cours ; je le sens.

– Parker, *STOP* !

Je pile malgré mon élan, en agitant les bras comme au bord d'une falaise. Ce qui pourrait être le cas si un tractopelle était venu creuser un trou pendant la nuit.

– Vraiment désolée, Parker ! me lance Mme Reiche depuis le seuil de sa porte, de sa voix de mère de famille fatiguée.

Elle accourt en faisant tinter ses clés.

– Le frère de Lens est arrivé hier soir…

J'essaie de ne pas m'imaginer fonçant dans la portière de son van. J'avance les mains tendues jusqu'à ce qu'elles rencontrent du métal froid, humide de rosée.

– Pas la peine de le déplacer !

Je contourne le véhicule, en suivant des doigts la carrosserie lisse.

– Mais si, voyons ! Le passage sera libéré à ton retour.

Je retrouve le trottoir et je repars, tandis que le moteur du van gronde derrière moi. Au coin de la rue, j'attends que

Mme Reiche l'ait coupé pour écouter le bruit de la circulation. Comme je n'entends que le pépiement des oiseaux, je m'engage sur la chaussée.

Quand je touche la clôture grillagée de Gunther Field, je la longe sur la droite. Quatorze pas jusqu'au trou dans le grillage sur ma gauche. Je m'avance en tendant la main devant moi, au cas où, pour la première fois depuis des années, j'aurais mal évalué la distance. Je le traverse sans encombre, comme toujours.

Le stade fait plus de cent mètres de long. Si un quelconque obstacle a surgi depuis hier, j'ai peu de chance de le découvrir en un seul passage. C'est déjà de la folie de courir ici ; ça le serait encore plus de ne pas inspecter le terrain avant.

J'atteins la clôture du fond en cent quarante-deux pas, ma moyenne habituelle. Quelques minutes d'étirements et je suis assez échauffée. Soixante-quinze foulées à un bon rythme, puis environ vingt-cinq pas en marchant pour regagner l'autre clôture, et retour.

Après cinq longueurs, je passe au sprint.

Soixante foulées, vingt-cinq pas en marchant, et me voilà à l'autre extrémité. Un petit pas de côté pour compenser le phénomène de déportement. L'air est plus chaud qu'hier, sans un souffle de vent, mais j'ai senti sa fraîcheur sur mon visage en courant. Les pires chaleurs de l'été sont passées depuis des semaines.

Dix longueurs de sprint et j'ai fini. Après avoir traversé la rue, je repars en petites foulées pour refroidir mes muscles, puis je reviens au pas un peu avant l'allée des Reiche. J'ai entendu le van bouger, mais une fois qu'on a rencontré un problème, on met un moment à l'oublier. Parvenue de l'autre côté de l'allée, là où le niveau du sol remonte et redevient le trottoir, j'accélère de nouveau.

À l'instant où j'ouvre la porte, je sais qu'il y a quelque chose d'anormal. Je ne sens aucune odeur de cuisine. Même les jours où le petit déjeuner se limite aux céréales, il y a toujours du pain grillé. Les seuls bruits que je perçois dans la cuisine sont ceux de la maison endormie : le bourdonnement du réfrigérateur, le tic-tac de l'horloge de la cuisinière, ma respiration. Et, quand je la bloque pour mieux entendre, les battements de mon cœur.

En me dirigeant vers l'escalier, je bute sur une masse dans le couloir. Je m'accroupis et je découvre mon père allongé par terre, vêtu de son bas de pyjama et d'un tee-shirt.

– Papa ? Papa ! Ça va ?

– Parker, dit-il d'une voix curieusement normale, sans trace d'angoisse ni de douleur.

– Tu es tombé ? Qu'est-ce qui s'est passé ?

Il reprend, toujours avec la même voix, pas du tout comme s'il était étendu par terre au pied de l'escalier :

– Écoute-moi, Parker. Tout le monde a ses secrets. Tout le monde *est* un secret.

C'est là que je me réveille, comme toujours. Mais c'est exactement ce qui s'est produit dans les faits le 3 juin dernier, pendant la première semaine des vacances et quinze jours avant mon seizième anniversaire.

À part sur deux points. Un, j'ai vraiment failli foncer dans le van des Reiche, mais c'était à un autre moment, une quinzaine de jours plus tard. Et deux, mon père n'était pas étendu par terre au bas de l'escalier. Je l'ai trouvé dans son lit, et il était mort depuis des heures.

UN

Marissa sanglote. Pour changer.

– Et après, il… il… il n'a pas…

Sa voix grave sonne presque comme un grognement.

Pitoyable. C'est une fille intelligente, pourtant. Tant qu'il ne s'agit pas d'Owen.

– Vous ne pourriez pas lui parler?

Je ne réponds pas, et Sarah non plus. On prodigue de bons conseils – gratuitement – mais on ne se mêle jamais directement des affaires des autres. On lui a déjà expliqué ça des centaines de fois; le redire serait gâcher de la salive. Il faut juste attendre que la fontaine se tarisse. De toute façon, on n'a rien d'autre à faire d'ici la sonnerie.

La même scène se répétait déjà l'an dernier à intervalles réguliers, toutes les trois ou quatre semaines. Le reste du temps, Marissa ne me parle presque jamais. Je n'entends le son de sa voix que lorsqu'elle est en train de geindre, renifler, suffoquer, s'étouffer dans ses larmes et sa morve, et qu'elle a sérieusement besoin de se moucher. Les gens croient souvent qu'en perdant la vue on renforce ses autres sens. C'est vrai, mais pas parce qu'on les développe. La cécité ne fait que supprimer l'énorme distraction constituée par l'afflux d'images permanent auquel on est soumis. En conséquence, les heures passées avec Marissa se résument presque entièrement à entendre tout ce que sa bouche et son nez sont capables de produire. C'est comme ça que je perçois l'amour à sens unique, maintenant : comme un truc répugnant.

– Mais toi, Parker, tu ne pourrais pas faire quelque chose ?

– Je le fais. Je te dis de te trouver quelqu'un d'autre.

Je ménage une pause, selon le scénario habituel, pour lui laisser le temps de réagir.

– Nooooon !

Je suis la reine en titre de ceux qui se fichent éperdument de l'opinion des autres. Mais la capacité de Marissa à s'exhiber, en toute indifférence, en train d'imiter le ronflement d'une usine de mucus dans une cour remplie d'élèves – et le jour de la rentrée, tant qu'à faire –, même pour moi, c'est une grande leçon d'humilité.

– Écoute, Marissa, l'âme sœur, ça n'existe pas. Mais si ça existait, ça ne pourrait être qu'une personne qui te veut aussi. Toi, tu veux Owen, qui veut Jasmine, ce qui prouve qu'Owen n'est *pas* ton âme sœur. Tu le harcèles, c'est tout.

– Attends… Jasmine ?

Le choc causé par cette information, qu'on lui a pourtant déjà fournie au printemps dernier, la laisse sans voix et me procure un instant de répit.

– Mais elle n'est pas… ?

– Si, Jasmine préfère les filles. Mais comme elle n'en a pas encore trouvé une qui lui convienne, Owen pense bêtement qu'il a une chance. Ce qui rend son acharnement juste un peu moins triste et absurde que le tien. En fait…

Sarah émet un *tss* désapprobateur. Je sais ce que ça veut dire, mais une fois sur ma lancée, j'ai parfois trop d'élan pour m'arrêter ou même pour ralentir.

– Ton seul point commun avec Owen, c'est que tu es amoureuse de quelqu'un qui ne t'aime pas et que tu ne connais même pas. T'as déjà cherché au moins une fois le sens des mots *amour*, ou *âme sœur*, ou même *relation* dans le dictionnaire ?

Le silence qui suit est le parfait exemple de ce que je déteste le plus dans le fait d'être aveugle : ne pas voir la manière dont les gens réagissent à ce que je dis.

– Mais… renifle copieusement Marissa, si on passait du temps ensem…

Sauvées par la sonnerie. Enfin, c'est surtout elle qui l'a échappé belle.

.:. .:. .:.

– Tiens, mais c'est pas miss Interdit-aux-moins-de-13-ans et son chien guide ?

La voix stridente et familière s'est élevée sur ma gauche, accompagnée du grincement d'un casier qui s'ouvre.

– Rassure-moi, dis-je à Sarah dans un murmure théâtral, j'espère que son casier n'est pas à côté du mien. J'ai découvert cet été que j'étais allergique au PVP. Je suis même obligée de me promener avec un EpiPen dans mon sac.

– Oh, je suis une PVP ? réplique Faith de son ton brusque. Une Personne… une Personne…

– Polyvinylpyrrolidone. Utilisé dans la fabrication des laques, des gels capillaires, des bâtons de colle et du contreplaqué.

– Moi, je dirais que ça signifie… Personne Vraiment Populaire.

Je ris, abandonnant mon numéro.

– T'as trouvé ça toute seule, Fay-Fay ?

– Évidemment ! Je suis pas aussi bête que t'en as l'air.

L'odeur kiwi-fraise m'avertit de ce qui vient et je me prépare psychologiquement. J'appellerais ça un câlin étouffant, si Faith n'était pas trop menue pour faire quoi que ce soit d'étouffant. Je m'accroche à elle une seconde de trop avant de relâcher mon étreinte.

– T'as vraiment un EpiPen ? me demande-t-elle.

– Tu sais même pas ce que c'est, je parie, grogne Sarah.

– Mon neveu est allergique aux arachides. Et toi, tu sais que t'es qu'une petite garce arrogante et prétentieuse ?

– Oui, je le s… *ouff!*

L'appel d'air et la réponse de Sarah m'indiquent qu'elle aussi a eu droit à son câlin.

– Vous y croyez, vous, à toutes ces nouvelles têtes ? dit Fay sans prendre la peine de baisser le volume. C'est devenu un vrai zoo, ici.

– Au moins, c'est eux qui nous envahissent, et pas l'inverse, remarque Sarah.

Exact. La ville de Coastview ne peut plus financer deux lycées. Alors Jefferson a fermé ses portes, et désormais tout le monde est à Adams. Les couloirs sont tellement bondés de gens qui ne connaissent pas les Règles de Parker – et je ne parle pas juste des troisièmes [1] – que j'ai dû me tenir au bras de Sarah pour atteindre mon casier à travers la cohue. Ça va être galère d'éduquer toute cette bleusaille, mais au moins je ne suis pas obligée d'apprendre le plan d'un nouveau lycée.

– Tiens, allez, je t'en fais un deuxième, m'annonce Faith avant de me faire encore un câlin, d'une voix moins forte et plus proche, cette fois, en vertu de la règle numéro deux. Désolée d'être restée coincée tout l'été dans le Vermont. Tu sais que je serais venue, si j'avais pu.

---

1. Dans le système scolaire américain, le lycée commence en troisième. *(N.B. : toutes les notes sont de la traductrice.)*

– T'inquiète, dis-je aussitôt, dans l'espoir de couper court.

– Je vous ai pas vues en train de parler à Marissa, tout à l'heure ? Elle pleurait, non ?

– On prend les mêmes et on recommence, confirme Sarah.

– Pitié, dites-moi que c'est à propos d'un autre mec. Non ? C'est dingue…

Pendant le silence qui suit, j'imagine diverses mimiques, hochements de tête et haussements de sourcils.

– C'est de ça qu'elle vous a parlé toute la matinée ? Quelle égoïste… Attends…

À sa voix, je sais que Faith s'est tournée vers moi.

– Elle n'est pas au courant ? Tu ne lui as rien dit ?

– Alors : « Au fait, Marissa, pendant que tu passais tes vacances à pleurer sur un parfait inconnu, mon père est mort et ma tante est venue d'Angleterre pour s'installer chez moi avec sa famille parce que ma maison est mieux que la leur. »

– Euh… tu viens de l'inventer ou c'est ce que tu lui as dit ?

– Franchement, Fay ! Je suis directe, mais pas garce à ce point-là.

– Il y a déjà eu des exceptions, commente Sarah.

– Faut que j'y aille, dis-je en dépliant ma canne. Avec tous ces p'tits nouveaux sur mon chemin, je vais mettre un moment à arriver en cours de maths.

– Ils ne lui ont pas désigné un nouveau binôme ? demande Fay à Sarah tandis que je m'éloigne en m'aidant de ma canne.

C'est qui ? Petra n'a pas déménagé dans le Colorado, ou je ne sais où ?

Je suis touchée qu'elles puissent parler de mon binôme sans se sentir mal à l'aise. Ça ne peut pas être l'une d'elles – Faith est trop occupée socialement (traduction : trop « populaire ») et Sarah ne remplit pas les critères parce qu'on n'a pas assez d'options en commun. Mais une fille de Jefferson qui suit les mêmes cours que moi est partante. Le choix s'est en quelque sorte imposé.

.:· .:· .:·

À chaque nouveau cours, dès que je m'assois à ma place habituelle – au fond à droite, à une table signalée par une étiquette à mon nom –, ça commence.

– Alors comme ça, t'es aveugle, hein ?

Je penche la tête vers la voix masculine en provenance de la chaise qui se trouve devant moi. Basse, un peu traînante autour des voyelles. Une voix de sportif bronzé. Mais je réserve mon jugement le temps d'amasser de nouveaux indices.

– T'es sûr que t'es dans la bonne salle ? Il n'y a plus de place chez les surdoués ?

– Je parie que ta prof principale, c'est Kensington. C'est pas un peu tôt pour jouer à ça ?

Je ne sais ni de quoi il parle ni qui est Kensington. Une prof de Jefferson, sans doute.

– Hé, tête de nœud, intervient une autre voix masculine à gauche de la tête de nœud. Elle ne joue pas. Elle est *vraiment* aveugle.

Intéressant. Cette voix-ci est plus douce, d'un calme avec lequel on entend rarement insulter les grosses voix de sportifs bronzés. Elle me dit quelque chose, mais je n'arrive pas à la situer.

– Mais non, c'est un truc de Mme Kensington, où il faut faire comme si…

– Je connais, mais elle ne distribue pas de cannes blanches, et elle attend quelques jours après la rentrée.

– Mais si elle était vraiment aveugle, pourquoi elle mettrait un band…

– Un conseil, mec : ferme-la.

Des mots âpres prononcés d'une voix amicale.

Aujourd'hui, j'ai choisi un foulard en soie blanche avec une grosse croix noire sur chaque œil. C'était soit ça, soit mon hachimaki avec « vent divin » écrit en kanji [1], mais je n'ai pas voulu embrouiller les nouveaux en envoyant un message contradictoire. En revanche, je crois que j'ai eu tort de laisser ma veste à la maison.

D'habitude, je porte une veste militaire usée dont j'ai coupé les manches, couverte de badges que mes amis m'ont offerts au fil des années. Avec des slogans du style « Oui, je suis aveugle ! Vous vous en remettrez ! » ou « Aveugle, mais

1. « Vent divin » est la traduction du japonais *kamikaze*.

ni sourde ni demeurée », et mon chouchou : « Parker Grant n'a pas besoin d'yeux pour lire en vous ! » Tante Celia m'a dissuadée de la mettre ce matin en disant que ça déstabiliserait les anciens de Jefferson, qui ne me connaissent pas. Il s'avère qu'elle a eu tort. Ils ont visiblement besoin qu'on les déstabilise.

J'entends un frottement de semelles et un grincement de bois et de métal alors que quelqu'un s'assied à côté de moi.

– Salut, Parker. C'est Molly. Désolée pour le retard. J'ai dû passer au secrétariat.

– Tant que ça n'a pas sonné, tu n'es pas en retard.

Tout en gardant un ton détaché, je lui signale qu'être mon binôme implique de m'aider dans certaines tâches en cours, pas dans ma vie en général.

– Ah, tu t'appelles Parker… reprend Tête de Nœud.

– Ouah, le coupé-je d'une voix suave. Tu as deviné mon nom rien qu'en entendant quelqu'un le dire ! Moi aussi, j'y arrive. D'ailleurs, c'est pas terrible comme nom, Tête de Nœud. Je crois que je vais plutôt t'appeler TDN.

– Je…

– Chut, fais-je en secouant la tête. Il n'y a rien à ajouter. On s'est tout dit.

Le silence qui suit est le parfait exemple de ce que j'aime le plus dans le fait d'être aveugle : ne pas voir la manière dont les gens réagissent à ce que je dis.

– Je… répète TDN.

Et la sonnerie retentit.

.:. .:. .:.

– Droit devant, il y a l'escalier qui descend au parking, m'informe Molly.

Je soupire intérieurement. À vrai dire, je suis fatiguée. J'ai peut-être bien soupiré extérieurement, en fait.

On est sorties de cours depuis un moment, mais Molly et moi, on s'est programmé deux heures de travail tous les soirs à la bibliothèque avant que j'appelle tante Celia pour qu'elle vienne me chercher. La mère de Molly est prof de français et d'italien, et vient aussi de Jefferson. Elle s'est organisée avec ma tante pour les trajets.

– Tu me rassures, dis-je. Cet escalier est là depuis au moins deux ans. Ça ne doit pas être simple de s'en débarrasser, quand on a un parking qui se trouve à un mètre cinquante en dessous du niveau des salles de classe.

Silence.

J'envisage de lui rappeler la règle numéro quatre, sachant que je ne lui ai remis la liste que récemment. Mais la journée a été épuisante et je n'ai pas l'énergie pour ça.

Je n'ai pas besoin d'un chaperon à l'intérieur du lycée. Je sais très bien où se trouve la place de parking pour handicapés et, au cours des deux années où mon père s'y est garé, les non-handicapés ont eu le temps d'apprendre à ne pas s'y risquer. Molly a eu beau m'assurer qu'elle m'accompagnait juste comme ça, on ne me la fait pas. Les voyants sont terrifiés par l'association aveugle-escalier-voitures, alors qu'en réalité, ça ne craint pas grand-chose. Les voitures ne représentent un danger que quand elles roulent, ne le font que dans des lieux prévus pour ça et sont repérables au bruit, même les hybrides. Quant aux escaliers, ce ne sont que des petits bouts de chemin qui s'additionnent et dont le pied peut sentir en permanence la taille et la forme.

– Tu sais, Parker… lâche Molly avec une certaine énergie, voire avec impatience.

Mais elle s'en tient là. Elle soupire.

– Quoi ?

– Non, rien.

Moi aussi, j'ai envie de laisser tomber. Je n'ai pas encore assez fréquenté Molly pour savoir si je vais l'apprécier ou simplement la supporter – et le degré d'efforts que je suis prête à investir dans ma relation avec elle dépendra beaucoup de la réponse à cette question –, mais quoi qu'il en soit, on va passer plus de temps ensemble qu'avec n'importe qui d'autre, toute la journée, jour après jour, toute l'année.

– Trop tard pour revenir en arrière, dis-je, d'un ton de constat et non de reproche. Maintenant, je sais qu'il y a un truc qui te gêne. Crache-le avant que ça s'infecte.

Je l'entends respirer. Des respirations pensives. J'hésite entre la cuisiner et attendre qu'elle se décide.

– C'est juste que… reprend-elle enfin. Je sais qu'on se connaît à peine mais…

Nouvelle respiration. Je vole à son secours :

– Tu veux que je t'aide ? Ou tu préfères que je te laisse barboter encore un peu ?

Molly souffle par le nez. Je n'arrive pas à détecter si c'est une expiration de type rire ou de type je-lève-les-yeux-au-ciel.

– OK, vas-y, aide-moi.

Je discerne un mélange des deux dans sa voix. Plutôt bon signe.

Incrustée dans l'allée en béton sous mes baskets se trouve la plaque de métal bosselée rappelant la fondation du lycée Adams par John Quincy en 1979. Je sais précisément où je me trouve.

Je lui tends ma canne.

– Tiens. Tu peux me la plier ?

Elle la prend.

– Pourquoi ?

Je me retourne et me dirige d'un pas vif vers l'escalier, les bras écartés en balancier… *six… cinq… quatre… trois…*

– Parker !

Elle se précipite derrière moi.

… deux… un… Une marche…

Je descends les marches en les comptant dans ma tête, avec fermeté et confiance, les jambes tendues comme un soldat à la parade, glissant le pied en arrière à chaque marche pour caler le talon contre la marche précédente.

Arrivée en bas, je poursuis mon chemin en continuant à compter, jusqu'à l'angle où je sais que tante Celia va se garer. Je m'arrête et je pivote.

– Canne, s'il te plaît.

Je la sens dans ma main. Molly ne l'a pas repliée comme je le lui avais demandé. Je le fais moi-même pour la ranger dans mon sac.

– T'es peut-être en train de te dire que je suis le stéréotype de l'aveugle décidée à prouver qu'elle n'a pas besoin de la pitié des autres. Et qui, au lieu d'être sympa avec ceux qui ne demandent qu'à l'aider, joue les pestes aigries parce qu'elle est privée d'un truc génial auquel tout le monde a droit.

Cette fois, je commence à me demander si Molly a naturellement une respiration bruyante, bien que je n'aie rien remarqué à la bibliothèque, qui était pourtant silencieuse.

– Je chauffe ? demandé-je.

– Tu refroidis, plutôt. Mais chacun fait ce qu'il peut. Question de personnalité.

Je mets un moment à capter – ce qui ne me ressemble pas du tout –, et ensuite, il est trop tard pour rire.

Je souris.

– Touché.

La voiture de tante Celia s'approche et s'arrête le long du trottoir.

– Je parie que tu reconnais la voiture de ta tante rien qu'au bruit du moteur, me dit Molly.

– En gros, oui.

– Mon chien fait ça aussi.

Je me tourne pour lui faire face, un geste dont j'ai tendance à me dispenser, en général.

– Tu commences à me plaire, Molly Ray. Et crois-moi, ce n'est pas un cadeau.

– Oh, je veux bien te croire.

La portière s'ouvre avec un *clounk*. Tante Celia m'appelle, en criant trop fort.

– Parker, c'est moi ! Monte !

Je soupire. Extérieurement. Cette fois, c'est sûr.

⠙⠑⠥⠭

DEUX

Salut papa,

Au lycée, ça a été. Plutôt mieux que prévu. Même si la moitié des élèves ne connaît pas l'autre moitié, on connaît tous assez de monde pour que ça ne soit pas trop pénible. Il va falloir du temps pour mettre tous les nouveaux au jus sur les Règles de Parker mais j'ai toute l'aide nécessaire.

Il y en a même que je ne connais pas bien qui sont venus m'aider à manœuvrer au milieu de tout ça. Soit parce qu'ils veulent être sympas, soit parce que ça leur donne un sentiment d'importance de pouvoir dire à quelqu'un ce qu'il doit faire. Ou bien ils cherchent à me protéger, comme si j'étais la mascotte du lycée. Ça, ça craindrait. Je ne suis pas un symbole, merci.

Le retour en voiture s'est passé en silence, ce qui est encore ce qui me convient le mieux maintenant. Je ne sais pas comment ça se passe en voiture normalement, mais j'ai l'impression que, souvent, les gens me parlent de peur que je m'ennuie, plantée là sans rien voir. Mon paysage ne change jamais. Mais en dehors des piétons et des voitures qui changent d'un jour à l'autre, je ne suis pas sûre que le leur soit très varié non plus.

J'ai dit à tante Celia il y a deux mois qu'elle n'était pas obligée de me faire la conversation en voiture ; depuis, elle ne me parle plus du tout. Tout est tout blanc ou tout noir avec elle. Je le lui ai pourtant dit gentiment – ce n'était pas du tout une manière de lui demander de la boucler ni rien. N'empêche que depuis, c'est terminé. Je l'ai peut-être vexée. Qu'est-ce que j'y peux si les gens n'aiment pas entendre la vérité ?

– Salut Grand P., me lance mon cousin Petey depuis le palier du premier étage.

– Salut P'tit P. C'était comment, l'école ?

Il descend l'escalier en trottinant et s'assoit à côté de moi sur la troisième marche.

– Nul. Je me suis ennuyé.

– Tu es trop jeune pour t'ennuyer à l'école. T'es pas censé t'ennuyer avant le CM1.

– Ben, moi, je m'ennuyais déjà en CE1, me précise-t-il fièrement.

– Moi aussi, lui dis-je à mi-voix.

– Pourquoi tu t'es assise là ? me demande-t-il sur le même ton, sans doute par mimétisme.

Voilà une vérité que je n'avouerai pas, en tout cas pas à Petey. C'est déjà assez dur que ma maison soit envahie par des gens que je ne croisais jusque-là qu'une fois tous les deux ans, et qui dorment dans la chambre et le bureau de mon père mort. Je ne lui avouerai pas combien me manquent les discussions avec mon père quand il me ramenait du lycée en voiture, ni qu'on les poursuivait à la table de la cuisine en buvant du thé glacé jusqu'à ce qu'il doive se remettre au travail. Je ne lui avouerai pas que je n'y avais pas pensé aujourd'hui, jusqu'à ce que je monte dans la voiture de Celia, et que le silence – silence que j'ai provoqué et que je ne peux plus briser – a absorbé tout l'air de la voiture au point que j'ai eu l'impression d'étouffer. Ni combien, à cette minute, je voudrais m'asseoir à la table de la cuisine et parler à mon père dans ma tête. Mais tout le monde trouverait ça bizarre de me trouver assise là toute seule sans rien faire. Je me fiche qu'on me trouve bizarre, mais on me bombarderait de questions.

Exactement comme Petey est en train de le faire, parce que le fait d'être assise dans l'escalier est *encore* plus bizarre. Bien sûr, je pourrais tenir mes monologues avec mon père dans ma chambre, là où personne ne peut me voir. Mais je voudrais pouvoir lui parler quelque part où je peux sentir sa présence : dans la cuisine, ou dans son bureau (inaccessible, maintenant que c'est la chambre de ma cousine Sheila), ou en bas de l'escalier, où je ne me suis jamais assise avec lui dans la vie, mais où ça m'arrive parfois dans mes rêves.

– Je me repose. La journée a été rude.

– Tu veux jouer aux Sept Familles ?

Pas particulièrement. Mais vu que je ne peux pas faire ce que je veux vraiment…

– OK, P'tit P. Tu proposes à Sheila de jouer avec nous ?

– Sa porte est fermée.

On sait ce que ça veut dire : « Ne pas déranger ».

– D'accord. Va chercher les cartes, je nous sers à boire. C'est le dernier qui revient qui distribue.

Il monte l'escalier à pas lourds. J'attends un peu. Tante Celia oblige Petey à ranger sa chambre tous les soirs avant de se coucher, mais il se contente de tout balancer en vrac sur les étagères et ne remet jamais les choses au même endroit. Il a plusieurs jeux des Sept Familles, mais seulement un en braille, que je lui ai offert. Il va lui falloir un petit moment pour le retrouver.

Je ne sais pas s'ils vont me laisser m'asseoir tranquillement pour te parler tous les jours, papa. Mais ce qui est clair, c'est que j'essaierai. Je serai peut-être obligée de m'enfermer dans ma chambre comme Sheila, parce que, tu as raison, tout le monde a ses secrets, moi comme les autres.

Au dîner, c'est côtelettes de porc – trop cuites, comme d'habitude –, purée, compote de pommes et petits pois en boîte. Tous les repas de tante Celia ont l'air de sortir d'un dessin animé ; le genre que serviraient des extraterrestres à des humains dans un zoo, d'après l'idée qu'ils se seraient faite d'un repas normal en regardant la télé.

Je n'ai pas proposé d'aider à la cuisine, parce que tante Celia me répond toujours « non merci ». Ce qui m'irait très bien si elle le disait aussi aux autres. Elle trouve toujours un prétexte, comme de laisser entendre qu'elle me fiche la paix parce que « je traverse une période difficile ». En réalité, c'est uniquement parce que le meilleur moyen de l'aider est de couper les légumes et qu'elle ne supporte pas l'idée d'une aveugle tenant un couteau. Très bien. Tout ce qu'on mange ce soir, je suis capable de le préparer en dormant. S'il n'y a que ça pour lui faire plaisir, moi, ça me donne moins de boulot.

– Parker, vous vous êtes vues avec Sheila au lycée, aujourd'hui ? me demande oncle Sam.

– Papa ! s'écrie Petey, consterné. C'est pas cool !

– Quoi ?

J'ai compris ce qui gêne mon jeune protecteur.

– Pas de problème, P'tit P. « Voir quelqu'un » peut signifier beaucoup de choses, comme le croiser, ou sortir avec, ou même le comprendre. Et non, je n'ai pas *vu* Sheila. Mais peut-être qu'elle, elle m'a *vue*, si tu *vois* ce que je veux dire.

Petey rit. Il est le seul.

– On n'a aucun cours en commun [1], explique Sheila, sur son ton qui demande pourquoi on est obligés de parler de ça. Et nos casiers ne sont pas dans le même coin.

Oncle Sam ne signale pas l'exiguïté des locaux du lycée, ni la possibilité de se retrouver pour le déjeuner, et ne lui demande pas non plus comment elle sait où se trouve mon casier si elle ne m'a pas vue. Ouf. Il sait globalement quand il vaut mieux se taire.

– Et Molly, elle s'en sort ?

– Ça prend toujours un peu de temps de dresser un nouveau binôme, mais elle m'a l'air d'avoir de l'avenir. En attendant, elle a un paquet de règles à assimiler.

Sheila ricane. Enfin, c'est plutôt une expulsion d'air intempestive, clairement dans la catégorie yeux-au-ciel. Je laisse courir et je change de sujet :

– Ce soir, P'tit P. a une chouette histoire à raconter.

– Ouais… commence-t-il.

Tante Celia l'interrompt :

– Merci de ne pas l'appeler comme ça, Parker. Je te l'ai déjà demandé.

– Lui, ça lui plaît. Pas vrai, P'tit P. ?

– Même que c'était mon idée ! Hein, Grand P. ?

– Ça lui plaira moins dans quelques années. Et d'ici là, le pli sera pris.

---

1. L'emploi du temps des lycéens américains est constitué d'un gros pourcentage d'options. De ce fait, la composition des classes change d'une matière à l'autre.

– Le jour où il me demandera d'arrêter, je le ferai. Promis. Et je ne l'appelle jamais comme ça en dehors d'ici. Alors, si quelqu'un d'autre l'entend, ça ne viendra pas de moi.

– C'est juste que… Ça n'est pas… Ça ne se fait pas.

– Je prends note de ta préoccupation, dis-je d'un ton léger. Vas-y, P'tit P., raconte ton histoire.

Je m'attends à un silence, le temps que tout le monde commente ma bravade par des haussements de sourcils. Mais Petey s'engouffre dans la brèche et se met à nous expliquer par le menu comment un aquarium est tombé dans sa classe. Son enthousiasme n'implique pas nécessairement que le poisson en ait réchappé. Quelle que soit l'issue, il raconterait son histoire à peu près sur le même ton.

Pendant qu'il décrit le sauvetage haletant du poisson rouge à grand renfort de détails confus, je me représente la forme de ma côtelette en lui donnant des petits coups de fourchette et je détache la viande de l'os. J'ai déclenché un accrochage à leur arrivée parce que je ne passe pas ma fourchette dans ma main droite quand j'ai fini de couper mes aliments. C'est un concept 1) qui ne m'a jamais traversé l'esprit, 2) qui semble être un geste de savoir-vivre largement répandu, du moins parmi les gens encore obsédés par ce genre de choses, et 3) que je trouve super bizarre. Encore plus étrange, non seulement tante Celia s'est élevée contre cette pratique et le fait que mon père l'ait tolérée, mais elle a aussi manifesté la vague intention de la rectifier. Oncle Sam nous a sauvées de la dispute la plus absurde qu'on puisse imaginer en signalant que mes manières sont celles qu'on pratique en Amérique. Si l'argument n'a pas totalement convaincu tante Celia, il lui a paru assez légitime pour qu'elle cède sans perdre la face. C'était mon premier aperçu de ce qu'allait être la vie avec tante Celia sous mon toit.

.:. .:. .:.

Je suis sur mon lit avec mon ordinateur, en train de lire par le biais de la voix de Stephen Hawking. Je ne lis pas souvent de livres en braille et n'utilise un terminal braille que de temps en temps. En général, j'écoute des livres audio ou je surfe sur Internet avec un logiciel de synthèse vocale. Et quel meilleur moyen d'apprendre des trucs qu'avec la voix du plus grand génie sur terre ?

Je fais ma vadrouille nocturne sur Wikipédia, savourant l'ironie de ma lecture sur les coucous. Ils pondent dans les nids d'autres espèces, qui élèvent leurs petits comme si c'était les leurs, comme si tout était normal. Chez moi, c'est le contraire.

Mon portable sonne, sur l'air attribué à Sarah : *coin-coin…*

Je débranche mes écouteurs de l'ordinateur pour les connecter sur le portable.

– Salut.

– Salut. Pas d'incendie ce soir ?

– Nan. Juste quelques étincelles quand tante Celia m'a demandé d'arrêter d'appeler Petey P'tit P.

– C'est horrible, comme surnom.

– Ça ne se fait pas, elle a dit.

– Tu sais très bien que dans la bouche de Celia, ça veut dire que c'est « pervers ». Et ça l'est. Il va détester ça, quand il comprendra.

– Bon sang, Sarah, il n'a que huit ans. Et si pour toi, « P'tit P. », ça veut dire « p'tit pénis », alors « Grand P. »… Ouais, bon, OK. J'aurai dû réfléchir.

Elle glousse et ça me fait du bien. Sarah ne rit pratiquement jamais.

– Sheila ne te parle toujours pas ?

– Pas de changement de ce côté-là. Je n'en attends pas.

– Ma théorie se confirme : j'étais sûre qu'elle garderait ses distances.

– Je ne suis pas la mieux placée pour lui faire visiter le coin, de toute façon. Je ne peux pas lui montrer grand-chose, et je doute qu'elle s'intéresse au nombre de pas qui séparent la cafétéria des toilettes les plus proches.

– Pas faux. Et Molly, elle est comment ?

– Je ne sais pas encore. J'ai de l'espoir. On devrait réussir à éviter le pire. Redemande-moi plus tard.

– Ça marche. Bien obligée si je veux en savoir plus.

– Bon, dis-moi ce que tu sais.

Ça commence, notre récitation nocturne de ce qu'on

a observé et déduit au cours de la journée. Mes observations sont toujours bien moins nombreuses que les siennes, évidemment, puisqu'elle est les yeux et que je suis la bouche, mais personne ne peut nier que quand je l'ouvre, je sais de quoi je parle.

Au début, on procédait de manière exhaustive, en passant en revue chaque cours, chaque interclasse. Maintenant, on va droit aux trucs importants. Sarah me détaille les gens et les choses, et je lui liste les moments et des endroits, en décrivant les voix et parfois les sons et les odeurs, pour qu'elle puisse identifier de qui je parle, et me fournir un visuel et d'autres infos par la suite. Je lui parle de TDN, du cours de maths, parce que je soupçonne qu'il va être lourd et que je vais avoir besoin de le gérer. Je mentionne la voix posée qui a fermé son clapet à la voix de sportif de TDN, et le fait qu'elle me disait quelque chose bien que je ne connaisse pas la personne. Comme quand on entend un accent qui vous rappelle quelqu'un qui a le même accent, même si les voix sont différentes.

Il y a une pause. J'attends que Sarah y mette fin, mais elle continue à se taire. Je laisse le silence se poursuivre histoire d'en avoir le cœur net. Au bout de quelques secondes, je sais qu'il y a un truc.

– Quoi ?

– J'attendais que tu m'en parles.

– De quoi ?

– Tu ne sais vraiment pas ?

– Savoir quoi ?

– Cette voix, tu ne sais pas qui c'est ?

– Toi, si ? Tu n'étais même pas là !

– Kay y était. Et elle m'a dit qu'elle était prête à brandir son livre de maths comme un bouclier, mais que tu es restée d'un calme olympien.

– Kay a dit ça ? « D'un calme olympien » ?

– Bien sûr que non. On parle de *Kay*. J'ai eu droit à un speech de cinq bonnes minutes. Tu préfères entendre ça ou mon résumé en trois mots ?

– Pitié, Sarah…

– C'était Scott.

– Scott ? Scott ? Ce n'était pas la voix de…

La tête me tourne et mon ventre se noue. Je me laisse tomber en arrière en frappant le matelas des deux mains et mon dos percute la tête de lit.

– Sa voix a changé, me répond-elle. La dernière fois que tu l'as entendue, c'était en quatrième. Il n'avait que treize ans.

On a déjà discuté du fait qu'on connaissait quelques-uns des immigrants de Jefferson. Ceux qui étaient avec nous en primaire ou au collège à cause des caprices de la sectorisation et qui se sont retrouvés dans un autre lycée.

Certains figuraient autrefois sur ma liste noire, mais elle était trop longue pour que je m'inquiète de voir ressurgir des noms en particulier. Il ne m'avait pas traversé l'esprit que Scott Kilpatrick puisse être l'un d'eux.

– Parker ?

J'agrippe mon portable.

– Faut que je te laisse.

– Attends ! Ne raccroche p…

Je raccroche et je tire sur le fil de mes écouteurs pour les enlever de mes oreilles, trop vite et à un mauvais angle. Ça fait mal.

Scott Kilpatrick. Le plus gros connard de la planète. Numéro un sur ma liste noire. Avec points d'exclamation. Et en MAJUSCULES.

Coin-coin…

Je mets mon portable sur vibreur. J'ai la gorge serrée, douloureuse comme quand j'ai la crève, et le visage en feu.

Scott Kilpatrick. Coupable d'avoir enfreint la règle numéro un. Définitivement soumis à la règle numéro douze jusqu'à l'infini.

Bzzz bzzz bzzz…

J'enfouis mon portable sous mon oreiller.

Scott Kilpatrick. L'ennemi numéro un de Parker Grant.

⠞⠗⠕⠊⠎

TROIS

Les Règles

Règle n° 1 : Ne jamais me faire de coups bas. Jamais. Encore moins en profitant de ma cécité. Encore moins en public.

Règle n° 2 : Ne pas me toucher sans me l'avoir demandé ou, au moins, m'avoir avertie. Je ne le vois pas venir. Je serais toujours surprise et je risquerais de vous faire mal.

Règle n° 3 : Ne pas toucher à ma canne ni à aucune de mes affaires. J'ai besoin que tout soit précisément là où je l'ai laissé. C'est facile à comprendre.

Règle nº 4 : Ne pas m'aider tant que je ne le demande pas. Vous ne feriez que me gêner ou m'énerver.

Règle nº 5 : Ne pas hausser le ton pour me parler. Je ne suis pas sourde. Vous seriez étonnés du nombre de fois où ça arrive. Si ça ne vous étonne pas, ça devrait.

Règle nº 6 : Ne pas parler à ceux qui m'accompagnent comme s'ils étaient mes parents. Oui, ça aussi, ça arrive tout le temps.

Règle nº 7 : Ne pas non plus parler à ma place. À personne, même pas à vos amis ni à vos enfants. Rappelez-vous que vous n'êtes pas responsables de moi.

Règle nº 8 : Ne pas me traiter comme une gamine ou une demeurée. « Aveugle » ne veut pas dire « handicapé mental ». Pas la peine de me parler lentement ou avec des mots de deux syllabes. Faut-il vraiment que j'explique un truc pareil ?

Règle nº 9 : Ne pas entrer dans ma sphère sans me le dire, ou je ne saurai même pas que vous êtes là. Même chose quand vous en sortez. Simple question de politesse.

Règle nº 10 : Ne pas faire de petits bruits pour m'aider ou

me guider. C'est idiot et grossier. Et, croyez-moi, c'est vous qui aurez l'air idiot et qui vous sentirez gênés, pas moi.

Règle n° 11 : Se comporter normalement. Sérieusement, à part le fait d'avoir les yeux fermés tout le temps, je ne suis pas différente de vous, juste moins bête.

Règle n° 12 jusqu'à l'infini : Il n'y a PAS de deuxième chance. Trahissez ma confiance et je ne vous l'accorderai plus jamais. La trahison est impardonnable.

QUATRE

Bien que je n'aie pratiquement pas fermé l'œil de la nuit après la bombe Scott larguée par Sarah, j'ai sauté du lit dès que mon réveil a sonné, prête à attaquer la journée. Ce n'est que maintenant, à mi-chemin de mon dix-septième sprint au stade Gunther, que je m'affale, épuisée, sur l'herbe humide de rosée. Je devrais faire retomber la vapeur par un petit jogging, ou au moins par une marche rapide sur le chemin du retour, mais je n'arrive pas à m'y contraindre. Le couteau qui me taillade les côtes me signale que j'ai trop poussé. Mais ce n'est rien comparé à la douleur qui joue au ping-pong entre ma poitrine et mon ventre ; la douleur qui était déjà là avant que je coure, et que j'espérais justement chasser.

Une crampe tétanise mon mollet gauche – clairement, mon corps refuse de se laisser ignorer. Je m'assois et je tire sur mes orteils d'une main en massant mon muscle rétif de l'autre. Manque d'oxygène, manque d'hydratation, manque de temps, manque d'espace.

Je réussis à me décontracter et je me relève. Je ne sais pas à quelle distance se situe le grillage ; je n'ai pas l'habitude de m'arrêter à mi-chemin. Après quelques dizaines de pas, je ralentis et j'avance en tendant la main jusqu'à ce que je le touche.

C'est pas vrai ! Je ne sais même pas si je suis à gauche ou à droite du trou dans le grillage. J'opte pour la gauche et je marche en suivant la clôture des doigts. Au bout de douze pas, je me dis que j'ai dû me tromper de sens. Je n'aime pas ça – je ne perds jamais mes repères ici. Je fais demi-tour. Quinze pas plus loin, je trouve le trou. Je l'avais raté.

Je m'éponge la figure avec le bas de mon tee-shirt – humide aussi, mais moins que mon visage. Il fait frais, et pourtant je bous. J'essaie de calmer mon cœur, mes poumons, mon ventre, en respirant profondément. Ça commence à marcher. Je sens que je reprends le contrôle.

Il ne m'a pas parlé directement, alors qu'il savait qui j'étais. Est-ce qu'il s'est rendu compte que je ne reconnaissais pas sa voix ? Ou est-ce qu'il a supposé que je ne lui répondrais pas, drapée dans mon « calme olympien » ?

« D'un calme olympien »... ça devrait me plaire, pourtant.

Sereine, imperturbable. Tout à fait ce que j'aspire à être. Alors pourquoi me hérisser tout à coup à l'idée que certains me voient comme ça ? Pourquoi me préoccuper de ce que les autres pensent de moi, en plus ?

Ce n'est pas le cas, pas du tout. J'ai juste été prise de court. Et Sarah est la seule à le savoir. Pas que je m'inquiète que d'autres l'apprennent, d'ailleurs. Je m'en fiche. Complètement.

.:. .:. .:.

Molly et moi, on s'installe à la cafétéria avec nos plateaux et je commence à manger. Fines tranches de dinde, gruyère, mayonnaise allégée et moutarde, comme toujours. Sarah doit nous rejoindre avec Rick Gartner, son plus-ou-moins-petit-ami, quand elle aura fini de faire la queue aux plats chauds. J'ai dit à Molly qu'elle était la bienvenue si elle voulait nous rejoindre. Je ne sais pas ce qu'elle a fait hier, ayant passé la pause déjeuner au secrétariat à réviser mes cours de maths avec des livres audio. Je l'ai avertie que beaucoup de gens nous appellent la « Table des jouets cassés », et pas d'une manière gentiment ironique. Elle m'a répondu que les étiquettes ne l'intéressaient pas. J'ai dit que c'était à la fois sage et imprudent. Elle l'a admis.

– Comment ça, Rick est le plus-ou-moins-petit-ami de Sarah ? me demande-t-elle. Il l'est ou il l'est pas ?

– Ils te donnent l'impression d'être ensemble ?

– Je les ai vus en tout et pour tout cinq minutes hier.

– Et si je ne t'avais rien dit, tu aurais pensé qu'ils sortent ensemble ?

– Je ne sais pas. Peut-être.

– Ben voilà. Tu peux aussi l'appeler le peut-être-petit-ami-de-Sarah. Comme je sais que parfois, ils sont plus que des amis, je l'appelle son plus-ou-moins-petit-ami.

– Ils passent leur temps à rompre et à se rabibocher ?

– Non, ce n'est pas ça. Finalement, pour quelqu'un qui ne se préoccupe pas des étiquettes…

– Je ne me préoccupe pas, je m'informe. C'est différent.

– Salut, Parker. Salut, Molly.

Rick dépose bruyamment son plateau sur la table. Sarah l'imite, mais plus discrètement.

– Salut, Rick, dis-je. Passé de bonnes vacances ?

– Pas vraiment. En gros, j'ai glandé avec des losers.

– Moi pareil.

Molly ouvre de grands yeux quand Sarah lui explique :

– On a passé tout l'été ensemble.

– C'est tout ce que tu manges ? demande Rick à Molly.

– Ouais. Si j'en avais plus, je t'en aurais proposé. Tu aimes bien le coleslaw ?

– Il aime surtout se comporter comme un crétin, réplique Sarah, d'un ton qui pourrait passer pour sincère. Mange tes lasagnes, toi.

– J'allais lui en proposer, lui répond Rick. Pas un cadeau, d'ailleurs, à moins d'aimer le carton à la sauce tomate.

– Merci quand même, fait Molly.

– Je n'ai pas vu Sheila, reprend Rick en sautant du coq à l'âne comme il sait si bien le faire.

– Moi non plus, dis-je.

– Ha ha. Et si tu changeais de blague, cette année ?

Je souris.

– Je ne blaguais pas. Tu veux des exemples ? Ça, c'est une blague.

Je saisis un badge sur ma veste, celui qui dit : « On s'est déjà vus ? NON ! »

– Merci de m'ouvrir les yeux, Parker, glousse Rick. Maintenant que je sais ce que c'est qu'une blague, j'ai peut-être une chance de rire en regardant les sitcoms. Pour le moment, ça m'endort.

– Je ne te garantis rien. Et pour en revenir à notre sujet, je n'ai pas croisé Sheila aujourd'hui. Sauf chez moi. Je ne vois pas en quoi ça t'intéresse, d'ailleurs… Elle a un mec… et toi, tu as une plus-ou-moins-petite-amie…

– Je trouve ça bizarre, c'est tout. Je sais que, toutes les deux, vous êtes… Enfin… C'est juste qu'elle ne connaît que toi, ici.

– C'est compliqué, intervient Sarah.

– Tu veux dire que c'est une histoire de filles ?

– Rick, dis-je d'un ton conciliant. On te laisse t'asseoir avec nous parce que tu es le plus-ou-moins-petit-ami de Sarah, mais tu ne fais pas partie de la catégorie filles. Si tu ne comprends pas de quoi on parle, résigne-toi à être largué. Tu peux même l'assumer.

– Être largué, ça sous-entend un minimum d'intérêt pour le sujet. Faire ami-ami avec ta petite péteuse de cousine, ça n'est pas au top de mes priorités. C'est sûr que ça craint de débarquer dans un nouveau lycée, mais elle ne peut pas te le reprocher. Elle devrait apprendre à relativiser, ou au moins à avoir un peu de compassion.

Je souris.

– Tu diras ce que tu voudras, Sarah, mais ce mec est cool.

J'avance le poing et on checke.

– Il pourrait être mon plus-ou-moins-petit-ami à moi aussi, ajouté-je. Ou à nous trois, même.

– Rayon mecs, je n'ai pas encore fait mon shopping, intervient Molly. Sans vouloir vexer personne.

– Pas de problème, lui assure Rick. J'avais déjà compris quand tu as refusé mon carton à la sauce tomate. D'ailleurs, je vais me chercher à boire pour faire passer ce truc. Je vous prends quelque chose ?

– Comme d'hab', une canette de C4.

Les autres ne répondent pas. Il s'éloigne et je reprends :

– Je n'ai pas le souvenir de m'être plainte de Sheila. Du moins, pas devant Rick.

Pas de réaction.

– Sarah ?

– Je ne lui ai pas dit grand-chose. En dehors du couplet sur le fait de débarquer dans un nouveau lycée en première.

Je hausse les épaules.

– Il n'y a rien d'autre à dire. Bon, je ne m'entends pas très bien avec elle, mais c'est pareil avec un tas d'autres gens.

– Parce qu'ils ne suivent pas les règles ? demande Molly.

– Parce que ce sont des robots compliqués et sans âme qui ne disent jamais ce qu'ils pensent et qui se mettent dans tous leurs états quand, moi, je le fais. *Et* qu'ils ne suivent pas les règles. Qui ne devraient même pas s'appeler les Règles de Parker, en plus. C'est juste du sens commun qui manque communément aux gens communs.

Rick revient s'asseoir.

– Tiens.

Je sens la fraîcheur d'une canette frôler mes doigts.

– Merci.

Je tire la capsule en maintenant ma paume au-dessus du couvercle pour bloquer le léger afflux de mousse et je bois une gorgée. Mmm… La fraîcheur gazeuse de la caféine avec colorant caramel au sucre de canne. Parfaitement succulent.

– Je viens de voir Sheila, nous annonce Rick. Près de la caisse, en train de parler au Trio Dynamique – je veux dire, avec Faith et Lila ; je n'ai pas vu Kennedy. En tout cas, elle n'est pas allée s'asseoir avec elles.

– Ça peut prendre un peu de temps, avec le bazar de la bataille des groupes qu'il y a en ce moment, observe Sarah.

Quand un nouveau arrive au lycée, il est testé, catalogué, traité et absorbé relativement vite, souvent dans le même genre de groupe que celui qu'il vient de quitter. Mais quand deux lycées fusionnent, c'est une autre histoire. Chaque chef de tribu de Jefferson est arrivé avec toute sa cour, et personne ne sait comment va se terminer la lutte pour le pouvoir. Sarah et moi, on pense que Sheila va s'intégrer dans le Top Pop, chapeauté par le Trio Dynamique – Faith, Lila et Kennedy –, mais on ne sait pas si le Top Pop d'Adams va fusionner avec le Top Pop de Jefferson ou s'ils vont rester distincts. Les deux scénarios paraissant aussi improbables l'un que l'autre.

– On verra, dis-je. Au moins, maintenant, Rick n'est plus largué.

– Si, si, toujours, rectifie-t-il. Mais j'essaie d'assumer.

– Chacun des membres du Trio Dynamique a plus de trucs à dire à Sheila en la croisant au hasard dans la queue de la cafète que moi après tout un été passé avec elle. Je ne pourrais pas discuter jeans de designer même si on me collait un flingue sur la tempe. Pas que ça m'inquiète, cela dit.

– Toujours largué, signale Rick.

J'enchaîne :

– Ça m'étonnerait quand même que Sheila devienne membre du Trio Dynamique, parce que sous tout ce gloss, ces histoires de fringues et ces coups de poignard dans le dos, Faith est une outsider. Elle a une dimension cachée.

– Toujours largué.

– C'est bien, continue à assumer. Mais si Sheila s'intègre et qu'elles deviennent le Quatuor Dynamique ou je ne sais quoi, un jour ou l'autre elle sortira une crasse sur moi et Faith la réduira en cendres et elle retournera en poussière.

∴ ∴ ∴

Coin-coin...

– Allô.

– Salut, Parker. Ça fait exactement vingt-quatre heures. Ça y est ? Tu te sens disposée à parler ?

– Waouh. Un petit bisou, d'abord ? Ton après-midi, ça a été ?

– Traversé en rampant, si tu veux savoir. Alors ?

– Tu ne m'as pas *donné* vingt-quatre heures. On n'a pas passé une minute seules toutes les deux.

– Ça ne change rien. Ça fait toujours vingt-quatre heures. On est toutes seules, là. Qu'est-ce qui s'est passé ?

– Rien.

– Rien ? Rien du tout ?

– Voilà. Il ne s'est rien passé. Je ne lui ai pas parlé et il ne m'a pas parlé. Je n'ai pas entendu sa voix de la journée.

– C'est...

– Impressionnant, je sais.

– J'allais plutôt dire : « un air familier ».

– J'ai un avantage sur vous, les modèles complets : vu qu'il n'y a pas de contact visuel fortuit, ça ne crée pas de malaise.

– Qu'est-ce que t'y connais, toi, en contact visuel fortuit ?

– Je connais ce que tu n'arrêtes pas de me répéter. Et je te rappelle que j'ai vécu sept ans avec une vision de dix sur dix, avant l'accident. J'ai eu des tas de contacts visuels fortuits en CP. Tu te souviens de Patel ?

– Je ne te parle pas de Patel. Je te parle de…

– Il ne s'est rien passé. Il ne se passera rien.

– Il va être en cours de maths avec toi tous les matins jusqu'en juin. Tu vas juste faire semblant qu'il n'est pas là ?

– C'est pas aussi compliqué que ça en a l'air…

– C'est pas compliqué, c'est débile. Il finira par venir te parler. Et là, tu feras quoi ? Comme s'il n'existait pas ?

– Ça a marché, en quatrième.

– Pendant deux mois, jusqu'aux vacances. Tu crois que ça va marcher pendant les neuf mois qui viennent ?

– Je…

– Et l'an prochain ?

Et tout à coup, ça ne m'amuse plus. Ça ne m'amusait pas vraiment au départ, mais je ne me situais pas dans une discussion sérieuse.

– On n'est jamais sûr de rien dans la vie, reprend Sarah. Mais je peux quand même te garantir qu'il viendra te voir. Il va s'excuser…

– Il a déjà essayé.

– Il réessaiera. Il dira qu'il est désolé…

– Je ne veux pas qu'il le fasse…

– Ce n'est pas ça qui l'en empêchera. Il profitera d'un moment où tu seras seule. Et si tu te persuades que ça n'arrivera pas, ça te prendra au dépourvu et tu ne sauras pas comment réagir…

– T'inquiète, je saurai.

– Oui, c'est ça. Tu vas l'ignorer pendant des jours, des semaines, des mois? C'est bon quand on a treize ans, mais on n'est plus des gamins, Parker. D'ailleurs, c'est précisément ce qu'il te dira: qu'il n'était qu'un gamin et qu'il a été idiot et qu'il regrette et qu'il voudrait que tu lui pardonnes…

– Je ne peux pas.

– Je sais…

– Mais tu penses que je devrais.

– Je n'ai pas dit ça…

– J'y crois pas, Sarah! T'es dans son camp? Tu trouves que je fais toute une histoire pour… ?

– Mais non, Parker. Écoute-moi. Je suis de ton côté…

– Alors pourquoi tu me mets la pression?

J'ai la voix qui tremble. Ça me dégoûte, et je la raffermis.

– Tu n'étais pas là. Ce qu'il a fait est impardonnable.

– Je sais. Je voudrais juste que tu te tiennes prête.

– S'il essaie de me faire le coup du « désolé pour ce que j'ai fait quand je n'étais qu'un crétin de treize ans », je sais *parfaitement* ce que je répondrai. Je lui dirai : « Va te faire foutre, Scott Kilpatrick, avec tes excuses à la con. Quand on fait des trucs débiles, on assume les conséquences. Alors retourne à ta vie et laisse-moi vivre la mienne, et ne me parle plus jamais ou tu vas te ridiculiser parce que je ne te répondrai pas. » Qu'est-ce que tu dis de ça ?

– Ça le fera, Parker. Ça le fera.

CINQ

– Je te préviens, Rick, je te jure que t'as pas intérêt à souffler sur ton assiette.

Tous les vendredis, c'est grillades, et j'ai horreur de ça. Rick sait que l'odeur des haricots blancs et du maïs cramé me soulève le cœur, et son grand jeu est de la souffler dans ma direction.

– Pas ma faute, c'est chaud, argumente-t-il avec un sourire dans la voix.

– Ce serait bien la première fois depuis deux ans, observe Sarah.

– Même la sauce super épicée d'hier avait un goût de froid, enchérit Molly. Leur sauce moyennement épicée, ça doit être juste du ketchup.

– Berk, fais-je. Ça t'apprendra à oublier ta lunch-box.

– Excusez-moi, lance une voix inconnue à proximité.

Ça ressemble à une voix de prof.

Personne ne répond. Je ne sais même pas s'il s'adresse à nous. Je continue à siroter mon C4.

– Je suis M. Underhill, un professeur d'EPS. Je peux te parler une minute, Parker ?

J'avale de travers et je tousse en repliant mon coude devant ma bouche.

– Moi ? J'ai déjà passé mes épreuves d'EPS, demandez à M. Rivers…

– Ce n'est pas à propos de ça. Je t'ai vue courir ce matin.

Mes cheveux se hérissent sur ma nuque.

– Courir ? répète Molly.

– Tôt ce matin, confirme-t-il. Je…

– Attendez-attendez. On peut se parler dehors ?

Je me lève en m'empêtrant dans les pieds de ma chaise et je saisis ma canne.

– Oui, bien sûr. Désolé de te déranger.

Il me suit dans le couloir, où je me fraie lentement un passage dans la foule.

– On peut trouver un endroit plus tranquille ?

Une porte s'ouvre en grinçant sur ma droite.

– Cette salle est vide, me dit-il.

On entre et la porte se referme.

– On est seuls, vous êtes sûr ?

– Oui. Tu as peur de quelque chose ? Ou de quelqu'un ?

Peur, non. Mais j'appréhende la suite, c'est sûr. Le fait que ce prof m'ait vue courir ce matin au stade est une catastrophe. Si jamais ça se sait…

– Qui vous en a parlé ?

– Personne. J'habite à côté, à Manzanita. Ça fait longtemps que tu vas courir au stade ?

– Des années. S'il vous plaît, ne… Attendez, vous avez raconté ça à quelqu'un ?

– Non, mais…

– S'il vous plaît, n'en parlez pas !

L'appréhension se mue en pure panique. Courir est un ingrédient essentiel de ma santé mentale. Si ça s'apprend et que les gens viennent me regarder, ou, pire, s'ils se pointent sur le terrain et que je ne peux même plus être sûre que la voie est libre… je ne pourrai pas savoir s'il y a quelqu'un. Je devrai m'arrêter. Comme ce matin.

– Quelqu'un t'embête ?

– C'est juste… un truc personnel que je n'ai pas envie de rendre public. Et je ne suis pas aveugle à la dimension spectacle de cirque. Je ne veux pas de spectateurs. S'il vous plaît, n'en parlez pas.

– Entendu, je garderai ça pour moi.

– Pourquoi vous ne m'avez rien dit, ce matin ?

– Je n'ai pas voulu t'inquiéter. Il aurait fallu que je puisse te prouver que j'étais bien un prof, et pas un inconnu qui cherchait à t'aborder au milieu de nulle part.

– Je sais gérer les inconnus. Je le fais tout le temps. Mais si vous ne me parlez pas, je ne peux pas savoir que vous êtes là. C'est comme si vous m'espionniez.

Voir règle numéro neuf.

– C'est pareil avec tous les gens que tu croises, non ?

– Pas avec ceux qui me connaissent.

– Je vois.

Je n'ai pas l'impression, non.

– Ce n'est pas grave, vous ne pouviez pas savoir, dis-je. Mais s'il vous plaît, ne racontez ça à personne. J'ai même des amis qui ne le savent pas.

– Ça n'a rien d'un spectacle de cirque. Sans ton bandeau sur les yeux qui flotte derrière toi comme un drapeau, personne ne pourrait deviner que tu es aveugle. Il faut voir ça !

– Ou pas.

– Tu cours avec beaucoup d'assurance. Tu as déjà eu un chien guide d'aveugle ?

– Non. Jamais eu besoin dans ma vie quotidienne. Peut-être plus tard, après le lycée, quand il faudra que j'aille toute seule dans des endroits inconnus où il y a du monde.

– Je peux te demander qui t'a appris à courir ?

Je me sens soulagée de savoir que mon secret n'a pas été dévoilé, mais ses questions m'énervent.

– Pourquoi faudrait-il que quelqu'un m'ait appris ?

– Eh bien, il y a courir et courir. Tu as l'air d'avoir reçu un entraînement.

– Oh. Mon père courait. Il m'a montré quelques trucs. Comment respirer, tout ça.

– Tu as déjà envisagé de faire de la compétition ?

Je ris.

– Vous comprenez pourquoi je cours au stade Gunther à six heures du mat, non ? C'est un grand truc désert, et carré. Pas besoin de rester dans un couloir. Personne autour.

– Beaucoup de coureurs sont déficients visuels. Si je peux me permettre, qu'est-ce que tu arrives à voir ?

– Euh… Rien du tout.

– Je comprends, mais tu distingues de la lumière, non ? Ou tout est flou ?

Je n'aime pas parler de ça, mais je décide de la jouer cool.

– Non. C'est tout noir. Je me suis déchiré les nerfs optiques dans un accident de voiture. Mes yeux n'ont rien, mais… plus de lumière.

– Désolé. Je n'aurais pas cru…

– Pas grave. Beaucoup d'aveugles voient un peu. Vous auriez pu avoir raison.

– En fait, j'ai cru que tu avais des problèmes de sensibilité à la lumière parce que… sinon, pourquoi mettre un bandeau ?

Je ris.

– Oh, c'est un accessoire ! Comme un chapeau ! Une lubie vestimentaire que les autres ne peuvent pas me piquer, ou ils ne verraient plus rien.

Lui ne rit pas, c'est un peu triste; mais j'entends un sourire dans sa voix quand il reprend:

– Je te demandais juste ça par curiosité. De toute façon, aux Jeux paralympiques, tous les coureurs malvoyants portent des lunettes opaques pour éviter que ceux qui voient un peu soient avantagés.

– C'est… terrible! dis-je en riant.

– Et ils sont tous guidés par un coureur voyant. Si tu voulais t'y mettre, on pourrait travailler.

– Non merci.

Et pour que ce soit bien clair, je cherche la porte. Mais ma main ne rencontre que le vide. J'avance lentement, en agitant le bras.

– Il n'y a pas de quoi avoir peur.

Je rejette l'idée d'un petit rire tandis que ma main trouve la poignée.

– J'ai l'air d'avoir peur?

– Quand tu cours, non. Mais il y a une minute, quand tu imaginais qu'il pouvait y avoir des gens en train de te regarder, oui.

C'est sûr, ce sont deux choses tout à fait différentes.

Molly est assise avec moi sur les marches. C'est devenu une routine, qu'elle m'accompagne au parking et qu'on attende ensemble l'arrivée de tante Celia.

On ne parle pas. Alors je me mets à me poser des questions, comme toujours. Soit on n'a déjà plus rien à se dire au bout de huit jours, soit elle est d'une humeur mélancolique et ça m'a échappé, soit elle cherche comment me poser une question embarrassante, soit elle…

– Tu connais Scott Kilpatrick ?

Merde.

– Je le connaissais avant, dis-je d'un ton détaché. Au collège. Pourquoi ?

– Tu sais qu'il est assis devant moi en maths ?

– Ouais, j'ai entendu sa voix. Il te plaît, ou quoi ?

– Je n'en sais rien, je ne le connais pas assez.

– Il y a des tas de gens qui n'ont pas besoin de ça pour flasher sur quelqu'un.

– Il te regarde, quelquefois.

Je me contracte. Je ne veux pas en parler, mais je ne veux pas non plus qu'elle s'en aperçoive.

– Je me doute qu'on doit souvent me regarder. La Course d'obstacles à domicile. L'Éléphant dans le magasin de porcelaine.

– Et ton bandeau pour attirer l'attention.

Celui que je porte aujourd'hui est un tie-and-dye. J'entrevois une porte de sortie.

– Tu l'aimes bien, celui-là ? dis-je en soulevant la pointe du foulard. C'est moi qui l'ai fait. À quoi il ressemble ?

– Tu ne sais pas ? Je veux dire, personne ne te l'a jamais dit ?

– Le tie-and-dye, c'est dur à décrire. C'est un peu comme un test de Rorschach. Tu vois quoi, toi ?

– Une dominante de bleus et de verts avec un peu de turquoise. Des taches de rouge, des traînées de bordeaux, un peu de violet. Des rayures verticales, sûrement à cause de la façon dont tu l'as plié. On dirait le drapeau américain version hippie. Alors, qu'est-ce que ça dit de moi ?

– Esprit pratique, objectivité, rien d'alambiqué. Faith parle de bourgogne et de fuchsia pour le bordeaux. D'autres voient des tourbillons, ou projettent des tas d'images de rêves dessus.

– Comment tu sais que tu portes celui-là ?

– À cause de l'étiquette, tu vois ?

Je la lui montre, cousue sur la pointe.

– Je bricole ces trucs en braille sur des étiquettes en plastique et je les couds sur quasiment tout ce que je porte.

– C'est cool ! Mais ce n'est clairement pas pour ça que Scott te regarde.

Re-merde.

Ma gorge se noue. Je recommence à avoir chaud. Je crois que Molly et moi, on est en train de devenir amies, peut-être même de vraies amies. Dans ce cas, elle finira par le savoir. Et ça ne rime à rien que je dépense des trésors d'énergie pour éviter l'inévitable.

– C'était mon meilleur ami depuis le CM1. Et puis, en quatrième, on… on a commencé à s'embrasser. C'est tout.

Ça n'a pas duré longtemps. On a rompu, et ensuite on s'est retrouvés dans deux lycées différents.

– Il devait vraiment embrasser super mal.

Je lâche un petit rire.

– Pas du tout. Mais ça… Enfin, il…

J'inspire à fond.

– Ça faisait une quinzaine de jours qu'on était ensemble. Et puis un jour, à la pause déjeuner, on est entrés dans une classe vide… Enfin, tu vois. Et j'ai entendu ricaner.

Mon souffle s'accélère. Je ne peux pas raconter ça sans que tous les sentiments ressurgissent comme si j'étais de nouveau en train de le vivre. La panique suffocante d'avoir accordé une confiance totale à quelqu'un, d'absorber tout ce qu'il nous donne, et que ça se change brusquement en poison brûlant.

Je me force à respirer plus profondément pour me calmer.

– Il y avait quelqu'un, complète Molly.

– Sept quelqu'un. Sur le coup, ça m'a fait flipper, j'ai sursauté, et Scott et moi, on s'est cogné les dents, et tous les autres se sont marrés. Après, tout le monde parlait en même temps. Je ne me rappelle pas précisément ce qu'ils disaient, mais en gros, ils félicitaient Scott et se foutaient de moi pour m'être fait avoir. J'ai poussé Scott et il est allé buter contre un meuble. Il m'a rattrapée au milieu du couloir pour me dire qu'il était désolé, qu'il leur avait dit de venir parce qu'ils ne voulaient pas croire qu'on était ensemble, et d'autres conneries, je ne sais plus quoi. Je me suis enfermée dans les chiottes jusqu'à la reprise des cours. Puis je suis allée au secrétariat appeler mon père, et il est venu me chercher.

Silence.

– Après, Scott m'appelait tout le temps. Je refusais de répondre. J'effaçais tous ses messages sans les écouter. Au collège, il venait me voir pour me dire qu'il était désolé, mais je ne voulais pas lui parler et mes amies faisaient barrage, surtout Sarah et Faith. Un jour, il est venu chez moi et mon père l'a viré – en lui passant un savon –, mais je n'ai pas entendu ce qu'il disait. Et il a arrêté. Quand on avait cours ensemble, je faisais comme s'il n'était pas là. Et puis on s'est retrouvés dans deux lycées différents, et c'en est resté là. C'est de l'histoire ancienne, maintenant.

Voilà. Tous les détails crades, exposés avec détachement, sans rien omettre. Affaire classée.

– Je ne sais pas quoi te dire, déclare Molly à mi-voix. C'est horrible.

Cet élan de tendresse fait battre mon cœur plus vite.

– Rien de grave… dis-je. Des conneries de mômes.

Je le regrette aussitôt. Comme je ne veux pas dramatiser, j'ai essayé de présenter les choses avec légèreté, mais honnêtement. Dire que ce n'est pas grave n'est pas honnête. *C'était* grave. Ça l'est toujours.

– Tu rigoles ? C'est un cauchemar ! C'est atroce ! Et tu dis qu'avant, Scott était ton meilleur ami ?

– Depuis des années. Quatre, pour être précise. Un, deux, trois, *quatre*.

J'ai un peu le vertige. Si elle avait éludé l'incident en le traitant comme une vulgaire histoire de gosses, ça irait. Mais l'entendre confirmer que c'est sérieux…

– T'embrasser devant sept garçons qui t'espionnent sans que tu le saches ? Je l'aurais tué. Je le tuerais volontiers maintenant.

Mon cœur se serre encore plus. Je vais avoir du mal à continuer d'en parler. Sur le coup, c'est moi que j'ai eu envie de tuer. Je venais de découvrir un aspect des gens dont je connaissais l'existence, mais dont j'avais cru pouvoir me protéger, et j'apprenais brusquement que c'était impossible. Il n'y a pas de sécurité absolue, nulle part. Pas celle que je recherche, en tout cas.

– Donc oui, je connais Scott Kilpatrick, dis-je en soupirant. Ou je croyais le connaître. Avant de comprendre mon erreur.

Parce qu'on ne peut jamais vraiment connaître quelqu'un d'autre. Pas complètement.

Molly bouge et me bouscule un peu, et je sens sa main sur mon épaule. Je comprends qu'elle a commencé par me heurter pour ne pas me surprendre, pour me toucher sans me prendre de court, sans pour autant avoir à me demander la permission. Je lui suis tellement reconnaissante d'avoir si bien intégré la règle numéro deux au bout d'une semaine que je me demande si je ne vais pas craquer. Je ne me le demande pas longtemps, parce que tante Celia arrive pour me tirer de là. L'ironie me ferait presque rire. Presque.

⁂ ⁂ ⁂

Salut papa,

Semaine classique, avec du bon et du mauvais. Je suis désolée qu'on ne se parle plus après les cours ; je n'arrive pas à trouver l'occasion de rester assise tranquille dans un coin. Petey croit que je m'ennuie, ou en tout cas que je suis disponible. À partir de maintenant, je pense que je pourrai seulement te parler le soir avant de me coucher.

Désolée aussi de te parler comme si tu m'écoutais vraiment. Je sais que ça ne marche pas comme ça. Que si tu me voyais, tu n'aurais pas besoin que je t'explique tout. Mais c'est comme ça que mon cerveau a besoin de procéder.

Maintenant, je regrette de ne pas savoir ce que tu as dit à Scott le jour où tu l'as chassé. En tout cas, ça a marché. Je n'ai jamais dû te dire à quel point je t'en étais reconnaissante. S'il avait continué à se comporter comme dans une comédie romantique minable, je crois que j'aurais pété les plombs.

Sauf que j'ai pété les plombs, je le sais bien. Intérieurement, du moins. Et peut-être que toi aussi. À partir de ce jour-là, je l'ai entendu dans ta voix ; la prise de conscience que tu ne pourrais pas toujours me protéger. J'ai essayé de te faire croire que ce n'était pas ton boulot. Mais je n'ai pas dû essayer assez.

Comme tous les soirs, je traverse ma chambre pour prendre le flacon de pilules en plastique qui se trouve dans mon tiroir à foulards. C'est le flacon de Xanax vide qui était posé sur la table de nuit de mon père le matin où je l'ai trouvé. Flacon dont j'ignorais l'existence jusqu'alors, mais qui trônait là à découvert depuis un moment. Flacon dont s'est servie la compagnie d'assurances pour refuser de payer l'assurance-vie qui aurait permis de laisser la maison à mon nom, au lieu de la mettre à celui de Celia. Flacon que je voulais garder au point de frapper l'inspecteur de police encore et encore, jusqu'à ce qu'il me promette de me le rendre après l'enquête, bouclée en moins de huit jours. Flacon qui, pour Celia, prouvait ce qu'elle avait toujours su : que son beau-frère était le faible de la famille, même si c'est sa sœur qui avait bu trop de vin et nous a envoyées percuter la rambarde du pont. Ma mère en est morte, et son visage hurlant est la toute dernière image de ma vie. Et plus important que tout le reste, c'est ce flacon qui m'a appris que tout le monde a ses secrets. Tout le monde. Même ceux qu'on aime le plus et qu'on croit connaître et dont on croit qu'ils vous aiment aussi.

J'ouvre le flacon, j'en sors une étoile dorée que je lèche, et je la colle fermement sur le tableau punaisé sur ma porte. Ma Carte des étoiles : un rectangle blanc se couvrant d'étoiles, que je qualifie d'art tactile quand on me pose la question. J'en ajoute une chaque soir, si je l'ai méritée. J'en suis à ma quatre-vingt-unième étoile dorée. Quatre-vingt-un jours consécutifs sans pleurer.

Je sais que c'était un accident. De l'oxycodone pour ton dos, en augmentant les doses quand tu as vu que ça ne marchait pas, avec de l'ibuprofène pour l'inflammation, plus quelques Xanax. Là-dessus, quelques bières qui t'ont fait oublier que tu les avais déjà pris, alors tu en as repris, et quelques Xanax de plus parce que la semaine avait été difficile. En conséquence de quoi tu as arrêté de respirer quelque part entre une heure et trois heures du matin. Quoi que puissent en dire les gens de l'assurance ou les membres de ma famille la plus proche, je sais que tu ne m'aurais jamais laissée seule délibérément. Je le sais.

Mais je sais aussi que tu gardais tes émotions pour toi, et qu'elles étaient assez pesantes pour te pousser à prendre toutes ces pilules. Je ne crois pas que ça aurait changé le cours des choses, parce que je suis sûre que c'était un accident; mais peut-être que si j'avais su, j'aurais pu t'aider. Peut-être que tu n'aurais pas eu besoin de prendre tous ces médicaments. Peut-être.

J'enlève mon foulard et je le range avec le flacon dans le tiroir. Je passe les doigts sur l'interrupteur pour m'assurer que la lumière est éteinte – les gens laissent parfois allumé en sortant parce que ça leur ferait trop bizarre d'éteindre alors qu'il y a quelqu'un dans la pièce. C'est bien éteint ; la pièce est aussi sombre pour les autres que pour moi. Encore que. Je me rappelle vaguement qu'avec la lune et les étoiles, et les lampadaires dans la rue, rien n'est jamais aussi sombre que ça l'est maintenant pour moi.

Je me glisse dans mon lit.

Bonne nuit, papa.

SIX

Petey a une fascination sans limites pour les dessins animés japonais, ce qui tombe mal pour moi. On m'a expliqué que leur principal intérêt résidait dans le visuel. De ce fait, ça se résume pour moi à la voix de mauvais acteurs ânonnant des dialogues mal traduits de mauvais scénarios. Mais comme on est dimanche matin, on est devant la télé, moi avec mon hachimaki et lui avec son kimono de karaté et sa nouvelle ceinture rouge, qu'il a gagnée hier.

Quelqu'un entre dans le salon et s'affale lourdement dans le fauteuil en cuir inclinable. Sheila. C'est la seule qui se vautrerait près de moi sans rien dire. Elle se met à envoyer des textos. Je suis assise sur le canapé, la tête renversée sur le dossier, sans vraiment suivre le dessin animé. Je ne sais même plus vraiment de quoi ça parle, mais ça n'a pas d'importance parce qu'une brusque explosion de synthés et de guitares électriques me signale que c'est le générique de fin.

– Prêtes, les filles ? nous lance tante Celia depuis l'entrée.

– Vous allez où ? demande Petey, plein d'espoir.

Sheila comprend qu'il tend la perche pour qu'on lui propose de venir et lui répond d'un ton morne :

– Au centre commercial. Faire du shopping. De fringues. Tu trouverais ça atroce. Et du coup, nous aussi.

– Tu viens quand même, l'informe tante Celia. Ton père n'est pas là, il a emmené sa voiture au garage pour vérifier le niveau d'huile.

Petey lâche un grognement.

– Ça va être sympa ! dis-je. Il me faut des nouvelles chaussures de course. Tu pourras m'aider à les choisir !

– Mais j'ai pas envie d'attendre des heures pendant que Sheila essaie des milliards de pantalons !

– Ça n'amuse personne, chéri, lui assure tante Celia en entrant dans le salon. C'est pour ça qu'on rentrera dès qu'on aura trouvé des chaussures pour Parker et qu'on la laissera là-bas.

– Cool ! s'écrie Petey tandis qu'on sort de la maison.

– Hé, là ! À l'arrière ! lui rappelle tante Celia. C'est moi qui monte devant à côté de Sheila.

C'est bien un truc de dictateur, de ne pas suivre les règles qu'on impose aux autres.

– Mais… tente Petey.

– Je suis en conduite accompagnée, lui rappelle Sheila. J'ai le droit de conduire seulement si maman est à côté de moi. Va falloir t'y faire.

Installée à l'arrière avec Petey, je lui tends la main en chuchotant :

– Un, deux, trois, quatre…

Il la saisit en complétant à mi-voix :

– … la guerre des pouces est déclarée.

.·. .·. .·.

On tournicote dans le parking du centre commercial. Je ne sais pas si c'est parce qu'il est plein ou parce que Sheila veut juste éviter de marcher cinq mètres de plus.

– Tu ne devais pas retrouver ton amie à la cafétéria ? lui demande tante Celia. C'est tout à fait à l'autre bout !

– Je sais, fait Sheila.

Je ne vois pas qui peut être cette nouvelle amie.

Elle se gare, sort de la voiture et disparaît à peine le moteur éteint.

– On peut aller au magasin de jeux vidéo ? demande Petey.

– On n'achète pas de jeu aujourd'hui, réplique sa mère.

– Juste pour regarder !

Petey aime bien me rendre service, mais le shopping, c'est beaucoup demander, même à lui.

– On doit aider Parker à trouver des chaussures, et tout de suite après, on rentre à la maison, répète tante Celia.

– Je n'ai pas besoin d'aide, en fait, dis-je, non par esprit de contradiction mais parce que c'est la vérité. On entre du côté de l'animalerie, non ? Une fois à l'intérieur, laissez-moi une demi-heure et je vous retrouve ici.

– Super ! jubile Petey.

– Non, non. On va t'aider, Parker.

– Merci, mais il n'y a vraiment rien que vous puissiez faire. Je sais où je vais et ce que je veux, et j'ai ma carte de crédit. Je t'envoie un texto s'il y a le moindre problème. Et si je reviens devant l'animalerie avant vous, je jouerai avec les chiots en vous attendant.

– Je ne crois pas que ce soit une bonne idée.

C'est là que la situation bascule. J'avoue que j'ai gaffé en parlant de l'animalerie – la seule chose plus épuisante que devoir refuser un jeu vidéo à Petey est devoir lui refuser un chiot. Mais le reste n'était qu'une tentative sincère de donner une chance à tante Celia. Elle l'a ratée.

– Sheila peut traîner toute la journée, mais je n'ai pas droit à une demi-heure toute seule pour m'acheter des chaussures ?

– Parker, ce n'est pas comparable, me répond-elle de son ton las.

– C'est tout à fait comparable.

– Je suis désolée, mais non. On ne va pas parler de ça maintenant…

– Si, je tiens à en parler, au contraire. Pourquoi faut-il que tu restes avec moi, exactement ?

– Eh bien, c'est plus facile si on…

– Je n'ai pas besoin que ce soit plus facile.

– Comment vas-tu choisir ce que tu veux ?

– Je sais déjà quelle paire je veux. Je la demande à un vendeur, il va la chercher, je lui donne ma carte de crédit, et voilà.

– Mais s'ils te font payer plus cher ? Il ne vaudrait pas mieux payer en liquide ?

– Non. Ils scannent le code-barres sur la boîte et c'est retiré directement sur ma carte de crédit. Si je paie en liquide, ils peuvent enregistrer soixante dollars sur la caisse et m'en demander cent. Le mec n'a plus qu'à se mettre quarante dollars dans la poche, je me fais avoir et je ne peux rien prouver. Avec la carte, en rentrant à la maison, je peux vérifier en ligne que le type m'a demandé le bon prix et valider le paiement seulement à ce moment-là.

Silence.

Tante Celia ne vit avec moi que depuis trois mois, et il reste encore un tas de situations auxquelles elle n'a pas été confrontée. Je n'avais pas prévu qu'aujourd'hui serait le jour du bras de fer sur la question du shopping, ni que Petey mettrait la pression sur les jeux vidéo – ce que je comprends très bien, d'ailleurs.

– J'essaie juste de t'aider, me dit-elle enfin.

Elle paraît sincère. Comme si je l'avais blessée. Mais si quelqu'un doit se sentir blessé parce qu'il insiste pour me donner un truc dont je ne veux pas, je ne vois pas en quoi ce serait ma faute. Enfin, tout ça ne nous avance pas beaucoup.

– J'ai une proposition à te faire. Suis-moi, si tu veux, et tu verras que tout se passe très bien. Ça va être une corvée pour Petey, mais ça l'aurait été de toute façon.

– Tu veux qu'on te suive ? À combien ? Dix mètres environ ?

– Je ne veux pas, mais je ne peux pas t'en empêcher. C'est toi qui vois. Je te demande juste de ne pas intervenir tant que je ne mets aucune vie en danger. Et on se retrouve ici dans une demi-heure.

Soupir.

– Très bien.

Je me guide dans le centre commercial à l'aide de ma canne. Cette dispute m'a presque fait perdre mes repères, mais je me resitue grâce aux aboiements des chiots sur ma gauche. Je sais qu'il n'y a ni bancs ni autres obstacles dans cette allée, et j'avance facilement, en tapant assez fort avec ma canne pour que ceux qui ne me voient pas m'entendent arriver.

Il y a sept boutiques devant moi. Ma canne longe le mur, puis plus rien le temps que je passe devant l'entrée d'un magasin, puis retrouve le mur. Au bout de sept entrées, je sais que je suis arrivée.

Je m'attends à ce que tante Celia intervienne parce que je

vais droit à la fontaine. Exprès, mais elle ne le sait pas. Le muret n'arrive qu'à hauteur de tibia et elle doit penser que je vais foncer dedans. Ma canne heurte la bordure et je m'arrête. Personne ne dit rien.

Sauf un petit garçon qui murmure à côté de moi :

– Maman ! Maman ! Regarde !

Allez savoir de quoi il parle. Peut-être de moi, peut-être d'une crotte qui flotte dans la fontaine. Maintenant, me voilà à la phase critique : m'orienter jusqu'au rayon chaussures.

– Elle fait semblant d'être aveugle ! chuchote le petit garçon, assez fort pour que ça résonne.

À chaque fois se pose la question de réagir ou pas. Je sais qu'il n'est pas loin, et je me penche un peu.

– Je ne fais pas semblant, dis-je dans un murmure bien audible. Je suis vraiment aveugle. Mais pas sourde.

Son souffle s'arrête dans sa gorge et j'entends des semelles qui frottent le sol. Il a dû aller se cacher dans les jupes de sa mère.

– Mais pourquoi tu as un bandeau ?

– Allez, viens, Donnie, dit une jeune femme. Laisse-la tranquille.

– Je le mets parce que je le trouve joli. Et parce que les pilotes japonais de la Seconde Guerre mondiale en portaient quand ils allaient s'écraser exprès sur leurs cibles. Ça m'arrive, à moi aussi. Sauf que je ne le fais pas exprès.

Je me rends compte que ma tirade peut être perçue

comme agressive, même si je ne m'adresse pas à des Japonais. Trop tard, maintenant.

– Les kamikazes ! s'exclame-t-il.

Suivent des bruitages d'avion, de mitraillette et d'explosions, le tout accompagné de quelques millilitres de postillons.

Une fois ce dossier réglé, il me reste à affronter la partie la plus complexe. Le magasin de chaussures se trouve en face de la fontaine, qui est ronde. Je la contourne avec ma canne en faisant des pas de côté, tout en évitant de tourner sur moi-même pour ne pas me désorienter. À mesure que je m'éloigne, les bruits d'avion diminuent. Quand je pense être arrivée, c'est le moment de vérifier que je ne me suis pas trompée.

Après m'être engagée assez pour être sûre que je suis dans l'allée principale, je commence à virer sur la droite. J'arrive à ne bousculer personne, même pas des gens qui me tourneraient le dos et qui ne m'entendraient pas venir.

Arrivée devant la porte, je la franchis et je marche tout droit, jusqu'à ce que ma canne rencontre un obstacle qui doit être un présentoir de chaussures. En tendant les mains, je touche de la toile et des lacets. Victoire. Maintenant, ce n'est plus qu'une question d'attente. Elle ne dure généralement pas longtemps.

– Je peux vous aider ?

Un garçon. Peut-être de mon âge.

– Ça dépend. Vous travaillez ici ou pas ?

Il a un petit rire.

– Oui, je suis un vendeur. Vous voulez toucher mon badge ?

– On ne se connaît pas assez. Sauf s'il est écrit en braille.

– Non. Ça dit « Jason ». Vous cherchez quelqu'un en particulier ?

– Non.

Je lève le pied gauche.

– Je voudrais la même paire que celle-ci, en 40.

– Euh… il me semble qu'on ne les fait plus.

– Ce qui ressemble le plus, alors. Je ne suis pas difficile.

– En noir ?

– Absolument. Là-dessus, je suis intraitable. Ni rayures, ni couleurs, ni rien de fantaisiste. Si je dois me faire renverser par une voiture en courant la nuit, je veux que ce soit parce qu'elle ne m'aura pas vue.

– Vous auriez tort de vous priver de courir la nuit, puisque vous n'avez pas besoin de lumière.

Il s'éloigne. Pas de réaction à l'idée que je coure la nuit, ni même que je coure tout court ; au contraire, il a fait de l'humour. Il pourrait me plaire, ce gars. Sauf que je ne sais pas s'il a dix-sept ou vingt-sept ans, et que c'est un peu délicat de le lui demander, même pour moi.

Je réponds « non merci on s'occupe de moi » à trois personnes avant que Jason ne revienne.

– Il y a un banc à trois pas sur votre droite, me signale-t-il.

Il continue à parler pendant que j'avance avec ma canne, la main tendue :

– Je ne sais pas si vous avez une préférence pour la marque…

– Non.

Je trouve le banc et je m'assois.

– Bien. Ils ont remplacé votre modèle par celui-ci, qui lui ressemble, mais avec voûte plantaire renforcée et système d'amorti au niveau du talon. Ça ne sert à rien mais ça ne fait pas de mal non plus. Vous voulez que je mette les lacets ?

Il a posé la question. Il accumule les points.

– Donnez-m'en un pendant que vous vous occupez de l'autre.

Je tends la main et un lacet atterrit dedans.

– Ça marche, me dit-il. On fait la course ?

Je ne manque pas d'expérience pour enfiler des lacets, mais comme il travaille ici, il a de bonnes chances de gagner.

– Vous courez ? demandé-je. Ou vous faites ce job comme vous en feriez un autre ?

– L'un n'empêche pas l'autre. Mais oui, je cours.

– Vous avez déjà fait de la compète au lycée ?

Ah, la ruse.

– J'en fais toujours. Enfin, si j'intègre l'équipe cette année. Mais j'ai mes chances. La sélection a lieu la semaine prochaine.

– Vous êtes dans quel lycée ?

– Je suis en terminale à Adams. Et vous ?

– Oh, vous faites partie des immigrants. Moi, je suis une autochtone.

– C'est vrai ?

Là, je commence à me demander s'il me fait marcher. Sans vouloir me la jouer, quelles sont les chances pour qu'il ne m'ait jamais croisée au lycée, avec ma canne et mon bandeau sur les yeux ?

C'est trop gros pour que je laisse passer.

– Vous ne m'avez jamais vue ?

– Non, on ne doit pas avoir cours dans les mêmes salles.

– Ni prendre les mêmes couloirs, ni manger à la même cafète.

Ça le fait rire.

– À la pause de midi, c'est barre de céréales et tours de stade, pour moi.

Je finis d'enfiler le lacet.

– Fait ! Vous avez fini ?

– Euhh… Ouuuuais… ça y est. J'y suis.

– J'ai gagné, pas vrai ?

– Vous ne le saurez jamais.

Ouah. Jouer avec ma cécité d'une manière naturelle, sans méchanceté, au bout de cinq minutes à peine… !

Je mets les chaussures et je me lève.

– Vous avez trois ou quatre pas devant vous. Si ça ne suffit pas, je peux vous déblayer toute l'allée.

– Non, c'est parfait.

Je rebondis sur mes orteils et je teste les chaussures sur quelques pas. Elles me font un effet un peu bizarre, comme toujours avec les chaussures neuves, mais elles sont bien.

– Combien ?

– Soixante-dix-neuf dollars quatre-vingt-dix-neuf.

– C'est bon, je les prends. Je vous retrouve à la caisse dans une minute.

Je sors ma carte de crédit de ma poche pour la lui tendre.

– Pas besoin, j'ai pris la machine.

Pendant qu'il scanne le code-barres (*biip*) et tape (*clic clic*), je remets mes vieilles chaussures.

– Vous devez signer sur l'écran, reprend-il. Je vais placer la pointe du stylet au bon endroit.

Je trouve l'objet en tendant la main et il positionne l'autre extrémité sur une surface dure.

– C'est bon.

Je signe et il reprend le stylo.

– J'ai mis le reçu dans la boîte.

– Merci.

– Si vous vérifiez, ce que vous avez intérêt à faire, vous verrez que vous n'avez payé que soixante-treize dollars soixante-dix huit.

– Elles sont en solde ?

– Non, j'ai une remise pour la famille et les amis. Et je crois qu'on est amis, maintenant. On a juste un code à entrer, ça n'est pas relié à notre compte ni rien. Alors quand vous reviendrez, demandez-moi : Jason Freeborn.

– Super. Merci, Jason.

– Mais si mon patron me demande quelque chose, il vaudrait mieux que je puisse lui donner un nom.

– Pardon ?

– C'est quoi, votre nom ?

Quelle idiote.

– Parker. Parker Grant. Le même que sur ma carte de crédit.

– Je n'étais pas sûr. Beaucoup de jeunes utilisent celle de leurs parents.

– Je n'ai pas cette chance.

– Tenez, vos chaussures. Promettez-moi de ne pas courir la nuit, même si vous pouvez le faire.

– Promis.

– Bien. On se croisera peut-être dans les couloirs d'Adams. Et puisqu'on est amis, maintenant, j'aimerais bien vous voir courir un jour dans vos nouvelles chaussures.

Aussi surprenant que cela puisse paraître, il se pourrait que je le laisse faire.

⠎⠑⠏⠞

SEPT

Le cabinet est OUVERT.

Sauf qu'il n'y a pas de patients dans la salle, ou plutôt à notre table dans la cour. Sarah et moi, on leur offre un accès facile mais assez peu d'intimité. Sarah soutient qu'on ne peut pas nous entendre si on chuchote, mais encore faut-il que les gens acceptent d'être vus avec nous, dans la mesure où tout le monde sait ce qu'on fait là chaque matin. Enfin, la majorité des autochtones d'Adams le savent ; pas les immigrants de Jefferson.

– Lori parle à quelqu'un que je ne connais pas en regardant dans notre direction, me signale Sarah. Soit elle dit du mal de nous, soit elle se prépare psychologiquement à venir nous voir. Ah, tiens, voilà Molly.

– Salut, ça roule ? Vous venez souvent ici le matin ?

– Tous les jours. C'est notre BA.

– Vous m'avez surtout l'air de glander.

– Il faut se méfier des apparences. On propose un service précieux et…

– Les voilà, annonce Sarah avec une légère tension dans la voix, à cause de la présence de Molly.

Avant que j'aie le temps de répondre, j'entends la voix de Lori :

– Salut, les filles !

– Salut, Moll, ajoute une fille que je ne connais pas.

– Salut, Reg, lui répond Molly. Alors, passé de bonnes vacances ?

– Correctes.

– Je vous présente Regina, reprend Lori. Comme elle a un problème, je lui ai conseillé de venir vous voir.

– Asseyez-vous, leur propose Sarah. Euh… Molly ?

– C'est bon, elle peut rester, déclare Regina. Elle est déjà au courant.

Des piétinements me signalent qu'elles s'installent.

– Vas-y, Regina, dit Lori. Raconte-leur.

– Bon… Je suis sortie avec Gabriel au printemps dernier, mais on a rompu juste avant les vacances.

Silence.

– Regina… intervient Lori.

– Enfin, il m'a larguée. Et il a passé tout l'été en séjour linguistique en Espagne.

– Une minute, dis-je. Il a rompu comment ? De vive voix ? Au téléphone ?

– J'étais au boulot[1] quand j'ai reçu un texto. Il voulait qu'on parle. Je lui ai demandé de quoi, et il m'a répondu : « Je préfère qu'on se voie. » J'ai dit : « Tu me fais flipper. Qu'est-ce qui se passe ? » Il m'a proposé de l'appeler si je ne voulais pas attendre. Je lui ai téléphoné pendant ma pause et il m'a annoncé que c'était fini.

– Il t'a dit pourquoi ? demande Sarah.

– Il a dit qu'on évoluait différemment. Qu'on savait tous les deux qu'on était en train de s'éloigner et qu'il n'avait pas envie de laisser les choses pourrir.

Je prends le relais :

– Et il avait raison ? Sur l'éloignement ?

– Je ne le ressentais pas comme ça, mais…

Silence. Sarah me précisera plus tard ce que j'ai besoin de savoir : si Regina regarde ses mains ou le ciel tandis qu'elle cherche ses mots, ou si elle jette des coups d'œil partout pour vérifier qu'elle n'a pas attiré l'attention des gens dans la cour…

– On ne peut pas garantir la confidentialité de la totalité de nos conversations, intervient Sarah. Franchement, ce serait trop compliqué de faire le tri de ce qu'on a appris dans ce cadre-là. Mais si tu veux qu'on garde le secret sur un truc, on restera discrètes. En revanche, toi, il faut que tu nous dises les choses.

---

1. Les petits boulots sont très répandus chez les lycéens américains.

– Ce n'est pas ça. Disons que… ça n'a jamais été si génial que ça, même au début.

– C'est toi qui n'étais pas vraiment amoureuse, ou le contraire ?

– Oh, c'était super entre nous, mais… il avait peut-être envie d'aller plus vite que moi.

Je résume :

– En fait, quand il a dit que vous vous éloigniez, il aurait plutôt voulu que vous rapprochiez davantage ?

– Possible.

– Vous en avez discuté ? demande Sarah.

– Non. Je n'ai pas dit grand-chose. J'étais au boulot, j'ai été prise de court. Je sais pas, j'ai pensé que c'était de ma faute. Je me serais sentie encore plus minable en promettant de faire des efforts pour que ça s'arrange ou en le suppliant. J'avais juste envie de raccrocher, et c'est ce que j'ai fait. Et on en est restés là. Jusqu'à la semaine dernière, où il a recommencé à m'appeler.

– Il veut que vous vous remettiez ensemble ?

– Il n'a pas dit ça. Et je n'ai rien demandé. Il a juste dit que je lui manquais et qu'il avait envie de me voir.

– Et tu ne sais pas si toi, tu en as envie ? demande Sarah.

– Je ne sais pas si je dois.

– Le « devoir » n'a rien à voir là-dedans, fais-je.

– Parker a raison, ajoute aussitôt Sarah, une manière de me demander de la fermer et de la laisser poursuivre sur sa lancée. Je te demande si tu en as envie. C'est ça, la vraie question.

– Je sais pas, oui, sans doute. C'est vrai qu'on s'entend bien. Ça me manque, de ne plus le voir, mais... maintenant qu'il a rompu... je sais pas... je trouverais ça bizarre.

– Comment ça, bizarre ?

Le débit de Sarah reste aussi rapide, pour maintenir la pression mais aussi pour m'empêcher de mettre les pieds dans le plat.

– Je sais pas, bizarre, quoi. Comme je n'ai rien vu venir la première fois, ça pourrait se reproduire n'importe quand. Du coup, je n'aurais jamais confiance. J'imagine que c'est pareil pour tout le monde, c'est juste que moi, je n'y avais jamais pensé.

– Alors qu'est-ce que tu veux faire ? demande de nouveau Sarah.

– Ben... j'ai envie de recommencer avec lui, mais en confiance, tu vois ?

– Oui, je vois très bien.

– Alors... je dois faire quoi ?

– On ne dit jamais aux gens ce qu'ils doivent faire.

– Sauf quand c'est évident, dis-je, incapable de me retenir plus longtemps. Tu l'as dit toi-même. Trouve-toi quelqu'un d'autre, avec qui tu n'auras pas à stresser tout le temps. Ton mec – comment il s'appelle, déjà ?

– Gabe.

– Gabe, c'est le genre de mec dont tu auras toujours peur qu'il te largue ?

– Probablement.

– Problème résolu.

– Mais il me manque…

– Il a dit que pour lui, votre relation n'était pas le top. C'était plutôt clean de sa part de rompre avant d'aller se faire des nanas en Espagne au lieu de te tromper. Mais ça l'est moins de se repointer en douce à son retour, pour voir si, après un été toute seule… Tu étais seule ?

– Ouais.

– Pour voir si au bout de trois mois sans lui, tu n'accepterais pas de coucher avec lui pour le garder.

– Il n'a jamais dit ça. Je ne crois pas qu'il soit du genre à…

– On sait déjà qu'il l'est. C'était ton petit ami ; il connaissait ton emploi du temps, non ? Et il t'envoie un texto au *boulot* ? « Il faut qu'on parle »… Il sait parfaitement ce que tu vas répondre à un truc pareil. Ensuite, il te propose de te voir en sachant très bien que ça va te faire réagir. Alors il rompt au téléphone en s'épargnant un face-à-face pénible, tout en s'arrangeant pour que ce soit ta décision. S'il n'était pas « du genre à », il aurait simplement attendu votre rancard suivant pour te parler.

Silence.

Je reprends :

– La question, c'est : si la relation ne lui convenait pas avant, pourquoi ce serait différent maintenant ? Soit il a changé, soit il espère que toi, tu as changé. C'est le cas ?

– Je ne crois pas.

– Lui non plus, désolée de te le dire. Les gens ne changent pas. Ils se contentent d'acquérir de l'expérience et de devenir meilleurs comédiens.

Nouvelle pause.

– Je ne sais pas si on t'a aidée, intervient Sarah, mais on est là tous les matins, si tu as besoin de parler.

J'entends des piétinements, puis des pas.

– Elles sont parties, me précise Sarah.

– Elle faisait quelle tête ?

– Elle avait l'air perdue. C'est le coup classique de la dissonance cognitive. Elle voudrait retrouver ce qu'elle a perdu, elle sait que ce n'est pas possible, mais comme elle en a super envie, elle se cherche de bonnes raisons pour y retourner.

– Mais enfin, c'était quoi, ce plan ? s'exclame soudain Molly. Regina se pointe pour vous raconter tout ça alors que vous ne vous connaissez pas ?

– C'est un truc à nous, lui explique Sarah. Tout le monde est au courant à Adams. On écoute tout sans porter de jugement…

Je ricane, mais elle m'ignore.

– … et on propose des observations et des conseils en

toute impartialité. On arrive *plutôt bien* à préserver la confidentialité…

– Je parie qu'elle me regarde, là, dis-je. Je sais parfaitement respecter le secret sur les points sensibles ! Mais une partie de notre valeur ajoutée, c'est de savoir des trucs sur les autres. Par exemple, on a aidé…

– Parker ! aboie Sarah.

– On se calme ! Je n'allais pas citer de noms !

– Non, mais vous… reprend Molly. OK, j'allais vous demander si vous étiez sérieuses, mais Regina… franchement…

– Elle a dit que tu savais qu'ils avaient rompu. C'est elle qui t'en a parlé ?

– Un peu.

– Comment tu as réagi ?

– Globalement, j'ai approuvé tout ce qu'elle disait. C'était ce qu'elle avait l'air d'attendre…

– Et voilà. Quand elle te dit qu'il est romantique, il est romantique. Si c'est un connard, tu trouves que c'est un connard. Beaucoup de gens attendent ça. Mais ils ont aussi besoin d'entendre des vérités, et ça, ils l'obtiennent rarement de leurs amis. Ce n'est pas évident de rester ami avec quelqu'un quand on lui parle comme on le fait, nous.

– Elle veut dire : comme *elle* le fait, nuance Sarah. Le fait est que c'est *super* dur de rester amie avec elle, vu ce qu'elle balance aux gens.

– Je te remercie, dis-je. C'est pourtant ce dont ils ont besoin ; c'est bien pour ça qu'ils viennent nous voir. Ils n'ont pas le temps de faire ça à l'ancienne avec de vrais psys, sur des mois ou des années. Alors Sarah lance le truc, et j'enfonce le clou.

– Mais qu'est-ce qui vous a donné l'idée de faire ça ? demande Molly. Et comment vous avez fait votre pub ?

J'attends que Sarah réponde, mais elle se tait. Je me tourne vers elle.

– Vas-y, Sarah. Dis-lui.

– J'y crois pas ! lance-t-elle d'un ton exaspéré. Le côté peste, j'ai l'habitude, mais ce petit ton arrogant… Pouah…

Je souris franchement.

– OK, cède-t-elle. L'un des effets secondaires de la cécité de Parker, ç'a été de la rendre de plus en plus dure dans ce qu'elle disait aux autres, parce qu'elle ne voyait pas leur réaction. Et puis, en troisième, les gens ont commencé à venir la remercier pour sa sincérité, disant qu'ils avaient compris après coup qu'elle avait raison et que ça les avait vraiment aidés.

– Ben tu vois, c'était pas si dur.

Je me retourne vers Molly pour ajouter :

– Sarah est trop modeste. C'est un vrai travail d'équipe, parce que tous ces trucs que je sais sur les gens, c'est elle qui me briefe dessus. Comme je disais, elle, c'est les yeux et le cerveau ; moi, je suis juste la grande gueule.

– Waouh. En fait, vous faites le gentil psy et le méchant psy, résume Molly. Vous devriez faire payer cinq cents la séance.

– Parfaitement ! approuvé-je. Au début, on avait même un mug de Lucy de *Snoopy* derrière son stand de psy, qui indiquait « Le cabinet est OUVERT ». Mais on l'a cassé.

– Il est peut-être temps que j'avoue tout, dit Sarah sur un ton totalement dénué de remords. Je l'ai cassé exprès.

Je suis sincèrement choquée.

– C'est vrai ? Mais pourquoi ?

– Dans ce qu'elle dit à Charlie Brown, Lucy a raison sur le fond, mais dans la forme, elle est totalement sans cœur. Ce n'est pas nous, ça. Lucy est une vraie teigne.

– Mais si, c'est vous, nous assure Molly. Vous représentez chacune une facette de Lucy. Toi, Sarah, la moitié « psychologue clairvoyante », et toi, Parker, la…

Je ris. Je ne nierai pas. Ce n'est même pas la peine.

.·. .·. .·.

Le code du cadenas de mon casier est simple : zéro-zéro-zéro. Avec une bosse sur le cadran au niveau du zéro. J'ai un deuxième cadenas, à clé, parce que rien ne me garantit que quelqu'un n'est pas en train d'épier ma combinaison par-dessus mon épaule. J'ai demandé à l'administration de la désactiver, mais ils m'ont répondu qu'ils ne pouvaient pas le faire sans abîmer le cadenas – ce que j'ai du mal à croire. À défaut, j'ai réclamé la combinaison la plus simple possible. Du coup, j'ai la joie de devoir ouvrir deux cadenas chaque fois que je veux accéder à mes affaires.

– Salut, Parker.

C'est Faith. Ça fait longtemps qu'elle ne me dit plus « salut » comme ça, en passant, et je me demande ce qu'elle me veut. Pas de problème ; les cours sont terminés, et Molly a largement de quoi s'occuper à la bibli en m'attendant.

– Salut, Fay-Fay, tu passes une bonne journée ?

C'est un vieux rituel de quand on était petites. Le surnom ne doit plus l'emballer beaucoup, mais je suis de bonne humeur, et elle ne m'a jamais demandé d'arrêter.

– Ça te dit, un tour au centre commercial ce week-end ?

J'avais envisagé quatre-vingt-dix-neuf questions possibles, mais pas celle-là.

On ne fait jamais rien ensemble, principalement parce qu'on n'a plus grand-chose en commun. On fait semblant de ne pas s'entendre, mais on est le contraire de fausses amies : de fausses ennemies. On a vécu beaucoup de choses ensemble sans le moindre heurt, et on a toujours été là l'une pour l'autre, mais plus dans les moments difficiles que dans une relation quotidienne.

Je décide de gagner du temps.

– On n'est que lundi. T'es super prévoyante.

– J'y vais tous les week-ends. Je me disais que tu avais

peut-être envie de te choisir des fringues avec quelqu'un d'autre que Sarah Survête.

– J'en déduis qu'elle n'est pas invitée.

– Au contraire, elle est la bienvenue.

– Je ne fais jamais de shopping avec elle. Elle est souvent en survête ?

Je ne m'étais jamais posé de questions sur les tenues vestimentaires de Sarah.

– Seulement les jours qui commencent ou qui finissent par « di », réplique Faith. Alors, tu veux venir ?

Non. Et… en même temps, oui. Je suis un peu rebutée par la cohue, et par l'incitation à choisir des vêtements trop voyants, ou qui ne seraient pas mon style, mais… je n'ai pas fait de shopping depuis la mort de papa, à part l'achat des chaussures hier. C'est à peu près le seul article pour lequel je n'ai pas besoin d'aide.

– T'y vas pas avec Lila et Kennedy, d'habitude ?

– Pas toujours. Si t'as pas envie, c'est pas grave.

Je me demande si ça fait partie de ces situations où je devrais suivre le mouvement sans chercher à tout analyser.

Je décide que non.

– Pourquoi tu me proposes ça maintenant ?

– Comment ça ?

– On n'a jamais fait de shopping ensemble, et tout à coup, un lundi après-midi au hasard, tu veux y aller mais pas avant le week-end prochain. Qu'est-ce qui t'a donné l'idée ?

– Je t'ai dit, si t'as pas envie…

– Je n'ai pas dit ça.

Pause.

– Rien n'est simple avec toi, PG. Jamais.

Elle paraît plus résignée que fâchée. J'ai un pincement au cœur parce que je sais qu'elle a raison. Puis quelque chose me vient à l'esprit.

– C'est parce que maintenant, je suis orpheline ?

Soupir. Le genre qui m'informe à quel point mon amitié peut être pénible.

– Oui, Parker. C'est parce que tu es une pauvre petite cassos, me dit-elle en refermant son casier. Il faut toujours que tu dissèques comme des grenouilles les moindres bricoles qui se passent autour de toi.

Je ris.

– On se connaît depuis la maternelle, et c'est la première fois de ta vie que tu me proposes d'aller faire du shopping ! Ça t'étonne que je te demande pourquoi ?

– Est-ce que j'ai dit que ça m'étonnait ? OK. Je t'ai vue acheter des chaussures hier, au centre commercial.

– Oh, tu… Mais pourquoi tu n'es pas venue me parler ? Ah… le Trio Dynamique.

Elle se racle la gorge. Elle déteste ce nom.

– J'étais toute seule. Tu étais en train de discuter avec un beau gosse, je n'ai pas voulu briser le charme.

– C'était un beau gosse ?

– Ça t'intéresse, maintenant ?

– Ah, tu vois que tu me connais bien ! Mais tu fais du shopping toute seule, toi ?

– Il faut savoir varier les plaisirs. Je parie que tu ne conçois pas le shopping autrement qu'en solo parce que tu refuses l'aide de qui que ce soit. Je me trompe ?

Plutôt me faire passer sur le corps que de l'admettre.

– Ça veut dire que tu te fies plus au jugement de Lila et de Kennedy sur les fringues qu'au tien ?

– Ce n'est pas juste une question d'aide. C'est plus marrant à plusieurs, plus sympa.

– Marrant ? Sympa ?

– Tu sais quoi ? J'ai changé d'avis. Il *faut* que tu viennes. Et Sarah et Molly aussi. Tu ne peux pas continuer à prétendre que tu connais tout de la vie si tu n'as jamais fait de shopping avec des copines. On y va samedi. Point barre.

Personne, absolument personne ne me dit ce que je dois faire.

– Bon, OK, dis-je.

HUIT

En entendant le moteur de la voiture de Celia, je dis au revoir à Molly et j'avance jusqu'au coin de la rue. J'ouvre la portière, je lâche mon sac sur le plancher et je saute dans la voiture.

– C'est moi, m'annonce Sheila. Ma mère n'a pas pu venir. Mon père a invité des gens de son boulot, elle a un dîner à préparer. Pas pour nous, hein. Notre programme, c'est pizza devant la télé.

Ça m'énerve, cette manie qu'elle a de toujours dire *ma* mère et *mon* père. D'accord, quand je parle à quelqu'un de mes parents (paix à leur âme), moi aussi, je dis *ma* mère et *mon* père. Mais Sheila est ma cousine, et même si ses parents ne sont pas les miens, je les connais, on vit sous le même toit ! Alors ça me fait bizarre. Je ne sais pas, ça m'énerve.

– Ça m'étonne. Tu enfreins la loi en conduisant sans *ta* mère, et si, en plus, *ta* mère est au courant, elle devient complice. Je n'aurais pas cru qu'elle était du genre à enfreindre la loi quand ça l'arrange.

– Quand ça t'arrange, toi, rectifie-t-elle. Je lui ai dit que tu pouvais très bien rentrer à pied, mais elle n'a pas voulu. Tu pourrais faire le chemin avec Molly. Ça lui ferait perdre quelques kilos.

– Pardon ?

Elle passe la première et accélère.

– Bref, ce n'est pas une infraction si c'est juste pour aller ou revenir du lycée, et j'ai un mot signé. Dans ma poche. Tu veux le voir ?

– Je ne… Non mais tu te fous de moi ? Remarque, il y a des chances, vu que tu sais qu'étant aveugle, je ne peux pas lire un mot ni savoir si quelqu'un est gros ou maigre. Ou alors c'est de la pure méchanceté.

– C'était de l'ironie.

– Ah ouais ? Parce que tu connais le sens de ce mot ?

Elle ne répond pas.

– Le lycée n'est qu'à trois kilomètres de la maison, reprend-elle finalement. Rien ne t'empêche de faire la route à pied si tu ne veux pas qu'on t'aide.

– Ce que je veux, c'est qu'on me traite comme tout le monde. Tant que tu ne feras pas le chemin à pied tous les jours, ça m'ira très bien de me faire conduire en voiture, moi aussi.

Pas de réponse.

– Merci d'être venue me chercher.

– Je t'en prie.

Les cousines modèles. Nos parents seraient si fiers de nous !

Elle allume la radio. Les infos. La pub. Sheila change de station jusqu'à tomber sur de la musique. Rien que je connaisse, mais ce n'est pas étonnant : j'en écoute peu.

– C'est qui ?

– Quoi ?

– La chanteuse, c'est qui ?

– Ha, ha. On n'est pas obligées de parler, Parker. La radio, ça sert à ça.

– Bref, tu ne le sais pas non plus. Suffisait de le dire.

– Qu'est-ce que tu racontes ? C'est Kesha. *We R Who We R.* Tout le monde connaît.

J'agite un peu les mains. C'est ma manière à moi de lever les yeux au ciel, mais je doute que Sheila l'ait compris.

– C'est bien elle qui avait un jeu de typo dans son nom ? Celle qui avait remplacé un « s » par le symbole du dollar ?

– Je rêve, Parker ! Ce que tu peux être…

Mon estomac se noue et je sais pourquoi. Je me trouve prise dans cette zone ambivalente où je suis tiraillée entre l'envie d'asticoter quelqu'un sur ses préjugés idiots et un sentiment d'infériorité parce qu'un truc m'échappe. Il y a des tas de choses qui me manquent depuis que je suis aveugle, et des tas d'autres qui ne me manquent pas. J'ai vu des arcs-en-ciel quand j'étais petite – je n'ai pas besoin d'en revoir pour savoir à quoi ça ressemble. Mais il y a des tonnes de trucs nouveaux que je n'arrive pas à suivre.

– Tout ce que je dis, c'est que tout le monde ne connaît pas cette chanson.

– Tu ne sais même pas qui est Kesha, répond-elle platement.

Comme si c'était tellement inconcevable qu'elle ne voyait pas quelle émotion pourrait convenir.

– Tu veux parler de K-e-signe du dollar-h-a… Et si, je sais qui c'est.

Puis, comme je n'ai rien d'autre à faire – et que Sheila a monté le volume –, j'écoute la chanson. On tourne dans l'allée du garage et on s'arrête, mais Sheila laisse tourner le moteur jusqu'à la fin du morceau.

– Tu reconnais, maintenant ?

– Nan. Jamais entendu.

– Ouah, sérieux ? Comment tu fais ?

– Quoi, tu penses que tout le monde sur cette planète connaît cette chanson ?

– Non, mais tous les lycéens d'Amérique, en tout cas. Je croyais juste que… Pas grave, laisse tomber.

– Quoi ?

Je perçois à son ton que c'est un de ces moments où on se sent mal à l'aise face à la fille aveugle.

– Vas-y, dis-moi.

– C'est juste que… si j'étais… tu sais… je pensais que tu t'y connaîtrais plus en musique que n'importe qui.

Je secoue la tête. Je ne sais même pas par où commencer.

– Ça t'arrive souvent d'écouter de la musique sans faire autre chose ?

– Très souvent, oui.

– Je veux dire vraiment sans rien faire, sans feuilleter un magazine, ni te balader sur le Net, ni rien. Juste écouter.

– Je ne sais pas. Ça change quoi ?

– Pour toi, rien. Mais quand tu dis « très souvent », en fait, tu inclus les fois où tu lis le journal, où tu es sur le Net, où tu fais tes devoirs avec la musique en fond sonore.

– Évidemment. Comme tout le monde.

– Pas *tout* le monde. Pour moi, lire, c'est écouter. Je ne peux pas écouter de la musique en même temps qu'un livre audio. Et c'est deux fois plus long pour moi d'écouter un truc que pour toi de le lire. C'est vrai, quoi, en une seconde, tu sais si tu es sur la page Web que tu cherchais. Moi, il me faut cinq minutes pour m'apercevoir que non, et pour trouver le lien vers la bonne page. Donc, je peux, au choix, passer quatre-vingts pour cent de mon temps à lire et à travailler pour m'en sortir au lycée, ou parfaire ma culture musicale au détriment de tout le reste. Auquel cas je peux t'assurer que quand j'aurai mon diplôme – *si* j'ai mon diplôme –, je serai archi nulle, et ensuite je fais quoi ?

Au bout d'un moment, j'entends le tintement d'un trousseau de clés.

– Évidemment.

– C'est bon, tu ne pouvais pas savoir. Je ne peux pas reprocher aux gens de ne pas savoir. Seulement de s'imaginer qu'ils savent.

– Au fait... comment tu la trouves, la chanson ?

– Je ne sais pas. Ça parle de s'éclater, et l'air est entraînant. Mais ça ressemble un peu à ce qui doit se passer dans la tête d'une strip-teaseuse quand elle voit que, OK, elle excite tous les gars, tout en sachant qu'au fond, ils ne s'intéressent qu'à ses fesses et à ses seins. Disons que j'aime bien la musique, mais pas les paroles. Elle te plaît, à toi ?

Petit silence.

– Elle me plaisait jusqu'ici. Je crois que c'est mort, maintenant.

Sur ce, elle sort de la voiture en claquant la portière.

– Va dire ça au parolier !

.·.· .·.· .·.·

– Samedi, je vais faire du shopping à Ridgeway avec Faith, dis-je à Sarah. Tu veux venir ?

– Attends, Parker, il y a eu un problème sur la ligne. Ou alors tu as dit un truc au pif. Si je te demande de répéter, je suis sûre que tu vas me sortir totalement autre chose.

– Samedi, je vais faire du shopping à Ridgeway avec Faith. Tu veux venir ?

– Ha ! Tu veux que j'aille faire du shopping. Avec Faith et toi.

– Et Molly, mais je ne le lui ai pas encore proposé.

– Attends une seconde. Il vient d'y avoir un bug dans la Matrice. OK, c'est bon. Tu peux répéter.

– Allez, on va se marrer !

– Qui est à l'appareil ?

– Tu pourras te racheter un survête !

– Quoi ? Qu'est-ce qu'elle t'a raconté, cette garce ?

Je rigole. Un bon moment, parce qu'elle l'a dit sur un ton d'autodérision pour me faire rire, mais que ça ne l'empêche pas de le penser.

– Elle est obligée de se saper parce qu'elle n'a pas de petit ami, réplique-t-elle. Et sache que les survêtes, c'est super confortable.

Je ris trop pour en rajouter.

– Alors… c'est… ça ! fais-je enfin. Je savais que tu avais une raison secrète de rester avec Rick. C'est ton excuse pour t'habiller confort !

– Et c'est quoi, la tienne ?

– Oh, moi, tu sais que j'en ai pas besoin. Le grand mystère, c'est pourquoi il vous en faut une.

– Triste mais vrai. La seule réponse que je trouve, c'est : « Loin des yeux, loin du cœur. »

– Très drôle. Ah, au fait, est-ce que Molly est grosse ?

– Euh, ouais. Pourquoi ?

– Une remarque de Sheila. Et ça résout une petite énigme qui traînait dans un coin de ma tête. Elle a une respiration lourde, quelquefois. Et elle fait grincer les chaises. Et Rick fait des drôles de réflexion sur ce qu'elle mange à midi, mais j'oublie toujours de te demander après.

– Oui, c'est un crétin qui s'ignore. Bon, elle est ronde, mais pas énorme. Je suis sûre qu'elle serait super jolie si elle était plus mince.

– C'est ce que tu penses ? Beauté égale minceur ?

– Mais non. Tu sais très bien ce que je veux dire. Enfin, peut-être pas. Tu vois, ces filles super jolies qui finissent par atterrir à Hollywood et qui se font entretenir tout le reste de leur vie ? Quelquefois, elles prennent beaucoup de poids et deviennent moins jolies, mais il suffit de les regarder pour savoir qu'avec quelques kilos en moins, elles seraient magnifiques. Question d'ossature, j'imagine. Eh ben, ça, c'est Molly.

– Ouais. Cette conversation devient super bizarre.

– Ah ? Depuis quand ce genre de sujet te dérange ?

– Qui a dit que ça me dérangeait ? Mais tu sais très bien que je me fiche de l'apparence des gens tant que ça n'influe pas sur leur personnalité.

– C'est peut-être le cas de Molly. Je ne la connais pas assez bien pour le savoir. Elle n'est pas très facile à déchiffrer.

– Toi non plus.

– Ben, il faut bien que quelques-uns d'entre nous compensent pour les brailleurs dans ton genre.

– Question suivante…

– OK, qui est Jason ?

– Quoi ? Qu'est-ce qu'elle t'a raconté, cette garce ?

Sarah ricane. Elle est toujours si sérieuse que je considère ça comme une victoire. Je ne sais même pas comment exprimer le plaisir que ça me procure de réussir à la faire rire, même à sa petite échelle à elle.

– Elle a dit qu'elle t'avait vue au centre commercial en train de discuter avec un mec sexy…

– Il m'aidait à acheter des chaussures ! C'était juste un vendeur !

– Pas la peine de te braquer, c'était juste une question.

– Attends un peu… Je n'ai jamais dit à Faith comment il s'appelait.

– Il avait sûrement un badge.

Foutus gens avec leurs foutus yeux.

– Bon… alors, raconte !

– Il n'y a rien à raconter ! Je suis allée à *Tous à fond,* j'ai acheté une paire de chaussures de course, et le vendeur qui m'a servie vient de Jefferson. Je ne peux pas te dire à quoi il ressemble, mais il a l'air… normal, en fait. Ce qui est une qualité, dans ce monde. Qu'est-ce que tu veux que je te dise d'autre ?

– Par exemple, pourquoi Faith a passé dix minutes à vous observer.

– Quoi ? Elle m'a épiée pendant dix minutes ? Ça craint !

– Elle dit que souvent, quand tu parles aux gens, tu ressembles à un petit cloporte, tout noir et tout fermé, mais qu'avec ce gars, tu étais toute détendue et radieuse…

– Radieuse ? Elle a dit que j'étais *radieuse* ?

– Je cite. Et que tu faisais de grands gestes avec les bras. Elle avait peur qu'il se prenne une baffe ou que tu fasses tomber quelque chose.

– Je ne faisais pas de grands gestes !

Si ?

– Elle a dit que tu avais l'air d'une dingue survoltée.

– N'importe quoi !

– Je ne changerai pas de sujet. Réponds à la question.

– Quelle question ? J'ai oublié.

– Fais pas ta mijaurée. Qu'est-ce qu'il a de spécial, ce mec ?

– Je n'ai jamais dit…

– Parker…

– C'est bon !

Je prends une grande inspiration.

– En fait, je ne sais pas trop.

– Quoi ? Tu avoues que tu es à court de mots ? Fais gaffe, je ne suis pas sûre de pouvoir encaisser deux bugs dans la matrice la même journée.

Je reprends une grande inspiration.

– Tout ce que je peux te dire, c'est qu'il sait comment parler à une aveugle.

– Eh ben voilà ! Je n'en demandais pas plus !

⠝⠑⠥⠋

NEUF

Ça va être une journée de merde. Vous voilà prévenus.

Juste après que mon réveil a sonné, la voix de Stephen Hawking m'a rappelé que dans huit jours exactement, ce serait l'anniversaire de mon père. Je me mets toujours des rappels bien à l'avance pour les trucs qui me demandent une préparation psychologique. J'ai effacé le message audio.

Au stade Gunther, j'ai la sensation d'être observée. Au bout de deux tours, je m'immobilise pour tendre l'oreille. Je demande s'il y a quelqu'un ; pas de réponse. Ça doit être l'histoire du prof d'EPS de vendredi qui me rend parano.

Là-dessus, je reçois un texto de Molly qui m'informe qu'elle est malade – avec des symptômes dont je vous épargne les détails. Sans doute un truc qu'elle a mangé. Elle ne reviendra que demain. La journée va être longue.

Bref, j'arrive en cours de maths en regrettant déjà d'être venue au lycée, puisque, de toute façon, je devrai tout rattraper demain avec Molly.

– Scott, dit Mme McClain, Molly est absente aujourd'hui. Tu peux aider Parker ?

Mon cœur fait un bond dans ma poitrine et j'ouvre la bouche pour décliner cette proposition, mais quelqu'un me coiffe au poteau.

– Je m'en occupe ! lance TDN.

Le ton est bien trop empressé, mais je ne vais pas faire la difficile.

– Euh, je ne sais pas… répond la prof.

Elle a du mal à chasser le doute de sa voix ou elle le fait carrément exprès ?

– Je suis assis juste devant elle, argumente TDN.

– C'est bon, m'dame, ajoute Scott d'un ton entendu. On ne lui demande pas de faire cours. Tout ce qu'il a à faire, c'est de lui lire ce qui est écrit au tableau. Ça, ça doit rester dans ses cordes.

TDN rit, apparemment sans arrière-pensée. Soit ils ont l'habitude de s'envoyer des vannes, soit il ne sait pas reconnaître une insulte.

Je décide d'invoquer une variante de la règle numéro six :

– Je peux donner mon avis ?

– Je te laisse décider, Parker, me dit Mme McClain, avant de se mettre à parler à quelqu'un d'autre.

Je pointe le doigt plusieurs fois sur Scott et TDN, à tour de rôle.

– Am, stram, gram, pic et pic et colegram, bour et bour et ratatam, am, stram, gram.

Mon doigt tombe sur TDN, comme prévu. Quand on joue à am stram gram entre deux possibilités, toujours attaquer par celui qu'on veut exclure.

– Cool ! dit TDN. Je vais m'asseoir à la place de Molly, comme ça, je n'aurai pas besoin de me retourner.

Il exécute cette manœuvre en faisant un raffut pas possible, genre homme-orchestre qui changerait de place dans un bus. La cloche annonce le début du cours.

Mme McClain commence par nous donner des explications, puis un grincement me signale qu'elle écrit au tableau.

– Elle dessine un rond, me chuchote TDN, assez fort pour être entendu à l'autre bout de la classe.

Petits gloussements dans la salle.

– Euh… Oh, je parle trop fort ?

Nouveaux gloussements. La prof ne bronche pas.

– Plus fort que nécessaire pour moi, en tout cas, dis-je.

– Désolé, murmure-t-il. Maintenant, elle dessine des traits à partir du centre du… du truc rond… je sais pas trop comment t'expliquer… Ça fait comme des rayons sur un pneu de vélo.

– Une roue.

– Quoi ?

– Une roue de vélo, pas un pneu. Laisse tomber. Si c'était un réveil, les lignes pointeraient où ?

– Hein ?

– Genre, sur midi ? Sur trois heures ?

– Ah ! Alors... Douze, un, deux, trois... toutes les heures, en gros. Attends, non, y en a plus que douze, genre... (Il marmonne avant de conclure.) Quinze ou seize.

– Donc... elle dessine un cercle unité ?

– Un quoi ? Elle écrit des chiffres tout autour, comme la semaine dernière. La racine carrée de deux, tout ça. C'est pas ça ?

Je me retiens de lui répondre que je ne suis pas en mesure de lui confirmer ce qu'il me dit.

– Ce serait logique.

J'ai parlé encore plus bas que la fois d'avant, dans l'espoir de lui faire baisser le volume.

– Pourquoi ça s'appelle comme ça ? me demande-t-il encore plus fort, comme si, de son côté, il s'efforçait de me faire parler plus haut.

– En fait, ça s'appelle un cercle trigonométrique, mais on dit cercle unité parce que c'est un cercle dont le rayon est un. Qu'on parle de centimètres, de kilomètres ou de n'importe quoi, l'unité reste toujours un.

– Ouais, et donc ?

– Regarde, elle est en train de noter des angles au tableau, non ? Et aussi la longueur des lignes ? C'est comme en géométrie, avec les triangles. Si tu prends un triangle rectangle, la longueur de l'hypoténuse correspond à la racine carrée de la somme des carrés de deux autres côtés. Sauf que si le cercle avait un rayon de deux, il faudrait ajouter un deux devant tous les chiffres. Mais on s'en fout. C'est comme quand tu réduis une fraction ; en divisant les facteurs communs, tu te retrouves avec… ben, un cercle unité.

– Okayyy… Et ça sert à quoi ?

À cet instant, je me rends compte qu'il n'y a plus un bruit dans la salle. Pas un mot, pas un grincement.

– À mon avis, on devrait bientôt le savoir, dis-je tout bas.

– Vingt sur vingt sur tous les points, Parker, déclare Mme McClain. Tu as déjà fait de la trigonométrie ?

– Non. Mais quand je révise avec Molly, on s'avance toujours un peu. C'est plus facile pour suivre en cours après.

– Voilà une habitude que tout le monde devrait adopter, commente la prof. En particulier ceux d'entre vous qui peuvent voir ce qu'il y a au tableau mais qui semblent avoir du mal à garder les yeux ouverts à cette heure-ci.

Clang froutch bam.

– Hé !

Éclats de rire dans la classe.

La prof a dû shooter dans les pieds d'une chaise pour réveiller quelqu'un. Je ne sais pas qui – il y a encore des tas de voix que je ne connais pas.

Par chance, pendant les vingt minutes qui suivent,

elle se contente essentiellement de parler sans écrire au tableau. Puis elle distribue des feuilles d'exercices et TDN me les lit. Il est meilleur pour décrire les triangles que les cercles.

– Il y a un petit carré dans le coin, et le petit côté est un un, et le grand côté de travers est un deux, et l'angle se trouve entre le petit côté et le côté de travers, et on nous demande le sinus…

Les réponses me paraissent évidentes, mais pas à lui. Alors on fait l'exercice ensemble. J'arrive à lui faire prononcer « sinusse » au lieu de « sinu », mais impossible de lui faire cracher le mot « hypoténuse ». Il a peut-être peur que ça sape sa virilité, comme de dire « chartreuse » ou « boudoir ».

On termine presque au moment où la cloche sonne.

– Hé, Parker ! me souffle-t-il, tout bas cette fois, alors qu'on range nos affaires. Merci, hein !

Je rougis légèrement, comme si j'avais fait quelque chose de mal. Même si je ne vois pas quoi.

– Merci à *toi*, dis-je. Euh, tu t'appelles bien Stockley ?

– Ouais. T'as entendu quelqu'un m'appeler comme ça, je parie ?

Je sens comme un pincement de remords. Comme il a dit ça normalement, je ne sais pas si c'est un clin d'œil à notre échange du premier cours ou juste une coïncidence.

– Ouais, la prof, dis-je.

– Mon nom, c'est Ken Stockley, mais on m'appelle juste

Stockley. sûrement à cause du foot, et parce que je porte souvent mon maillot. Mais TDN, ça me va aussi.

– Mais ça veut dire…

Je ne sais pas trop comment poursuivre.

– Bah, on se traite tous de teubés entre nous, moi et Scott et Oscar et… tout le monde, quoi. Moi, je préfère TDN.

– OK. Mais dans ce cas-là, appelle-moi PG.

– Il y en a déjà qui t'appellent comme ça ?

– Seulement Faith.

– Faith… Faith Beaumont ?

– Ouais.

– Waouh. OK, cool. Hé, on pourrait faire un truc, ensemble ?

– Oh… Faith et moi, on ne fait jamais de trucs ensemble.

– Euh, mais je… Euh, OK, à demain !

Je ne sais pas s'il est en train de me dire au revoir parce qu'il s'en va, ou pas.

– À plus, dis-je.

Puis je réalise que sa proposition s'adressait peut-être simplement à moi, pas à moi pour se rapprocher de Faith. J'ai l'habitude que les gens passent par moi pour ça. Ça ne me gêne pas. Mais je n'aime pas me tromper dans la manière d'interpréter les choses.

– TDN ?

Pas de réponse.

Puis la voix de Scott :

– Il est parti.

Je me concentre sur la fermeture de mon sac, redoutant qu'un simple « OK » amorce une conversation.

– Au revoir, me dit Scott. Ou pas.

Les locaux sont maintenant assez silencieux pour que je l'entende s'éloigner et sortir de la salle.

« Au revoir… ou pas. »

C'était sa formule quand on se quittait. Il me l'a répétée pendant des années. Quatre ans. Un coin de ma tête se rappelle combien ça me faisait chaud au cœur ; une sensation unique.

Mon pouls bat dans ma poitrine et dans mes oreilles.

« Va te faire foutre, Scott Kilpatrick. Tu n'as plus le droit de me dire ça. »

.:· .:· .:·

À la sortie des cours, c'est plus compliqué d'emprunter le trottoir avec tout le monde que d'aller à la bibliothèque, où Molly et moi sommes à peu près les seules à nous rendre. Les gens se pressent sur le chemin du parking en se bousculant, ou peut-être juste en me bousculant, moi. Sept personnes me présentent leurs excuses dans l'escalier. Certaines sont même sincères. Sur le parking, personne ne me parle. Connaissant Sheila, je n'en tire aucune conclusion sur le fait qu'elle soit là ou pas.

– Sheila ? dis-je sans élever la voix, comme si j'étais à la maison.

– Quoi ? me répond-elle d'assez près sur ma gauche.

– Tu comptais te décider à me parler un jour ?

– Je viens de le faire.

Comme tu voudras.

Ou plutôt non, pas comme elle voudra.

– Tu sais que c'est malpoli de rester là sans me signaler ta présence ?

– Tu sais que c'est malpoli de dire aux gens qu'ils sont malpolis ?

Je ris. C'était plutôt drôle. Elle, elle ne rit pas.

– Tu souris ?

– Non. Pourquoi, je devrais ?

– Bah, je ne sais pas, dis-je, un peu triste. Quand quelqu'un fait une blague sans le savoir, ça reste une blague, non ?

– Qu'est-ce que tu racontes ?

– Disons que je philosophe.

– Comme tu veux.

Parfaitement, comme je veux.

Derrière moi, une voix familière me lance :

– Salut, Parker Grant !

Jason arrive à mon niveau.

– Comment ça va ?

– Bah, tu vois…

Je me surprends à lever les bras en l'air, ce qui me rappelle ce que Sarah m'a dit que Faith avait dit. Je m'empresse de les laisser retomber et je hausse les épaules.

– Juste un mardi dramatique de plus.

– Ah ? Et pourquoi dramatique ?

Je n'ai pas la moindre idée de ce qui m'a fait sortir ça. Peut-être la rime, ou plutôt l'allitération ? Bref, en tout cas, il y a le rappel du « ma ». Je me sens bizarrement déstabilisée, déroutée par l'écho ce que je viens de dire et cherchant à tout prix à lui donner du sens.

– Je ne sais pas...

Mes mains s'envolent une fois de plus et je les plaque de nouveau sur les côtés.

– Tu ne trouves pas que les mardis sont particulièrement dramatiques ?

– Euh...

– Au fait, dis-je pour détourner le cours quelque peu dramatique de cette conversation, je te présente ma cousine, Sheila Miller.

J'agite un peu la main avant de la forcer à s'immobiliser.

– Sheila, Jason Freeborn.

– Salut.

– Salut.

– On vit ensemble.

Je réalise aussitôt l'étrangeté de cette phrase, mais je n'ai pas le courage de me lancer dans des explications.

– Alors, c'est quand, la sélection ?

– Demain et après-demain après les cours. Tu viendras ?

– Euuuh...

Ce n'est pas l'envie qui m'en manque, mais ce serait un peu absurde.

– Je ne crois pas, dis-je finalement. En général, ça ne m'apporte pas grand-chose de camper sur des gradins.

– Pas pour regarder. Pour passer le test.

OK. Là, ça cloche. Traiter tout le monde de la même façon, c'est une chose ; taquiner gentiment en est une autre ; mais demander à une aveugle si elle va participer à une course…

– Quel test ?

– Celui de la sélection. Tu cours sur quelle distance ?

– Qu'est-ce qui te fait penser que je cours ? Le fait que j'ai acheté des chaussures ? Si tu t'imagines que tous ceux qui t'achètent des chaussures de sport s'en servent réellement pour courir, tu te goures.

– Ah, tu ne cours pas ? J'avais cru…

Il a l'air vraiment déçu, peut-être même un peu déconcerté.

Merde, comment je me suis fourrée dans cette impasse ?

– Enfin, non, je veux dire si, je cours. Mais je ne…

« … vois pas comment tu peux le savoir » ? Totalement absurde.

– Tu arrives à la suivre, toi ? demande-t-il.

– Oui, ça va, lui répond Sheila. Elle est toujours comme ça, j'ai l'habitude. Mais ça aide quand on ne l'écoute que d'une oreille.

– JA-son ! braille une voix grave depuis l'autre bout du parking. On y VA !

– C'est mon chauffeur. À plus !

Il s'éloigne en courant à petites foulées.

– Merde.

Merde, merde, merde.

– Parker, me dit Sheila.

– Quoi ?

– Là, je souris.

DIX

Je ne sais pas pourquoi mon cerveau me fait ça. Parfois, en dormant, je rêve de choses qui se sont réellement passées, presque exactement comme elles se sont passées, et de préférence des choses auxquelles j'essaie particulièrement de ne *pas* penser quand je suis éveillée. Mon cerveau est un troll, parfois.

J'ai rêvé d'une journée parfaite qui remonte à deux ans et demi. J'ai vécu quelques secondes merveilleuses juste après mon réveil, tant que j'étais encore la Parker qui ignorait la suite des événements, avant que la réalité ne me percute comme un coup de poing dans la figure. Ça n'empêche pas ma tête de continuer à se rappeler ces moments-là, à retrouver ces sensations. Mais comme je connais la vérité, je ne la laisse pas faire. En guise d'antidote, j'essaie de me repasser mon échange avec Jason au centre commercial.

Ça ne marche pas. Notre conversation idiote, totalement à côté de la plaque d'hier sur le parking n'arrête pas d'interférer. Alors j'essaie de ne pas penser du tout, ce qui est le moyen le plus sûr de laisser le champ libre aux pensées désagréables.

Je tente autre chose. Je laisse mon esprit partir dans le couloir comme un fantôme. Il croise les membres de ma famille, que je connais à peine, des voisins, qui me connaissent à peine, s'éloigne dans un vaste monde désert… tandis que je reste enfouie sous ma couette, seule et abattue. J'ai la chance d'avoir de vrais amis, mais ils ne peuvent pas remplacer un père ou une mère qui m'aimeraient toujours, quoi qu'il advienne ; et ni mes amis ni ma famille ne peuvent m'apporter ce bien-être si particulier que j'ai ressenti une fois et dont je sais, profondément, que je ne le retrouverai jamais.

Je donne une tape sur mon réveil ; quatre heures quarante-sept du matin. Je suis trop perturbée pour espérer retrouver le sommeil. Je ne peux pas empêcher mon cerveau de retourner au rêve que je viens de faire. C'était des souvenirs très heureux, autrefois. Si je les repousse aujourd'hui, c'est uniquement à cause de ce qui s'est passé ensuite. Peut-être que si je pouvais isoler ces événements et les revivre comme je les ai vécus sur le coup, comme des moments de bonheur, avant que tout ne parte en vrille…

.·.· .·.· .·.·

C'est un samedi de printemps à l'aube. Sur le chemin du stade pour aller courir, j'entends de la musique.

Ça arrive quelquefois, quand la ville organise une animation, ou pour une fête ou un mariage, mais rarement à cette heure-ci. C'est toujours pesant, heureusement assez rare, et la plupart du temps concentré sur une journée. Ça me gêne particulièrement aujourd'hui parce que j'avais vraiment besoin de courir. C'est l'anniversaire de l'accident, celui dans lequel ma mère est morte en emportant ma vue avec elle.

J'aimerais bien que les dates anniversaires ne signifient rien ; après tout, ce ne sont que des jours comme les autres. Quelle différence entre « il y a un an aujourd'hui » et « il y a deux mois » ou « hier à la même heure » ? C'est totalement arbitraire ! Mais la logique n'y change rien. Il y a exactement six ans aujourd'hui, j'ai perdu plus que je n'aurais cru pouvoir le supporter, et je ne peux pas m'empêcher d'y penser.

Je manque faire demi-tour et rentrer chez moi, mais quelque chose m'intrigue dans cette musique. Pas la musique elle-même, mais le fait que ce soit le seul son. Ni voix, ni bruits de pas, ni bruissements, absolument rien d'autre. Je continue jusqu'au stade.

C'est la BO de *Grease*.

– Scott ?

Pas de réponse.

Ça ne peut pas être une coïncidence. Sa mère passe ce CD tellement souvent – ça lui rappelle le père de Scott – qu'on en connaît toutes les chansons par cœur et qu'on se met parfois à les chanter chez lui.

Je traverse le stade en direction de la musique jusqu'à me trouver au-dessus. En baissant la main, je touche un lecteur de CD. Il y a une grande carte posée dessus. Je la prends, et je sens des bosses. Du braille.

Parker,

Tu as prévu de faire un truc, aujourd'hui ? J'ai quelque chose à te montrer. Si ça te va, envoie-moi un SMS et je serai là dans deux minutes.

Scott

Je souris. Du braille intégral, sans contractions. Fait avec ce qui semble être des petits points de colle. Il a dû y passer un temps fou. Qu'est-ce qu'il mijote ?

Je tape sur mon téléphone : « T'es où ? »

« À l'angle d'Orchard et de Hess. »

J'ai donné un accent australien à sa synthèse vocale. Ça le rend dingue quand il l'entend.

« Et tu fais quoi ? »

« J'attends que tu m'envoies un SMS. »

« Qu'est-ce que tu veux me montrer ? »

« Plein de trucs. »

Ça nous prend des heures, de taper ces messages.

« Rejoins-moi. »

Comme promis, j'entends arriver un vélo, et en bien moins de deux minutes.

– Salut ! me lance-t-il.

– Salut. Qu'est-ce que tu fais dehors à cette heure-ci ?

– Je veux te montrer quelque chose. Mais d'abord, je t'emmène déjeuner.

– Je sais pas. Mon père...

– Je l'ai prévenu. Il veut que tu lui envoies un SMS si tu décides de venir.

– De venir où ?

– Chez Jody.

Je ris.

– C'est à des kilomètres !

– Onze kilomètres et demi. On devrait mettre une demi-heure.

Je ris de nouveau.

– Quoi, sur ton vélo ? Tu rêves si tu espères me faire monter sur ton porte-bagages ! Pas pour onze kilomètres et demi ! Même pas pour onze pas et demi !

– Ce n'est pas mon vélo, c'est le tien.

– Euh...

– Enfin, pour le week-end. Je l'ai loué pour toi. C'est un tandem.

– Un tandem ?

– Je me charge du pilotage et du freinage. Tu peux gérer le pédalage pour avoir ta dose de sport de la journée, vu que je t'ai empêchée de courir.

– Tu as loué…

L'espace d'un instant, j'ai l'impression que je vais m'envoler, comme si la gravité avait soudain diminué de moitié. Mes amis et moi, on se fait tout le temps des petits plaisirs – enfin, eux plus souvent que moi, j'avoue, parce que c'est plus compliqué pour moi. Mais là, c'est du lourd.

– Prête ?

Je hoche la tête. Pendant que j'envoie un message à mon père, Scott cache son lecteur de CD dans les buissons.

Je n'étais pas remontée sur un vélo depuis l'accident. Au bout de deux ou trois rues, on a trouvé le truc pour se pencher en même temps dans les virages. Maintenant, j'ai l'impression de voler. Ça ne m'avait jamais fait cet effet-là avant. On ne dépasse pas un petit quinze kilomètres à l'heure, mais le monde semble défiler bien plus vite quand on le sent sans le voir. J'ai des amis qui aiment bien fermer les yeux sur les montagnes russes, pour sentir le frisson de la vitesse dans le noir. Ils ont raison ; c'est jouissif.

– Ça te plaît ? me demande Scott.

J'accélère en criant dans le vent :

– Oui !

J'échangerais bien avec Scott, pour qu'il ressente la même

chose que moi. Mais je ne peux pas conduire, et je ne céderais à personne ma place sur ce vélo.

Je suis choquée par cette pensée inattendue, par son égoïsme. Pourquoi refuser ce plaisir à mon meilleur ami sous prétexte qu'il devrait partager ce moment avec quelqu'un d'autre ? La réponse me frappe aussitôt. Soudain, je veux quelque chose assez violemment pour en devenir… possessive. Ça me donne des frissons.

En ouvrant la porte du snack-bar, on est accueillis par des cris de joie : Sarah, Faith et Philippa. (C'était avant qu'elle ne retourne vivre en Grèce, et que Faith ne suive son destin jusqu'à la tête du Trio Dynamique.) Scott m'avoue qu'il a envoyé des messages à tout le monde après que j'ai dit oui pour le déjeuner, et que mon père est passé les prendre pour les déposer au resto pendant qu'on venait à vélo. Pendant l'heure et demie qui suit, on mange des pancakes aux fraises et on se met du sirop collant partout et on se jette des fraises en poussant des cris aigus, et personne autour de nous ne proteste.

Quand on a épuisé les enfantillages, on appelle mon père pour qu'il vienne nous chercher. Philippa laisse entendre qu'elle ferait bien un tour en tandem. Je ne dis rien, priant pour que sa remarque tombe à plat, mais elle le répète, et Scott répond qu'on pourra tous faire un tour plus tard parce qu'il a loué le tandem pour le week-end. Il le dit gentiment, mais le ton établit clairement que c'est moi et personne d'autre qui ferai le chemin du retour avec lui.

Je pédale moins vite en rentrant, et pas parce que je suis fatiguée.

– Tu ne devais pas me montrer plein de trucs ? C'était le tandem ? Le petit déjeuner ?

À mon avis, ce n'est ni l'un ni l'autre – je voudrais que ça ne s'arrête jamais –, mais je ne veux pas donner l'impression d'attendre quoi que ce soit, ni de ne pas apprécier ce qu'il a déjà fait pour moi.

– Nan ! me lance-t-il dans le vent. C'est chez toi.

– C'est quoi, alors ?

– Tu verras.

Quand on arrive chez moi, tout le monde est déjà en train de nous attendre et se moque du temps qu'on a mis. Après quelques minutes de pagaille, pendant lesquelles Scott insiste bizarrement pour qu'on aille toutes aux toilettes, il nous fait asseoir dans le grand canapé et allume la télé.

Je m'étonne :

– On va regarder la télé ? T'es au courant que je ne vois pas, au fait ?

– Il n'y aura rien à voir aujourd'hui ! me répond-il.

Il s'affale à côté de moi.

– Donne-moi ta main.

Il la prend et la porte à son visage. Il a un bandeau sur les yeux.

Je ris, et il me précise :

– On en porte tous un.

Tout le monde s'agite pour que je puisse sentir les différents bandeaux. Sarah a mis le blanc à pois bleus, Philippa porte le jaune avec les smileys, Faith le rouge vif, et Scott le « Nuit étoilée ». Ce matin, j'ai mis celui avec les yeux en plastique qui bougent, un choix qui s'avère parfaitement de circonstance.

On se rassoit, un peu n'importe comment, en attendant que le film commence. Je pense à toute la surface de contact qui nous relie, Scott et moi : nos bras, nos hanches, nos cuisses, pressés les uns contre les autres sur le canapé. En soi, cela n'a rien d'inhabituel. La nouveauté est que je le remarque autant.

Pendant les onze heures qui suivent, on regarde la trilogie du *Seigneur des anneaux* en audiodescription. On est morts de rire. Écouter le narrateur décrire d'un ton rapide et impassible les exclamations désespérées de Frodon, les flèches qui se fichent dans des orbites, les regards mélancoliques d'Arwen, consumée d'un amour immortel, et la décapitation de troupeaux d'orques nous fait rire aux larmes et réclamer le silence la seconde qui suit.

Mon père nous prépare des sandwichs pour le déjeuner et commande de la pizza le soir, et on prend les repas sans arrêter les DVD ni ôter nos bandeaux. Il fait nuit quand le dernier film s'achève.

Mon père ramène tout le monde en voiture. Je me serre à l'avant avec Scott tandis que les filles sont assises à l'arrière. On les dépose et Scott rentre avec nous.

Puis on se rend tous les deux à pied au stade pour récupérer son lecteur de CD. Après tout ce temps passé serrés l'un contre l'autre sur le canapé et dans la voiture, on marche en zigzaguant comme des ivrognes sur le trottoir, en se rentrant dedans régulièrement. À mi-chemin, alors qu'on se cogne une fois de plus, il me prend la main.

Je ne suis pas surprise, et je m'aperçois que j'ai attendu ce geste tout le temps où on a marché en multipliant les contacts « involontaires ». Je ne l'avais simplement pas formulé dans ma tête. Je lui presse la main.

Au milieu du stade, je m'arrête. J'ai envie de lui dire quelque chose, mais j'ai peur d'être maladroite, ou ridicule, et de tout flanquer par terre. Je me sens dépassée, et pas seulement parce que je donne la main à mon meilleur ami.

Ce qui est arrivé aujourd'hui est évident. Après quatre ans à me regarder serrer les dents le jour de cet anniversaire, il a organisé un programme pour m'occuper et me faire rire toute la journée. Et il l'a fait comme s'il s'agissait d'un jour comme un autre, sans faire un seul commentaire sur le but réel de l'opération.

Ça me touche tellement que je ne sais pas comment réagir. Mais je veux lui montrer que j'ai compris, et que ça représente énormément pour moi.

– Parker ? me demande-t-il. Ça va ?

Il se tient face à moi, sa main dans la mienne. Je lève légèrement mon autre main et il la prend aussi.

– Merci, dis-je.

Je voudrais en dire plus, mais je me contente d'ajouter :

– Pour aujourd'hui. Merci pour aujourd'hui.

Il rit doucement.

– Quoi ?

– Ton bandeau est de travers.

Comme je ne veux pas lui lâcher la main, je secoue la tête pour le remettre en place, et les yeux en plastique se mettent à tinter.

Je dois avoir l'air d'une imbécile.

– On dirait… je sais pas… que tu louches !

– Remets-le bien.

Je le libère à contrecœur et il rajuste mon bandeau. Il laisse ses mains sur mon visage et je penche la tête jusqu'à toucher la sienne. On reste comme ça un moment, en bougeant doucement nos fronts l'un contre l'autre, comme si on dansait sans musique. Puis il pose les mains sur mes épaules et laisse sa joue remonter lentement le long de la mienne. J'arrête de respirer alors que ses lèvres glissent sur ma peau et frôlent ma bouche…

Je me mets à pleurer.

– Oh, non ! Je suis désolé ! Pardon, Parker. S'il te plaît…

– Non, non, non… Tout va bien.

Je pose mes mains sur son visage et j'approche peu à peu ma bouche de la sienne, jusqu'à ce que je trouve ses lèvres.

Mais mes larmes virent aux sanglots, et je ne peux plus m'arrêter. Je voudrais lui demander s'il a trouvé un tuto sur YouTube expliquant comment embrasser une aveugle, parce que sinon il pourrait en poster un. Ou lui dire que je ne savais pas qu'on pouvait ressentir ça et à quel point ça me donne le vertige. Ou qu'il me comprend tellement bien qu'il a réussi à rendre ce samedi parfait, alors que je me préparais à subir ma journée annuelle de tristesse absolue. Et tout ça se mélange au chagrin qui s'abat inévitablement sur moi le même jour chaque année, ce qui rend mes sentiments encore plus indescriptibles.

– Je ne voulais pas…

– Chut ! dis-je en retrouvant partiellement ma voix. Tu savais bien que j'allais finir par pleurer. Grâce à toi, j'ai tenu toute la journée.

Je l'enlace en enfouissant mon visage dans son cou. Il me serre dans ses bras tandis que je laisse couler les larmes de mes yeux inutiles, qui n'arrivent pas à les contenir.

⠪ ⠪ ⠪

Ainsi ont commencé les quinze plus beaux jours de ma vie, avant que tout ne parte en flammes et en fumée. Mais je ne dois pas faire partie de ces filles capables de s'installer confortablement dans le déni, de savourer des sensations dont elles savent bien qu'elles reposent sur un leurre, comme si elles se trouvaient dans un décor d'Hollywood, peuplé de belles façades sans pièces derrière. La beauté de ce jour-là tenait aux événements mais aussi beaucoup à leur signification. J'ai appris plus tard qu'ils ne signifiaient pas ce que je croyais, une découverte qui a gâché à la fois l'avenir et le passé. Et comme pour les autres tragédies de ma vie, mes rêves se chargent régulièrement de me le rappeler.

Couchée dans mon lit, je regrette d'avoir laissé remonter ces souvenirs. Je tremble, j'ai les joues en feu et la gorge serrée… mais le panneau collé sur ma porte affiche quatre-vingt-cinq étoiles, et ce n'est pas un crétin qui va casser mon rythme.

N'empêche, comment le garçon qui m'a tenue dans ses bras ce jour-là peut-il être le même que celui qui m'a piégée quinze jours plus tard ? Ça ne colle pas. Sur le coup, j'ai tout rejeté en bloc et refusé d'y penser, de barboter dans ces souvenirs salis. Mais aujourd'hui, en revenant dessus, je trouve ça incompréhensible. Et tout au fond, j'entends une petite voix que j'ai toujours refusé d'écouter, et qui veut savoir *pourquoi* c'est arrivé, *comment* c'est même possible.

On s'en fout. Je ne ferai pas comme ces filles amoureuses de la moitié d'un gars, qui excusent, ou qui ferment un œil, ou les deux, sur l'autre moitié. Va te faire foutre, Scott, je me fiche du pourquoi et du comment. Ça s'est passé, point. Règle numéro un. Règle numéro douze jusqu'à l'infini. Affaire classée.

Je tape de nouveau sur mon réveil. Quatre heures cinquante-huit. Il fait toujours noir.

On s'en fout. Je repousse ma couette et je me lève.

Je n'ai pas besoin de lumière pour courir. Je n'ai pas besoin de lumière pour quoi que ce soit.

ONZE

Je laisse mon déjeuner dans mon casier – pas le temps, pas envie – et je prends le sac de sport que j'ai préparé en deux secondes ce matin. J'ai dit à Molly qu'elle n'était pas obligée de venir, mais ça ne la gênait pas de sauter le déjeuner, elle aussi. Pour être franche, je préférerais être seule, mais je ne connais pas très bien cette zone du lycée, et son aide peut m'être utile. On n'a que cinquante-cinq minutes de pause à midi et je ne sais pas où je peux trouver Underhill, le prof d'EPS, à cette heure-là.

– Bonjour, mesdemoiselles ! nous lance Jason sur ma gauche. Je ne vous demande pas si vous venez souvent, je sais déjà que non. Pas cette année, en tout cas.

Je m'apprête à répondre, mais Molly est plus rapide que moi :

– Salut, Jason. Waouh, ça doit faire mal. Comment tu t'es fait ça ?

– Oh, pfff… Je me suis éraflé sur le bitume. Une chute débile. Je voulais mettre une compresse pour ne pas faire peur à tout le monde, mais le prof dit que ça a besoin de respirer.

– Tu dois le sentir passer, répète Molly, sur le ton crispé qui accompagne une grimace.

– Vous venez pour regarder ou pour courir ? Les tests ne commencent que ce soir après les cours.

– C'est ce que m'a dit Parker, répond Molly. Mais je croyais que la course, ça ne démarrait pas avant le printemps !

– Oui, mais les tests ont lieu maintenant pour constituer l'équipe et adapter l'entraînement dès la rentrée. Je vous fais visiter ?

Je lui rappellerais bien qu'il n'est là que depuis quinze jours, par opposition à mes deux années de présence, même s'il connaît sans doute déjà ce coin-ci mieux que moi. Il a aussi l'air de connaître Molly.

Au lieu de quoi je lui demande :

– Tu sais si Underhill est là ?

– Normalement, oui. Venez.

On se dirige vers le stade, du moins je le suppose. Je suis un peu désorientée, avec pour seuls points de repère l'herbe sous mes pieds et le soleil au-dessus de ma tête.

– Alors, Parker, tu te sens comment, dans tes nouvelles chaussures ?

– T'avais raison, leur système d'amorti, c'est du pipeau.

Il rigole.

– Ouais. Désolé.

Pendant un moment, on n'entend que l'herbe qui crisse, puis il reprend :

– Je, euh, j'imagine que t'as déjà tes repères, ici ?

Je hausse les épaules.

– Pas plus que ça. J'ai fait de la muscu avec Rivers, mais je ne viens presque jamais au stade. Je ne suis pas top, comme spectatrice.

– Mais tu disais que tu courais.

– Oui, tous les jours. Mais pas ici.

– J'ai oublié ce qu'on s'est dit hier. Je t'ai demandé ta distance, mais…

– Cent mètres.

– Ah ouais ?

– Pourquoi ? C'est un problème ?

– Pas du tout. Je t'imaginais sur une distance plus longue.

– Vu ma façon de courir, cent mètres, c'est déjà beaucoup.

– C'est quoi, ta façon de courir ?

– Comment ça ?

Ça y est, me revoilà sur la défensive. Est-ce que j'interprète trop les choses ? En règle générale, oui, mais là ?

– Ben, tu viens de dire que cent mètres, c'est beaucoup, vu ta façon de courir. Alors je te demande comment tu cours.

– Oh. Comme si j'avais le diable à mes trousses.

Il rit.

– OK. Pas de décélération. Je vois.

– Qu'est-ce que…

Je m'interromps. Je ne sais pas pourquoi je le reprends systématiquement. C'est plus fort que moi.

– Qu'est-ce que ça veut dire ?

– Pas la peine d'être parano, me répond-il gentiment. Ça veut dire que tu ne gères pas ta vitesse. Sur cent mètres, t'as pas besoin. Et toi, Molly ? Tu vas essayer ?

– Je n'ai pas vraiment ce qu'on appelle un physique d'athlète. Moi, ma distance, c'est celle qui sépare le canapé du frigo, aller-retour.

Ses paroles sont une insulte à elle-même, mais c'est Jason que le ton traite de crétin.

– OK, répond-il.

Puis :

– M. Underhill ! Hé, m'sieur !

Je sens mon ventre se nouer. Je n'ai aucune envie d'avoir cette discussion avec le prof, encore moins devant témoins, et je me demande bien ce que je fais là. Quelques réponses possibles flottent dans ma tête, mais je ne sais pas si ce sont les miennes ou celles de mon cerveau troll. Je les chasse vite fait.

Je ne m'avère ni aussi mauvaise ni aussi bonne que je le pensais. Sans doute parce que je nourris toujours beaucoup d'espoirs et assez peu d'attentes.

En tout cas, je suis contente qu'Underhill ait envoyé Jason et Molly voir ailleurs pour qu'on puisse discuter tranquillement.

Apparemment, les aveugles ne courent plus en se tenant à une corde parce que ça ralentit trop. Ça paraît horrible, comme idée, en plus. Une autre technique est de courir avec quelqu'un qui se tient sur la ligne d'arrivée et qui prévient quand on se déporte sur le côté. Mais ça n'est toléré qu'à l'entraînement. Je ne comprends pas pourquoi ; en quoi ça gêne ? Cela dit, sans doute que ça ne peut fonctionner qu'avec un participant aveugle par course. En compétition, seule est autorisée la course en binôme avec un guide voyant, et on se tient soit par la main, soit par une cordelette.

Ça craint. Pour commencer, ça implique qu'on ne peut pas courir sans partenaire, ce qui est déjà nul en soi. Ensuite, il faut que le guide soit capable de tenir le rythme, ce qui revient à admettre dès le début qu'on va perdre, puisqu'on ne peut participer qu'en venant avec quelqu'un de plus rapide que soi. Bonjour la valorisation des handicapés.

Avant que je puisse lui dire que j'ai changé d'avis, le prof m'annonce que la première étape est de déterminer ma vitesse pour me trouver un guide qui me convienne. Devinant le contenu de mon sac de sport, il ajoute que si je me dépêche d'aller me changer, on peut profiter de ce que la piste est déserte pour le faire tout de suite. Emportée par le mouvement, je me retrouve dans les vestiaires – auxquels j'avais fait des adieux sans regrets au printemps dernier –, puis je gagne la piste avec l'aide de Molly. Je sautille, je m'étire et je cours sur place pour m'échauffer. Le prof envoie Molly s'asseoir sur les gradins. Je ne sais pas où est Jason, mais dès que cette pensée m'effleure, je me sens déstabilisée… étourdie… mal à l'aise de m'être embarquée là-dedans.

– Pour connaître ton temps moyen au cent mètres, il vaut mieux courir la distance en ligne droite que dans une courbe, m'informe le prof. Je vais me placer à mi-distance pour te donner le signal et je courrai à reculons pour rester devant toi. Pas de fantaisies – je te dirai simplement « à droite » ou « à gauche » si tu te déportes. Tu n'auras qu'à rectifier ta trajectoire. D'accord ?

– OK.

– Tu as déjà utilisé des starting-blocks ?

– Non.

– Pas de problème, on verra ça plus tard. On a juste besoin de connaître ta vitesse approximative. Tiens, prends mon bras.

Je tends la main et un avant-bras velu se colle contre ma paume. Il me guide sur quelques pas pour que j'aille me mettre en position sur la « zone de départ », quoi que ça puisse être.

Une minute plus tard, je l'entends qui m'appelle de loin :

– Pointe le doigt sur moi !

Je m'exécute.

– Tourne-toi vers la gauche... Stop ! C'est bon, tu as le doigt pile sur moi. Pars sur cet axe. J'ai le pistolet. Dis-moi quand tu es prête !

C'est quoi, ça, « être prête » ? Au stade Gunther, je pars, tout simplement, sans prendre une pose de départ compliquée. Je suis perdue. Un autre truc me chiffonne, et je réalise quoi : même sur mon terrain habituel, j'arpente la longueur en marchant avant de courir. Ça me paraît plus important ici que jamais.

– Attendez ! lancé-je. Je dois le faire en marchant d'abord.

L'herbe artificielle est hérissée – ni aussi souple que de la vraie herbe ni aussi dure que de l'asphalte – mais curieusement plate. Ça me fait bizarre de devoir courir sur une surface dépourvue à la fois de relief et de fermeté.

– Bien... dit le prof. Légèrement plus à droite.

Je me décale un peu.

– Un peu moins. Tu es super forte pour marcher en ligne droite. Beaucoup d'entraînement ?

– Beaucoup de temps avec mon père.

– On est bons. Prête, cette fois ?

Non. Je hoche quand même la tête. Mais qu'est-ce que je fais là ? Pourquoi je fais ça ? Et pourquoi je reste après m'être posé la question sans avoir trouvé de réponse ?

– Vas-y, Parker ! me lance Molly. Cours comme le vent !

En plus de ma tenue de course noire, aujourd'hui, j'ai mis mon hachimaki. Espérons que cette histoire ne va pas tourner à la course de kamikaze…

– Je vois le diable qui arrive ! crie Jason. Et il trace !

– Silence, vous deux ! leur lance Underhill. Et les autres, là-haut dans les tribunes, tenez-vous tranquilles !

« Les autres » ? !

– Montre-moi du doigt ! me répète le prof. C'est parfait. Dis-moi quand tu es prête !

Je me recroqueville légèrement, pied gauche en arrière, pied droit en avant.

– Prête !

– À vos marques… Prêt… *PAN!*

Vent divin.

J'ignore où je vais, et ça devrait me stresser de courir à l'aveuglette dans un endroit inconnu. Mais après des années d'entraînement, mon corps sait quoi faire et je n'ai pas peur. Je compte mes pas. Arrivée à trente, je me dis que je dois être vers le milieu. Il n'y a pas d'obstacles et le prof est là pour me prévenir si je sors de la piste…

– À droite !

La voix du prof est *bien* plus proche que je n'aurais cru…

… et les roues dévient…

… et le train déraille…

J'ai un souvenir semblable de quand j'étais petite, un jour où je descendais l'escalier en courant, en me laissant entraîner par la gravité qui me poussait vers le bas à chaque marche – *ponk, ponk, ponk*. Et puis, tout à coup, on pense à ce qu'on est en train de faire et la machine se dérègle… Alors que notre cerveau contrôlait nos pieds en mode automatique, on se retrouve soudain aux commandes et on prend conscience de la nécessité d'exécuter chaque pas un à un. De la même façon que le corps arrête de respirer spontanément et nous oblige à prendre le relais dès qu'on se met à penser à sa respiration, et qu'on ne sait plus comment rendre le contrôle à l'obscure partie de notre cerveau censée gérer le dossier. Là, il vient de nous laisser la commande de nos jambes au milieu de l'escalier, mais comme on ne sait pas gérer cette vitesse, on a juste le choix entre ralentir, trébucher, ou tomber.

– Parker ! s'écrie Molly.

Comme si ça pouvait m'aider tandis que je suis en train de m'envoler dans le noir, tout juste capable de rentrer les bras et de basculer une épaule en avant pour amortir ma chute et me recevoir en roulant.

J'ai dû m'écorcher l'épaule, qui me fait mal, mais tout va bien. Je m'apprête à bondir sur mes pieds comme si de rien n'était, pour limiter la durée pendant laquelle je vais me donner en spectacle, étalée sur l'herbe en plastique… avant de me rappeler que je m'en fiche. Autant rester allongée là et me reposer une minute. Je roule sur le dos et j'étends les bras sur le côté.

Soudain, tout le monde m'entoure dans un vrombissement de murmures. Molly, surtout.

– Parker, ça va ? Tu as buté sur quelque chose ?

– Juste sur moi-même, dis-je, le souffle court. En fait, vu que je suis aveugle, c'est plutôt si je n'avais pas trébuché que tu aurais dû être étonnée.

– Allez, reculez, tout le monde, intervient le prof. Tu peux te relever ?

– Oh, sans problème. Mais je n'en ai pas du tout envie.

– S'il vous plaît, les gars, reculez, laissez-la respirer.

– Ouais, dis-je. Laissez-lui de l'air. Et un rayon de soleil sur le visage. Y a quelqu'un qui lui fait de l'ombre.

Le coupable se déplace, parce que je sens de nouveau la chaleur du soleil.

– Sérieusement, il faut que tu te relèves, reprend Underhill. On va vérifier que tu n'as rien.

Je soupire, extérieurement, et je lâche un petit grognement de douleur. Je me relève lentement et les gens applaudissent. Trop nombreux pour que je les compte, mais pas plus d'une douzaine, a priori ; ça va encore.

– Je blaguais, à propos du diable, déclare Jason.

– Moi non, fais-je avec un sourire en coin.

– C'est bon, tout va bien, diagnostique le prof. Ton épaule saigne un peu. Il faut la nettoyer et mettre un pansement avant de te changer ou tu vas salir ton tee-shirt.

– Au fait, j'ai fait quel temps ? Je suis prise dans l'équipe ?

J'ai pris mon petit ton ironique. Je ne suis pas sûre d'avoir envie de recommencer.

– Il faudrait d'abord que tu apprennes à te servir des starting-blocks.

– Ça ne devrait pas être très compliqué.

– Et à courir sur cent mètres sans mordre la poussière.

– La poussière, ce serait moins dur.

Je me frotte l'épaule. Elle est humide, couverte d'une matière trop poisseuse pour être de la sueur. Maintenant, je dois avoir du sang sur la main. Je la tiens en avant dans une attitude maladroite pour ne pas me salir. Avant de me rappeler ce que je porte et de m'essuyer sur mon short.

– Ça ne sera pas le plus dur, reprend le prof. Comme je savais que tu serais lente au démarrage sans starting-block, j'ai pris deux chronos, pour mesurer séparément les cinquante mètres du début et ceux de la fin. J'ai arrêté le premier à mi-chemin, avant que tu tombes. Six secondes huit.

Ça fait rire Jason.

– Quoi ? Qu'est-ce qu'il y a de drôle ?

Je ne sais pas ce qu'est un bon temps. Je ne me suis jamais chronométrée.

– Hé, un peu de respect, s'il te plaît ! Je suis blessée, je te rappelle.

Il se remet à rire.

– Oh, le respect, tu y as droit, Parker. En revanche, bon courage pour te trouver un guide.

– Et pourquoi ça ?

Je sens que je vois rouge, ce qui est un peu absurde dans mon cas.

– Freeborn a raison, confirme le prof. À moins d'une nouvelle surprise cet après-midi, on ne trouvera personne qui tienne ton rythme.

DOUZE

Molly et moi, on a fini de travailler à la bibliothèque. Elle est partie parler d'un truc à sa mère et doit me retrouver tout à l'heure au parking. Je suis en train de ranger mes affaires quand j'entends le *coin-coin* qui me signale un message de Sarah.

« Comment ça va, ton bras, ma biquette ? » me demande-t-elle.

Elle sait que j'ai réglé sa voix de synthèse sur « Tata », ce qui la fait parler comme une femme d'âge mûr, et elle s'amuse quelquefois à en rajouter.

Je tape en réponse : « Je viens de découvrir que le siège de l'amour-propre se trouve dans les épaules. Tu savais ça, toi ? »

Je n'ai pas besoin de rapporter d'affaires de cours chez

moi ce soir, alors je laisse tout mon bazar dans mon casier. J'entends des pas et des voix criardes qui approchent. Ça doit être la fin des épreuves de sélection. Je prends mon temps. Jason va peut-être me voir et venir me parler.

Coin-coin.

« Un peu froissé, tu veux dire ? Oh, ma pauvre choute. Une chance que ce ne soit pas permanent. »

Réponse : « C'est déjà de l'histoire ancienne. »

– R'gardez qui est là ! lance une voix familière que je n'arrive pas à situer.

– Parker Grant, fait une autre voix.

Je reconnais celle-là sans mal. Tous mes muscles se raidissent.

– J'ai toujours pensé que tu devrais porter des Ray-Ban au lieu de ces bandeaux à la con.

Isaac Walters et Gerald Gibbons. Deux des sept crétins qui se trouvaient dans la salle de classe ce jour-là. Leurs voix ont changé, mais moins que celle de Scott. J'inspire et j'expire à fond, lentement. Je ne devrais pas avoir de mal à les ignorer puisque je ne les vois pas.

– Alooors, reprend Isaac. Quoi de neuf ?

Mon père m'a raconté qu'à la fête des anciens élèves de son lycée, les pires brutes d'autrefois n'étaient plus des petites brutes, mais n'avaient pas de remords pour autant. Comme si, dans leur esprit, ils avaient juste joué dans une pièce intitulée *Les Années lycée* avant de devenir eux-mêmes : des gens normaux. Clairement, Isaac et Gerald sont encore loin de ce stade. Ils sont toujours dans leurs rôles de Connard numéro un et Connard numéro deux, dans une pièce à laquelle personne n'a envie de participer.

– Tu nous fais la gueule ? intervient Gerald. T'as pas changé, on dirait.

– En deux ans de lycée, t'aurais pu te détendre un peu.

Il me prend mon portable des mains.

– Rends-moi ça, Isaac.

– Hé, mais elle se souvient de moi ! Désolé, Parker, je l'ai pas, ton portable.

– Bien, alors, *Gerry*...

– Gerry ? Personne de ce nom-là ici.

– Parfait, disons Geraldine, ou quel que soit ton putain de nom.

– Oh là, Parker, quelle vulgarité ! Personne ne va plus vouloir embrasser cette bouche.

– Ça, vous vous en êtes déjà chargés, grogné-je, les dents serrées. Maintenant, rends-moi mon portable.

Coin-coin.

Ils se marrent.

– Je ne vois pas ton portable, commente Isaac. Mais j'entends un canard !

– T'en fais pas, Isaac, elle le voit pas non plus. Pas vrai, Parker ?

– Sérieux, les gars. Grandissez un peu, merde.

– T'as un message de Sarah Gunderson…

– Ah ouais ? le coupe Gerald. Qu'est-ce qu'elle devient, la petite grosse ?

– Elle dit : « OK… Je t'appelle ce soir. » Je lui réponds quoi ?

J'entends de nouveaux pas. Super. Il y en a combien sur les sept qui continuent à traîner ensemble ?

Coin-coin.

– Sarah est un canard ! dit Gerald, ce qui fait de nouveau s'esclaffer les autres.

J'évalue l'emplacement de la voix d'Isaac et la sonnerie de mon portable, et je fais un truc idiot : je me précipite en avant les mains tendues pour attraper mon téléphone. Je ne rencontre que de l'air.

– Houlà ! lance Isaac. T'aimes tellement les canards que tu plonges comme eux, en plus !

J'en ai ma claque de ces connards, mais je ne peux pas faire grand-chose. Si ce n'est arrêter de jouer leur jeu. Je referme mon casier en faisant claquer la porte et je le verrouille sèchement.

– Quand vous aurez fini avec mon portable, rapportez-le-moi devant le lycée.

Sous les rires des deux abrutis, les pas approchent maintenant en courant.

– Hé, mate sur qui on est tombés ! dit Isaac à celui qui arrive. C'est Parker Gr*uumph !*

Bang !

Je lève la main instinctivement pour protéger mon visage tandis que quelqu'un frappe violemment les casiers... deux... trois fois.

– Mais put...

Bang!

– Mais arrête!

Bang!

Je m'adosse aux casiers, les bras repliés en bouclier devant moi, les mains plaquées sur mon visage, les épaules voûtées. J'entends des piétinements, des semelles qui crissent sur le béton, et encore du métal qui tinte.

– Mais t'es malade? couine Gerald.

Sa voix s'éloigne dans le couloir, comme si quelqu'un l'entraînait.

– On se calme, dit la voix de Jason, essoufflée par l'effort.

Tous les bruits s'éloignent en diminuant dans le couloir.

Coin-coin. Ça vient de loin. Je me mets en marche vers la sonnerie, en balayant les casiers d'une main pour m'orienter. J'entends les pas de quelqu'un qui revient.

– C'est moi! m'informe Jason.

Puis, en arrivant:

– Tiens, ton portable.

Il le dépose dans ma main tendue et je le glisse rapidement dans mon sac.

– Désolé, Parker. Ces mecs sont... C'est que des abrutis. C'était Isaac...

– Je sais qui c'était. On était au collège ensemble.

– Ah. Enfin, c'est fini. Ils devraient te laisser tranquille, à l'avenir.

Je demande, pleine d'espoir :

– Ça a saigné ?

– Non, me répond-il en rigolant. Ça aurait provoqué des questions auxquelles personne n'a envie de répondre. La justice de la rue, c'est des gnons, pas du sang. La dissuasion passe plus par la menace que par la violence réelle.

– C'était plutôt violent à entendre, commenté-je.

– Juste ce qu'il fallait.

– Merci pour le portable.

– Pas de quoi. Tu vas où ? Je t'accompagne.

Je déplie ma canne et on se dirige vers le parking.

– On m'a dit que tu bossais à la bibli après les cours. J'allais te voir, justement.

– À propos de quoi ?

– Bah, ça ne serait pas du jeu de te demander ça alors que je viens de te sauver la vie. Ça risquerait d'influencer ta réponse.

Mon cœur bat plus vite. Je me rends compte que mon rythme cardiaque ne s'était pas beaucoup affolé pendant l'échauffourée, tandis que maintenant…

– T'as un truc à me demander ? Sur le boulot ? Ou bien… ? On n'a pas de cours en commun.

C'est pas vrai. Vas-y, Parker, enfonce-toi.

– C'est bon, on en parlera plus tard. Demain.

Non. Maintenant. Tout de suite.

– Si ça peut te rassurer, dis-je du ton de celle qui s'excuse de devoir préciser ça, le seul truc dont tu m'aies sauvée, c'est du désagrément et de l'exaspération. J'allais au secrétariat. M. Sullivan aurait réglé ça sans traîner. Ce n'est pas avec leurs deux cents mots de vocabulaire que ces connards vont réussir à me blesser, et ils n'allaient pas non plus me briser les os à coups de bâton.

– Euh… OK alors, fait-il, comme si je venais de lui soumettre un problème de maths à résoudre. Je voulais juste te proposer de faire un truc samedi. Samedi soir, je veux dire. Enfin, l'après-midi, et ensuite… Je travaille jusqu'à cinq heures, mais après, je suis libre.

– Ça marche. Tu as envie de faire quoi ?

Je jure que ma bouche a articulé les mots toute seule, sans que j'aie eu le temps de réfléchir.

– Ben, je peux passer te prendre en sortant du boulot…

– Oh, je vais au centre commercial samedi après-midi. On peut se retrouver à-bas. Tu as dit cinq heures ?

– Parfait.

On arrive sur le parking.

– Mon chauffeur est là, ajoute-t-il. À samedi ! Enfin, je te verrai sans doute demain, et vendredi, et samedi.

– OK pour le rancard, dis-je.

Je me sens un peu idiote, mais je m'en fiche.

Jason s'éloigne tandis que des pas s'approchent.

– Ai-je bien entendu le mot « rancard » ? demande Molly.

– Exact. Parce que je l'ai dit. Et oui, j'assume, j'avais envie de l'entendre prononcé tout haut.

– Quand ?

– Samedi.

– Cool.

Mais je ne la sens pas convaincue. Ça peut vouloir dire des milliers de choses, et mon cerveau troll va passer en revue toute la liste des possibilités si je ne l'en empêche pas par le seul moyen que je connaisse.

– Quoi ? fais-je.

– Quoi, « quoi » ?

– Tu as dit « cool », mais tu voulais dire « pas cool ».

Silence.

– J'ai horreur de ça quand un truc m'échappe. Tu le connais bien ?

– Pas vraiment. Mais c'est quelqu'un de bien.

Je l'entends qui s'assoit sur les marches et je m'installe à côté d'elle.

– Oh. Il te plaît, c'est ça ?

– Non. C'est pas mon genre.

– Alors quoi ?

– À mon avis, c'est pas ton genre non plus.

Je n'aime pas être cataloguée, encore moins par des gens qui me connaissent à peine.

– C'est quoi, mon genre ?

– Je ne sais pas ! s'empresse-t-elle d'admettre. Laisse tomber. C'est un mec bien. J'espère que vous passerez une bonne soirée.

– Je ne lâcherai pas, j'ai besoin de savoir. Explique !

– C'est juste que tu es… vive… et maligne. Jason, lui… il prend tout au pied de la lettre.

– Et ?

Après un temps de réflexion, elle développe :

– Il ne fonctionne pas sur autant de niveaux que toi, et je ne suis pas sûre qu'il arrive toujours à te suivre. Mais je peux me tromper. Et tant mieux si c'est le cas.

Sa réserve aurait peut-être eu du poids si je n'avais pas déjà eu un petit ami, qui me suivait très bien, sans que ça ait marché pour autant.

– Désolée, conclut-elle. Je ne sais pas toujours ce que je suis censée dire ou pas.

– Tu n'es rien *censée* dire de particulier.

– Je sais, seulement…

Elle prend plusieurs inspirations, et je ne la presse pas.

– Il y a peut-être des choses que tu ne sais pas parce que tu ne les vois pas. Comment je peux faire la distinction entre ce que je devrais te dire et ce qui ne me regarde pas ?

– Ah, OK. Toi, tu vois quoi ?

– Ben… tout ! Il se passe toujours un milliard de choses qui ne s'entendent pas. Même si je suis censée être tes yeux, je ne peux pas tout te raconter. Alors comment je fais le tri ?

– C'est quoi, les éléments à trier?

– Je ne sais pas, des tas de trucs. Genre… tu sais que je ne suis pas blanche ?

– Blanche ?

– Caucasienne.

– Oh, euh… Je ne m'étais pas posé la question.

– Personne ne te l'a dit ?

– Non, personne ne m'a dit : « Au fait, Parker, Molly est noire. Autant que tu le saches. »

– Eh ben voilà, commente-t-elle avec soulagement. Si tu voyais, tu le saurais, sans que ça devienne, disons, un « sujet ». Mais si quelqu'un te le dit, tu vas supposer que ça sous-entend quelque chose et tu vas demander un truc du style : « Qu'est-ce que tu veux dire par là ? »

– Eh bien, personne n'a jugé utile de venir me signaler que tu étais noire, sans doute parce personne ne trouve ça important.

– Euh… ouais, peut-être bien… mais aussi parce que je ne suis pas noire.

– Putain, Molly !

– Mais pas blanche non plus.

– Asiatique ? Péruvienne ? Ce n'est pas un jeu d'être aveugle, je te rappelle. Et on ne va pas très loin avec « Molly Ray » comme information.

– Tu imaginais une petite rousse frisée avec plein de taches de rousseur?

– Je n'imagine plus grand monde maintenant, à part ceux que je connaissais avant l'accident. C'est drôle, parce que j'ai beau savoir que Sarah n'a plus l'allure d'une gamine de sept ans, parfois, je ne peux pas m'empêcher de la voir comme ça.

Molly rit.

– Je suis ravie que ça t'amuse. Mais ça t'ennuierait de sauter l'étape où on fait tourner l'aveugle en bourrique pour lui dire de quelle couleur t'es vraiment, si c'est ça, le sujet?

– Ça ne l'est pas. Mais ma mère vient du Nigeria et mon père est un méli-mélo aux yeux bleus de tous les pays d'Europe possibles et imaginables. Généralement, les gens ne savent pas trop si je suis blanche ou noire. Ils disent que c'est comme si on avait fusionné les visages de mes parents sur Photoshop, sauf que j'ai les yeux marron et les cheveux ondulés, mais pas vraiment noirs. Bref, je suis métisse.

– Donc, ton visage est à cinquante pour cent celui de ton père et à cinquante pour cent celui de ta mère, alors qu'ils n'ont rien en commun. Le résultat doit être soit totalement génial, soit…

– Ma grande sœur est mannequin, m'informe-t-elle, toute fière. Elle a pris les bonnes moitiés. J'ai pris le reste. Je ne sais pas ce que ça laisse à ma petite sœur… Elle a douze ans.

– Mannequin? Genre, sur les podiums, tout ça?

– Un peu, mais elle fait surtout des shootings. Elle était dans *Vogue* il y a six mois… en mars, je crois. Dans le coin en bas à droite d'une page quelque part au milieu, enroulée comme un serpent autour d'un mec torse nu. Je ne me souviens même plus si c'était pour une pub ou un article… Avec *Vogue,* c'est dur de faire la différence.

– Ouah… La classe.

Molly a un petit rire, que je n'arrive pas à interpréter.

– Elle vient à la maison ce week-end, tu la rencontreras peut-être. Ce n'est pas une de ces grandes sœurs qui se croient supérieures. Elle veut toujours qu'on l'implique dans tout, jusqu'à la minute où elle saute dans un avion pour l'Italie et où elle disparaît pendant des semaines sans donner de nouvelles.

La voiture de tante Celia arrive en cahotant sur le parking. Ça me gêne un peu de partir en plein milieu de la discussion, mais… Je prends mon sac.

– Si tu voyais, se dépêche de me dire Molly, tu saurais qui s'est précipité tout de suite quand tu es tombée tout à l'heure. Mais si je te le dis maintenant, tu vas croire que je sous-entends un truc, même si ça ne veut rien dire d'autre que ça.

– C'était qui ?

– Mais tu comprends ce que je veux dire ?

– C'était Scott ?

– Ouais. Il était là le premier. Quand tu as demandé à quelqu'un de se pousser pour ne pas te faire de l'ombre, c'était lui.

– Et ensuite ? Il est resté là ?

– Non, il s'est éloigné. Il doit savoir que tu ne veux pas de lui dans les parages.

Malin, ce Scott. Ça fait partie des choses que j'aimais bien chez lui, quand je l'aimais bien. À l'époque où le fait qu'il s'inquiète pour moi aurait pu avoir une autre raison que la culpabilité, un sentiment d'obligation ou une espèce de remords.

– Je n'ai pas dit que ça signifiait quoi que ce soit, OK ? Juste ça.

– J'ai compris. Et je ne te reprocherai jamais de me dire un truc, alors que je pourrais te reprocher l'inverse. En cas de doute, dis-moi les choses, et laisse-moi me prendre la tête pour décider si c'est important ou pas.

TREIZE

Il est presque treize heures et je suis à bord de la navette silencieuse de tante Celia, direction le centre commercial. Il y a eu une gêne quand elle a suggéré que Sheila vienne avec moi. Mais celle-ci a répondu avant que je puisse ouvrir la bouche :

– Peux pas. Trop de devoirs.

Et elle a filé dans sa chambre.

J'ai de gros doutes sur son excuse, mais comme ça m'arrangeait bien, je n'ai rien dit. La négociation sur mon rancard et le fait de laisser Jason me ramener à la maison a pris plus de temps. J'ai fini par obtenir gain de cause en promettant de répondre à tous les messages et de rentrer à dix heures au plus tard. J'ai râlé sur ce dernier point, mais surtout pour la forme. Comme j'ai rendez-vous avec Jason à cinq heures, ça nous laisse de la marge.

Pour je ne sais quelle raison, je ne l'ai pas recroisé depuis mercredi. Il devait être aux épreuves de sélection, ou à l'entraînement. Je me suis promis de ne pas aller faire un tour au stade dans l'espoir qu'il me voie, et je peux difficilement le chercher sans poser de questions. J'ai reparlé à Underhill et on a décidé de se revoir pour s'organiser lundi en huit, quand le bazar des sélections et des résultats sera passé. Mais après ma chute, je suis plus que mitigée sur le sujet.

Ce n'est que jeudi soir que j'ai réalisé que Jason et moi, on n'avait pas échangé nos numéros. Je me suis persuadée que s'il y avait eu un changement de programme, il se serait débrouillé pour me trouver. Hier soir, je n'en étais plus si sûre. Logiquement, tout allait bien. Mais je mentirais en prétendant que je suis logique en toutes circonstances. Sarah a essayé de détendre l'atmosphère en m'en parlant en termes détachés. Mais dès que Sarah commence à essayer de parler en termes détachés, ça me met encore plus les nerfs à vif.

Malgré ces incertitudes, je suis étonnamment optimiste. Sarah et Faith m'attendent sur le trottoir, et tante Celia repart sans m'asséner de nouvelle règle, ni de rappel, ni rien.

Je suis frappée par l'étrangeté de cette sortie, à la fois si ordinaire et si singulière. Je vois mes amis tous les jours, on s'échange plein de messages en dehors du lycée – bon, surtout avec Sarah –, mais on ne *sort* pratiquement jamais. C'est surtout parce que je ne veux pas me forcer à aller au cinéma ou au resto. Mais on faisait plus de trucs quand on était petites, quand nos parents se chargeaient du transport et de l'organisation. On a arrêté à l'entrée au lycée.

Sarah dit que ça vient de moi ; pas seulement parce que je suis aveugle, mais parce que j'ai changé après que Scott m'a ôté toute confiance envers les hommes autres que mon père – je la cite. Je ne le nie pas ; mais elle oublie de parler du divorce de ses parents, qui s'est produit à peu près au même moment, et de la façon dont son père s'est, lui, quasiment volatilisé. Ça a vraiment éteint quelque chose en elle. Un jour, j'ai dit que ça avait cassé sa boîte à rires, et notre conversation a pris fin si abruptement que je me suis juré de ne plus jamais aborder la question. Pourtant, j'ai senti une envie réelle dans sa voix quand on a parlé d'aller faire du shopping avec Faith. Ça me donne l'espoir qu'ensuite, on se donnera des baffes pour avoir attendu aussi longtemps avant de le faire.

– Tu ne vas pas à ton rancard directement après ? me demande Faith.

– Pourquoi ? Il y a quelque chose qui cloche dans ma tenue ?

J'étends les bras, lentement, pour ne rien casser autour de moi. Je porte un jean et une chemise en coton bleu foncé, tous les deux ajustés, pour une fois, au lieu des vêtements trop grands que je mets d'habitude pour être à l'aise. J'ai mis mon bandeau « Feuilles d'automne » – on est en automne, non ? – et ma veste militaire couverte de badges, bien sûr.

– Je commence par le tas de feuilles que tu as sur la tête et je continue en descendant ? Ou je te la fais de bas en haut en démarrant par tes baskets noires ?

– C'est Jason qui me les a vendues ! Et c'est pas pour le basket, c'est des chaussures de course !

– On pourrait peut-être te trouver quelque chose ici. Un truc moins…

– Je resterai comme ça !

Même si l'avenir risque de me donner tort un jour ou l'autre.

– Voilà Molly, m'annonce Sarah. Elle n'a pas l'air de bon poil. Et elle n'est pas seule.

– Salut.

Elle me paraît plus résignée que de mauvaise humeur.

– Parker, Sarah, Faith… je vous présente Danielle, ma sœur.

– Appelez-moi Dani, dit une voix haut perchée qui ne ressemble en rien à celle de Molly. Je suis rentrée ce matin, j'ai plein de courses à faire. Ça vous ennuie si je m'incruste ?

– Pas du tout, la rassure Faith, totalement sincère ou excellente comédienne.

C'est la seule d'entre nous qui ait eu la classe de répondre aussitôt et de nous épargner un silence embarrassant, le temps qu'une autre se décide à ouvrir la bouche.

– Plus on est de fous, plus on rit, ajoute-t-elle. Tu fais des études à la fac ou… ?

– Quoi ? Non ! répond Dani en s'esclaffant. L'intello de la famille, c'est Molly.

– Et la jolie, c'est Dani, complète Molly un peu mécaniquement, comme si elle le répétait pour la millième fois.

Dani rit de nouveau.

– N'importe quoi ! Il y a juste une armée de gens qui passent leur temps à s'occuper de mon look. Et ça, c'est du boulot, croyez-moi !

Nous voilà parties. Faith et Dani devant, qui nous distancent déjà – enfin moi –, Faith apprenant rapidement ce que Sarah et moi savons déjà : que Dani est un portemanteau professionnel tout juste rentré de Milan et en partance pour Chicago, puis New York dès que... À ce moment-là, je perds le fil parce que Sarah me fait sursauter en soufflant dans mon oreille :

– J'y crois pas.

– Tout va bien, dis-je. Ça va être sympa. C'est pas comme si elle débarquait dans un de nos rituels...

– Non, je... C'est pas ça... Il faudrait que tu voies ça... Elle... elle...

– Tu te décides ? Elle quoi ?

Je m'arrête. C'est trop bizarre. Sarah a l'air d'avoir totalement perdu ses moyens. Ça ne lui arrive jamais.

Elle agrippe mon bras à deux mains et se penche vers moi.

– Elle est *magnifique.*

– Ouais, confirme Molly. Hors concours, avec tout ce qu'il faut là où il faut. Je n'avais pas vraiment prévu qu'elle m'accompagne. C'est quand elle m'a proposé de me conduire que j'ai compris…

– Je croyais que ça existait seulement dans les films ! poursuit Sarah sur sa lancée. Tout le monde se retourne ! Il y a deux gars près de la fontaine qui viennent de se rentrer dedans. Trois autres gars ont fait demi-tour pour nous suivre. Enfin, *la* suivre. C'est dingue, *regardez ça* !

– Ouah, dis-je à voix basse en essayant de garder mon sérieux. Qu'est-ce qui t'arrive ? C'est pas la première fois que tu vois une jolie fille, même si ce n'est qu'au cinéma…

– Jolie ? *Jolie ? Tu* es jolie. Elle, elle vient d'une autre planète. Ça n'a rien à voir. Je ne le savais pas jusqu'à aujourd'hui, mais c'est totalement autre chose. J'ai carrément une réaction *physique*, là ! Cette fille, c'est l'illustration de la théorie de l'évolution ! Je commence à comprendre la guerre de Troie ! Je vais peut-être remettre en question mon identité sexuelle…

– Sarah, tais-toi ! Ressaisis-toi !

C'est dur de chuchoter tout en se retenant de rire.

– Je sais que Rick serait partant pour un plan à trois, et je suis presque sûre que moi aussi…

– Sarah !

Cette fois, impossible de me retenir de rire plus longtemps.

– Sarah, t'es où ? Il y a une fille qui se fait passer pour toi et elle n'est pas du tout crédible !

– Tais-toi, tais-toi, tais-toi ! chuchote-t-elle. Les voilà !

Elle essaie de me plaquer une main sur la bouche et je la repousse par une tape.

– Tout va bien ? demande Faith d'une voix qui tente de nous faire passer un autre message, sans doute concernant notre maturité.

– Ouais, ouais, absolument, répond Sarah. On va très bien. Et vous deux ?

– Tu ne m'avais pas dit que Survête était la plus réservée ? remarque Dani.

– D'habitude, oui, réplique Faith d'un ton suspicieux. Elle fait peut-être une crise cardiaque.

– Je ne m'appelle *pas*… Survête, déclare Sarah avec emphase, les dents serrées pour ne pas rire.

Je la soulève de terre en l'étreignant très fort, tellement je suis heureuse d'entendre de la gaieté dans sa voix. Elle se débat avec des cris de souris et je la repose.

– Tout va bien ? nous demande un gars d'environ notre âge, ou un peu plus vieux.

– Vous avez besoin d'aide, jeunes filles ? intervient un autre gars.

– Jeunes filles ? répète Sarah. Quelqu'un voit des jeunes filles ici ?

Je demande bien fort :

– Dites, il y a des inconnus qui nous parlent ou je rêve ? C'est trop bizarre !

– Tout va bien, merci, désolée, leur répond Faith. Elles ont un peu avancé l'heure de l'apéritif.

Comme personne n'a déjeuné, on va à la cafétéria. Il nous faut quand même une heure pour y arriver parce qu'il y a toujours quelqu'un – plus exactement Faith ou Dani – pour entrer dans une boutique et en ressortir sans rien acheter. Les mots me manquent pour exprimer la passion des aveugles pour le lèche-vitrines. Heureusement, même si Sarah s'est un peu calmée, elle continue à me faire rire.

À la cafétéria, je prends un burrito – un croisement raisonné entre le meilleur et le plus simple à manger. Exigeant de savoir ce que les autres ont choisi, j'apprends que Molly a pris des enchiladas avec du chili, Sarah une soupe aux champignons avec des croûtons, Faith une modeste salade d'épinards, et Dani un plat thaï. Mon nez me confirme l'exactitude de ce compte rendu et on attaque.

– Excusez-moi, nous dit un type.

– Désolée, fais-je, c'est un déjeuner privé ! Merci quand même !

– Allez-y, pas de problème, lui répond Molly, avant de me préciser : Il voulait juste prendre une chaise pour son gamin.

– Oh.

Je ne me sens pas du tout gênée, même si je devrais peut-être.

– Dani, lance Faith, je discutais avec Parker tout à l'heure et on n'est pas vraiment d'accord sur sa tenue. Elle a un premier rancard ce soir.

– Oooh ! fait Dani. Qu'est-ce que tu vas mettre ?

Je plisse le front.

– J'ai gagné, constate Faith sans la moindre trace de vantardise, ce qui m'épate toujours chez elle.

– Je suis habillée à peu près pareil que le jour où il m'a proposé qu'on sorte. J'en conclus que mon look doit lui convenir.

– C'est ce que tu portes chaque jour de ta vie, argumente Faith. Là, on ne parle pas d'un jour normal mais d'un rancard. Dans ce contexte, on a le droit de mettre un truc un peu spécial. C'est même plus qu'un droit.

– Genre quoi ? Une jupe ? Une robe de soirée ? Des pantoufles de verre ?

– Peut-être un truc qui a fait un détour par la machine à laver il y a moins de huit jours.

– Ça, c'est mesquin ! protesté-je en portant la main à ma veste. Tu sais très bien qu'elle est compliquée à laver. Ça se lave tous les combien, une veste, d'ailleurs ?

Je renifle le tissu, qui ne sent rien du tout.

– Je ne te dis pas de te relooker entièrement, réplique

Faith d'un ton qui dit exactement le contraire. T'as peut-être raison ; peut-être qu'il t'a invitée parce qu'il aime ta façon de faire jurer le bleu et le vert. Je sais que tu te moques de savoir s'il va débarquer en salopette ou en smoking, d'autant que tu ne le sauras même pas. Mais je suis certaine que ça lui plairait de te voir un peu arrangée, même si ça reste dans le cadre de ton... style très personnel.

– C'est nul de me sortir ça ! C'est pas parce que je ne vois pas que je me fiche de ce qu'il porte... même si... sans doute que je... De toute façon, il est au boulot, il va venir en tenue de travail !

Je tourne la tête comme pour regarder tout le monde triomphalement.

– Et moi, je te parie qu'il va se changer, me soutient Faith, avec l'air de prendre son mal en patience. Je ne suis même pas sûre qu'il ait le droit de porter son uniforme en dehors du boulot.

– Il porte un uniforme ?

– Un tee-shirt noir avec « Tous à fond » écrit dessus en blanc. Et le « n » a des espèces de chaussures de course, ou je ne sais quoi.

– On s'égare, là, dit Faith. Et on n'est pas dans un débat philosophique, on parle de shopping. Faire du shopping, ça veut dire acheter des fringues. Finissez de manger et on y va.

– Moi, je trouve ça audacieux, intervient Dani.

– Et c'est parti, dit Molly d'un ton résigné.

– Qu'est-ce qui est audacieux ? dis-je.

– Ton look. Tu ne suis pas les règles, mais... c'est comme si tu avais une longueur d'avance. C'est comme ça qu'on lance les nouvelles tendances. C'est génial, en fait.

Je me penche vers Faith pour lui signaler :

– La *pro* aime mon style.

– Tiens, lève-toi et recule un peu, me dit Dani. Et tiens-toi droite.

J'obtempère. Je suis prête à faire tout ce qu'on voudra.

– Tu n'as jamais pensé à laisser pendre les bouts de ton bandeau devant plutôt que derrière ? me demande Dani.

Elle me touche les épaules, redresse mon bandeau et en drape les extrémités sur le côté gauche de ma poitrine, sur trente centimètres.

– Tu as des courbes, ça les met en valeur. Voilà. Ton potentiel sexy vient de monter en flèche.

Je reste parfaitement immobile. Personne ne dit rien. Je ne veux pas être la première à parler.

– Ouah, fait Sarah. Bon, on le fait, ce shopping ?

⁘ ⁘ ⁘

Ces derniers jours, mon esprit a été bien plus occupé par ma soirée avec Jason que par cette expédition shopping.

Or, il est presque dix-sept heures et ma seule envie est de rester avec la bande. À part Faith, tout le monde a trouvé que mon jean et mes baskets noires allaient très bien. Mais j'arbore maintenant un nouveau tee-shirt bleu, avec un col en V qui s'arrête juste au-dessus de mon soutien-gorge de sport blanc, et une chemise à carreaux bleu clair ouverte par-dessus. Pour la chemise, je ne suis pas trop sûre, mais tout le monde, y compris Faith, la trouve parfaite et tout à fait mon style, pour une fille qui porte une veste militaire tous les jours. J'ai aussi acheté un bandeau, plus long que les miens, d'un bleu marine que Faith trouve trop sombre mais que Dani a jugé frappant, ce qui a réglé la question. Molly porte mes vieux vêtements dans un sac, qu'elle me rendra plus tard. Je n'arrive pas à l'expliquer, mais ma nouvelle tenue me donne même l'impression d'avoir pris quelques centimètres.

J'essaie de garder en tête ce que les autres ont acheté, mais c'est dur quand on ne vous l'a dit qu'une fois, sans moyen de se rappeler ce qui a été gardé ou éliminé dans toute cette pagaille. Je sais que Sarah s'est pris plusieurs pantalons de yoga, en tenant le raisonnement qu'ils sont aussi confortables que des pantalons de survêtement mais, comme dit Dani, plus seyants.

– Tu achètes tes fringues avec qui, d'habitude ? me demande Molly alors qu'on attend Dani, occupée à je ne sais quoi.

Je mets un moment à répondre :

– Avec mon père.

Le silence qui s'ensuit me laisse penser que le sujet est clos, mais elle ajoute :

– Ça donnait quoi, côté conseils de mode ?

Je ris.

– Il se contentait de me décrire les choses. La couleur, la forme, tout ça. Il me disait ce que les autres portaient, même si je sais qu'il s'en tenait à ce qui lui plaisait, ou à ce qui ne lui déplaisait pas trop. Et je discutais un peu avec les vendeurs pour leur demander conseil.

Mon portable sonne : c'est l'heure.

– Faut que j'y aille. Où sont les autres ?

– Dani est au maquillage, entourée de toute une cour. Je parie que les vendeuses n'ont jamais vu autant de mecs sur leur stand.

– Et Sarah et Faith ?

– Elles baignent dans sa lumière, me répond Molly avant de crier : Hé, les filles ! J'accompagne Parker ! Je suis là dans cinq minutes !

On s'éloigne sous un chœur de « au revoir » et de « bonne chance » qui me mettent un peu mal à l'aise, surtout ceux de Sarah, lancés d'une voix suraiguë que je ne lui connaissais pas.

– Je sais que tu pourrais te débrouiller sans moi, me dit Molly, mais j'ai besoin d'un break, là.

– En fait, avoué-je, on m'a tellement tournée dans tous les sens que je ne sais plus où je suis. Conduis-moi à la fontaine et indique-moi la bonne direction. À partir de là, c'est bon.

On navigue plus qu'on ne marche pour sortir du magasin, aménagé en véritable course d'obstacles de portants conçue pour ralentir les clients. J'ai fait sonner mon portable avec une bonne marge, partant du principe que je serais seule. Du coup, une fois dans les allées du centre commercial, on a le temps de se détendre un peu. Bon, se détendre, peut-être pas. J'ai un nœud à l'estomac, et un peu l'impression de tanguer. Mais au moins, on marche sans se presser.

Je remarque, histoire de me changer les idées :

– Je n'arrive pas à imaginer à quoi ça peut ressembler d'être dans la peau de Dani.

– Moi si, me répond Molly.

Sa voix est plutôt sombre.

– Ne me dis pas que tu es jalouse, répliqué-je d'un ton léger. C'est comme être jaloux d'Einstein ou de Mozart...

Je regrette aussitôt ma phrase. Dans ma tête, c'était censé être une consolation.

– Jalouse ? répète Molly. J'ai de la peine pour elle. Tous ces types qui nous ont abordées aujourd'hui...

– Je sais, c'est seulement parce qu'elle était là.

– Mais ils ne lui parlaient pas pour autant. Il y en a qui nous ont parlé à toutes les quatre – l'Aveugle, la Fille en survête, la Boulotte et... disons, la Stylée –, mais tout ce qu'ils voulaient, c'était s'approcher de Miss Pommettes. S'ils avaient pu lui mettre la main dessus sans avoir à ouvrir la bouche, ils l'auraient fait.

– Certains, sûrement. Je comprends que ça puisse devenir énervant...

– Non. Imagine que tu gagnes un milliard à la loterie et que, tout à coup, tout le monde devienne sympa, se mette à te parler, à rechercher ta compagnie, tout le temps, sans te laisser respirer. Un jour, t'es toute seule, et le lendemain, tout le monde déboule, tout ça à cause de ton compte en banque. Ce n'est pas juste énervant, c'est... c'est comme si tu te noyais.

– C'est sûr que, présenté comme ça...

– Quand tu as un physique comme le sien, quatre-vingt-dix-neuf pour cent de ceux qui t'adressent la parole, hommes ou femmes, ne le font que pour profiter de toi. Ils mentent, ou ils te disent ce que tu as envie d'entendre, et tu ne peux plus faire confiance à personne ni identifier le un pour cent qui fonctionne autrement. C'est horrible rien que d'y penser, mais c'est ce qu'elle vit tous les jours.

– Molly...

Je ne sais pas quoi dire.

– Désolée, Parker. Je... Je sais que tu n'étais pas partie pour ce genre de discussion. Mais elle me téléphone du bout du monde, le plus souvent en larmes... Elle a plus pleuré cette année que moi dans toute ma vie. Rien que d'être sa sœur, c'est épuisant ; si j'étais elle, je ne crois pas que je tiendrais le coup. Tout le monde trouve que Dani a une chance dingue, mais c'est la personne la plus triste que je connaisse.

Je suis bien contente que personne ne puisse voir mes pommettes sous… tout ça. Je ne voudrais être à sa place pour rien au monde.

⠟⠥⠁⠞⠕⠗⠵⠑

QUATORZE

Il est dix-sept heures douze et j'attends sur un banc devant *Tous à fond*. L'absence de nouvelles de Jason se situe tout en bas de la liste des pensées qui me tourbillonnent dans la tête.

Je me suis bien amusée cet après-midi. Mais après ce que m'a dit Molly, j'ai la sensation qu'on vient soudain d'augmenter le poids de la pesanteur. Je ne me sens pas différente des autres ; moi aussi, je me suis servie de sa sœur. Bon, j'exagère ; clairement, je ne suis pas sous le choc de son physique. Ça m'a plu de traîner avec Dani pour la même raison que j'apprécie Molly : elle est sympa et marrante. Pourtant, je ne peux pas nier qu'une grande partie du plaisir venait de l'hystérie provoquée par sa beauté de folie. Comme si mes amis ne m'appréciaient que parce qu'ils trouvaient drôle de me voir tâtonner et me cogner partout tout le temps.

Dans la foulée, me voilà en train de me demander pourquoi les gens en abordent d'autres. Quand quelqu'un se met tout à coup à parler à un inconnu, sans avoir besoin de renseignements du style « Où sont les toilettes ? », pourquoi fait-il ça ? Je n'en sais rien, je ne l'ai jamais fait. Sans doute que ça repose sur ce qu'il voit. Le fait qu'il trouve la personne séduisante.

Pourquoi Jason m'a-t-il proposé de sortir avec lui ? Il m'a aidée à acheter des chaussures. Mais ensuite, on s'est parlé, quoi, trois ou quatre fois, et jamais plus d'une minute. Qu'est-ce qui lui a donné l'envie de me reparler et de faire un truc avec moi ? Le fait qu'il me trouve mignonne ? Ça ne peut pas être à cause de ma personnalité – je ne l'ai pas encore vraiment lâchée sur lui –, et la façon dont je cafouille dès qu'on se parle lui donnerait plutôt toutes les raisons de s'enfuir en courant. Et si je suis mignonne, pourquoi je n'ai pas eu de demandes de tas de gars, depuis le temps ? Peut-être parce que je suis aveugle, ou à cause de ma personnalité, et que Jason n'a pas encore compris à qui il avait affaire. Une fois qu'il me connaîtra, il changera d'avis. Et si c'était juste une espèce de fétichiste et que mon bandeau lui faisait de l'effet ? C'est pas vrai, maintenant que j'ai pensé à ça, plus moyen de m'en débarrasser. Merde, c'est glauque. Cerveau troll en action.

Mais le plus grand mystère, c'est pourquoi il me plaît, et pourquoi j'ai accepté sa proposition aussi rapidement, et pourquoi ça me met dans cet état. Je pourrais prendre la question de haut, me dire que ça n'a rien à voir avec une raison aussi futile que son physique. Mais ça me laisse quoi, comme explications ? Qu'il est charmant et qu'il me traite avec une espèce de respect enjoué ? S'il n'en faut pas plus pour me donner des palpitations, franchement, c'est pitoyable. Un mot gentil, prononcé sur le ton requis pour naviguer sur le champ de mines de mon handicap, et je perds mes moyens ? Non mais au secours…

– Salut, Parker, me dit Jason. Désolé pour le retard. Le chef d'équipe nous a retenus vingt minutes montre en main pour des histoires de procédures de stockage. Je n'ai pas eu le temps de sortir te prévenir.

– Tout va bien, dis-je en me levant. Tu as besoin de temps pour te changer ?

– C'est déjà fait. J'ai juste changé de tee-shirt. Prête ?

– Ouais.

– Tu es très classe.

– Merci. Je suis sûre que tu l'es tout autant. Mais même si tu ne l'es pas, c'est bien aussi.

– Euh, OK. T'as faim ?

Aïc. Super idée, d'avoir mangé un burrito trois heures avant.

– On peut manger quand tu veux.

Je me surprends moi-même d'être aussi arrogante, tout à coup. Je peux manger, certes, mais modérément…

– Et toi, tu as faim ?

– Je meurs de faim. Je n'ai pas déjeuné. J'ai réservé pour dix-huit heures.

– T'as réservé ? Waouh. Où ça ?

– C'est une surprise.

Je ne suis pas fan des surprises. Enfin, non, ce n'est pas vrai. Le jour où Scott m'a embrassée était rempli de surprises et ça ne m'a pas déplu, à l'époque.

– Cool.

– On va sortir par l'entrée principale, sur ta gauche, me précise-t-il.

Je tends la main.

– Je peux prendre ton bras ? Ce sera plus rapide que de me servir de ma canne.

– Bien sûr.

Sa manche effleure mes doigts. Un tissu fin, lisse… une chemise.

– Classe aussi. Je parle de ta chemise. Manches longues et boutons de manchette.

– Ouais. C'est spécial, aujourd'hui. Je me suis même douché ce matin.

– Merci ! dis-je en me détendant. Tu sais, c'est vrai ce qu'on dit sur les aveugles, qu'ils développent davantage leurs autres sens. Mon nez me le dirait si tu mentais.

– Je ne te mentirais pas, Parker.

Et il ne joue pas, il le pense vraiment. Ça me fait chaud au cœur. J'arriverais presque à croire que ça peut marcher.

– Promis ?

– Promis.

Ça me rappelle qu'il m'a fait promettre quelque chose, lui aussi, le jour où on s'est rencontrés : ne jamais courir la nuit. Promesse que j'ai rompue trois jours plus tard, après avoir rêvé de Scott.

.·. .·. .·.

Pendant les cinq premières minutes, il me parle de son boulot, lancé par une question de ma part que j'ai déjà oubliée. Une question idiote du style : « Mais tu fais quoi, à part des allers-retours dans la réserve avec des boîtes de chaussures ? » Je l'écoute d'une oreille distraite me décrire la logistique du rangement sur les présentoirs et les étagères. Je ne suis pas subjuguée au point de trouver ça intéressant. En plus, je me demande où on va, sachant qu'il n'y a pas de parking de ce côté-ci du centre commercial.

Je n'y tiens plus :

– On y va à pied ? Le parking se trouve à l'autre bout.

– Oh, les employés n'ont pas le droit de se garer là. On doit laisser nos voitures plus loin. Je ne prends pas la navette, d'habitude, mais je me suis dit que… Mais on peut marcher, si tu veux. Ce n'est pas…

– Non, non, on peut prendre la navette. Ce n'est pas l'exercice physique qui me manque.

La navette arrive juste au moment où on atteint l'arrêt, et après quelques acrobaties pour monter les marches, on se retrouve assis sur une banquette au fond d'une sorte de minibus. Allez savoir pourquoi, le chauffeur a mis la clim à fond et je gèle. J'essaie de ne pas le montrer pour ne pas mettre Jason mal à l'aise.

– Tu as froid ? me demande-t-il.

– Non, ça va.

Je me surprends à mentir pour la deuxième fois.

– Je n'ai pas de veste, sinon je te l'aurais passée. Je ne savais pas qu'il faisait aussi froid dans ces bus.

– Pas de problème.

Quelque chose me touche l'épaule du côté opposé à Jason et je sursaute, vraiment, parce que mes muscles sont crispés par le froid : mes bras jaillissent vers le haut et mon coude rebondit sur le nez de Jason. Au moins, je m'abstiens de pousser un cri. Mon cœur se met à battre plus vite quand je réalise qu'il a passé son bras autour de mes épaules.

– Désolée ! bredouillé-je. Désolée, je…

– Non, non, c'est moi. Je n'ai pas voulu te faire peur.

– Non, c'est bon ! C'est… Tout va bien.

On est un peu secoués par les cahots. Je sens son bras le long de son corps. Je voudrais qu'il le repasse autour de moi, mais ce n'est pas moi qui vais le lui demander.

– Sérieux, y a pas de problème, répété-je.

– Dans trois minutes, on sera sortis de ce frigo.

– OK.

Silence. Pas de bras autour de mes épaules. Rappel inutile que la règle numéro deux s'applique autant à moi qu'aux autres.

Deux minutes plus tard, on est arrivés. Jason m'aide un peu plus qu'il n'est nécessaire pour descendre du bus, et sa voiture est tout près. Sur le court trajet qui nous mène au restaurant, il m'interroge sur ce que j'aime manger, ce qui est un peu bizarre pour quelqu'un qui a déjà choisi le resto et qui ne veut pas me dire lequel. Je me cantonne à des réponses vagues – je ne vais pas lui dire que je n'aime pas les sushis si c'est pour me retrouver dans un bar à sushis. Je me rends compte que ça le frustre un peu, mais je préfère rester prudente.

– Surprise ! s'exclame-t-il en se garant. On va chez Andino's.

– Cool ! dis-je en m'efforçant d'avoir l'air enthousiaste.

Comme prévu, l'effet de surprise est totalement gâché. Qu'il me le dise maintenant revient strictement au même que s'il me l'avait dit il y a une demi-heure. On ne peut pas bander les yeux de quelqu'un, l'emmener quelque part et créer la surprise sans lui retirer son bandeau.

Je comprends maintenant pourquoi il n'a pas adoré mes réponses à son quiz alimentaire : je n'ai pas mentionné la cuisine italienne. J'aime bien, mais c'est compliqué à manger, et rarement ce que je privilégie.

On nous trouve une table tout de suite et, d'après ce que j'entends, la réservation n'était pas nécessaire. Pas de problème.

– J'ai appelé un peu partout, me dit Jason, mais je n'ai pas trouvé de restaurant qui propose un menu en braille.

Je me mords la lèvre. S'il m'en avait parlé, j'aurais pu lui en indiquer cinq ou six. C'est le prix à payer pour les surprises. Je suis tiraillée entre le plaisir de me sentir spéciale parce qu'il essaie d'être romantique, et le fait que ses tentatives ne me plaisent pas plus que ça. Mais comment aurait-il pu le savoir?

C'est vrai, ça: comment aurait-il pu le savoir? Il ne sait rien de moi.

– Alors, tu as un peu, moyennement ou très faim? me demande-t-il.

Il a parlé assez fort, comme s'il faisait un numéro. Est-ce qu'il se doute que j'ai mangé il n'y a pas longtemps?

– Moyennement.

– Bon. De la soupe, peut-être? Ou de la salade? Des amuse-gueules? Du pain à l'ail?

Compris. Il joue au serveur pour transformer l'étape de la commande en jeu.

– Je n'ai pas assez faim pour une entrée.

Sans parler du fait qu'il est hors de question que je mange de la soupe ou de la laitue baignant dans la vinaigrette.

– Bien. Pâtes ou pizza?

La pizza serait plus simple, mais ça ne ferait pas très classe de prendre de la pizza dans un restaurant chic…

– Des pâtes.

– Parfait! Voici ce que nous proposons: linguine di mare, spaghetti carbonara…

Il se met à lire en mettant le rythme, puis avec un mauvais accent italien:

– … cap-pel-lini pomo-doro, fettuc-cine pri-maver-a…

Il chante presque, maintenant. Je me penche en avant pour lui murmurer:

– Jason…

– TOR-tel-LI-ni MAr-i-NAR-a, ou encore SAL-tim-BOC-ca…

Je ris au fait qu'il ajoute des mots pour faire des vers de longueur égale. En entendant mon rire, je me couvre la bouche pour ne pas déranger les gens autour de nous. Et aussi parce que je me sens un peu idiote de glousser comme ça, comme Sarah cet après-midi.

– Nous avons des SCA-lop-PI-ne OU du poulet, PAR-mi-GIA-no…

Je recommence à rire.

– Jason!

– Et je n'en suis même pas à la moitié! Ensuite, CHE-veux d'ANGE à l'A-ï-o-LI, RI-ga-TO-ni A-bruz-ZI… zi…

– Je ne connais même pas la moitié de ces trucs!

Silence. Du moins quand j'arrête de rire.

– Dans ce cas, puis-je recommander les lasagnes ? propose-t-il sur un ton très professionnel.

– Trop le bazar à manger, dis-je, jouant la carte de l'honnêteté. Ils n'auraient pas des gnocchi ? Sauce Alfredo ?

– Connais pas. Je ne trouve pas…

– Avec un « g ». Ça s'écrit g-n-o-c-c…

– Ah ! Je l'ai. Gnocchi del giorno. Une délicieuse recette à base de pommes de terre

– Je vais prendre ça. Avec du pain à l'ail.

Euh, minute. L'haleine à l'ail…

– Vous avez fait votre choix ? demande une femme. Oh, pardon !

– Pas de problème, lui répond Jason. La gastronomie repose sur le goût et l'odorat. Le visuel ne fait que détourner l'attention.

– Parfait, dit-elle en entrant dans le jeu. Notre chef ne serait pas d'accord avec vous. Il attache beaucoup d'importance à la présentation. Il dit toujours que c'est avec les yeux qu'on prend la première bouchée. Mais on ne lui dira rien.

– On prendra deux gnocchi del giorno et du pain à l'ail. Qu'est-ce que tu veux boire, Parker ?

– Du C4, s'il vous plaît.

– On a seulement de l'eau gazeuse, de la limonade, du jus de cranberry, de pamplemousse…

– Pardon, je voulais dire du Coca, ou n'importe quoi avec du sucre et de la caféine. Et une paille, s'il vous plaît.

– Pareil pour moi, dit Jason.

Une fois la serveuse partie, il me demande :

– C'est quoi, du C4 ?

La question me fait un drôle d'effet, sans que je sache trop pourquoi. Serait-ce de la gêne ? Non, ça ne peut pas être ça.

– Caféine et colorant caramel au sucre de canne. Enfin, ici, ils ne doivent avoir que du C3. La plupart des sodas contiennent du sirop de glucose à haute teneur en fructose, et pas du sucre de canne. Mais je n'allais pas compliquer encore les choses en entrant dans les détails.

La serveuse revient en un temps record avec le pain à l'ail.

– Prends-en, dis-je à Jason, poursuivant sur mon élan de sincérité. Que je ne sois pas la seule à avoir une haleine de chien.

– OK. Mais je ne connaissais pas les gnocchi. C'est vraiment de la pomme de terre ? Ça n'a pas l'air très italien.

– Ça l'est. Pas mon plat préféré de tous, mais c'est bon.

– Pourquoi tu n'as pas commandé ton préféré ? Tu avais tellement hâte que j'arrête de chanter ?

– Mais non ! Non, c'est juste que… bah, comme disait la serveuse, il y a des gens sensibles à la présentation des plats. Mon critère à moi, ce serait plutôt le côté pratique. Avec les gnocchi, pas de problème. Mais les spaghet-TI ? On ou-BLIE, MER-ci.

Ça le fait rire.

Je grignote un peu de pain à l'ail en profitant d'un instant de silence sans aucune gêne, du moins pour moi.

– Au fait, reprend Jason, désolé pour le bus.

– Non, pas de problème. Ça me surprend toujours quand les gens me touchent sans m'avertir, parce que je ne le vois pas venir. C'est… disons, une sorte de règle chez les aveugles. La prochaine fois, dis-moi juste un truc du genre : « Je vais passer mon bras autour de tes épaules » ; comme ça, la prochaine fois, je ne te démolirai pas le nez.

Merde, je viens de dire deux fois : « la prochaine fois ».

– Ah, OK…

– Ou – ça, c'est un tuyau de pro – tu me fonces dedans sans me laisser le temps de cogner. Ça marche aussi.

Tu vas arrêter, oui ?

– C'est noté. Mais je parlais de l'ensemble, en fait. Je ne voudrais pas que tu penses qu'on a pris la navette parce que je ne te crois pas capable de marcher une centaine de mètres…

– Oh ! C'est… Pardon, je n'avais pas…

Je ne sais pas comment finir ma phrase. Peut-être en partie parce que je me sens piquer un fard d'avoir cru qu'il parlait de cette histoire de bras.

– Tu rougis ?

– Non ! Pourquoi je rougirais ?

Pas de réponse.

– En plus, fais-je, un vrai gentleman ne le remarquerait même pas.

– Remarquer quoi ?

– Parfait, dis-je en souriant.

Extérieurement.

⠟⠥⠊⠝⠵⠑

QUINZE

– On va où, maintenant ?

Je n'ai pas regardé l'heure, parce que je ne peux pas le faire sans que Jason s'en aperçoive. On n'a pas dû passer beaucoup plus d'une heure chez Andino's, une heure et demie maximum. Puis on a repris la voiture pour aller s'acheter une glace pour deux au Ice Cream Explosion. Je l'ai laissé choisir. Je n'avais jamais goûté de sundae au caramel, mais ça m'a plu. Et j'ai pu manger moins, vu qu'on partageait. Parce qu'après un burrito, une assiette de gnocchi et la moitié d'un pain à l'ail, je me sentais légèrement boudinée.

Il doit être neuf heures à tout casser. J'ai encore une heure devant moi, et, franchement, si je rentrais en retard, tante Celia ferait quoi ? Elle me priverait de sorties ? Je ne mets quasiment jamais le nez dehors, sauf... sauf aujourd'hui. Pour ce que j'ai à perdre...

– Tu as des envies particulières ? me demande Jason.

– Je n'ai pas besoin de rentrer avant dix heures. Il est quelle heure ?

Ha ! Je gère.

Il rit doucement.

– Huit heures et demie.

– Qu'est-ce qu'il y a de drôle ?

– Tu dois être rentrée pour dix heures ?

Toutes sortes de justifications me viennent à l'esprit. C'est mon premier rancard... Les filles doivent peut-être rentrer plus tôt que les garçons... Tante Celia ne me connaît pas assez pour me faire confiance, à moins que ça n'arrive jamais, on verra bien...

– Donne-moi une raison de rentrer plus tard, dis-je.

Je perçois après coup l'ambiguïté de ma phrase. Mais au lieu de clarifier, je laisse filer pour voir ce qui va se passer.

– Et si on allait au Belvédère, en haut de la falaise ?

– Il y a quoi au Belvédère ?

– Rien. On peut se poser là-bas, ou se poser ailleurs. Si tu as encore faim...

– Non ! Le Belvédère, c'est parfait. Même si je ne risque pas d'admirer le coucher de soleil...

La voiture prend un virage.

– Il est déjà couché.

– Tu y vas souvent ?

– C'est beaucoup dire.

Le trajet est bref. Jason se gare et éteint le moteur.

– C'est un nouveau foulard ? me demande-t-il.

– Acheté aujourd'hui. Comment tu le sais ? Tu ne peux pas encore connaître tous mes foulards.

– Les autres ont une petite étiquette en braille cousue dessus. Celui-là, non.

Je souris de cette attention aux détails, et aussi de ce qu'elle implique. J'avais un peu craint que l'attention ou la réflexion ne soient pas son fort.

– Tu as froid ?

– Un peu. Mais ça va.

– Je mettrais bien mon bras autour de tes épaules pour te réchauffer, mais il y a le bloc du levier de vitesses qui gêne.

Ouiii…

– Euh… tu veux t'asseoir à l'arrière ?

Houlà.

– Ça ne ferait pas bizarre ? Qu'on soit assis tous les deux à l'arrière ?

– Si quelqu'un regardait, peut-être. Mais il n'y a que deux voitures. Dont une vide – sans doute des randonneurs. Et dans l'autre, bah, ils doivent se poser la même question que nous, si tu vois ce que je veux dire. Il y a un banc, aussi, mais il fait encore plus froid dehors.

– Va pour la banquette arrière, alors.

Je trouve la poignée, je sors – il a raison, ça s'est rafraîchi –, je me glisse à l'arrière et je claque la portière.

Ça m'énerve de me demander s'il va m'embrasser. S'il ne le fait pas, je vais me sentir idiote d'y avoir pensé. Mais il ne proposerait pas qu'on s'assoie derrière juste pour passer son bras autour de mes épaules. Si ? Soudain, je trouve ça drôle de penser à ça, au lieu de me demander si j'en ai envie. Parce que, bien sûr, j'en ai envie. Où est le problème ? Jason est sympa, et sécurisant, et...

– Qu'est-ce qui te fait sourire ? me demande-t-il d'un ton faussement suspicieux.

Je souris, moi ?

– Si tu préfères que je fronce les sourcils, je ne suis pas sûre d'y arriver, mais je peux essayer.

– Non, non, continue à sourire, c'est parfait.

Il cogne son épaule contre la mienne et glisse son bras derrière moi.

– T'es super doué, dis donc ! Je parie que tu fais le coup de l'épaule à toutes les filles...

Mince. C'est pas ce que je voulais dire.

– Il faut juste que j'assimile les règles. Tu dois en avoir pas mal.

– La liste s'étend jusqu'à l'infini.

Je m'appuie un peu sur lui. C'est vrai que ça réchauffe. Ce n'est pas juste une excuse pour se toucher.

– Vas-y, alors. Donne-les-moi, tes fameuses règles.

Il a parlé doucement, à mi-voix, et il y a juste un petit soupçon d'ail dans son haleine. Il s'avère que j'aime ça. Je me tourne vers lui.

– Ce n'est pas vraiment ce à quoi je pense maintenant, dis-je.

– Tu penses à quoi ?

– Euh…

Ça m'étonne, mais en fait je ne pense pas à grand-chose. Alors que mon esprit est toujours en train de mouliner toutes sortes d'absurdités, là, il est au repos, tranquille, absorbant ce qui se passe, profitant de l'instant, pour une fois…

La *chimie*.

Voilà le mot qui m'échappait tout à l'heure. Ce qui donne envie de parler à quelqu'un, une première fois, puis une deuxième, ou de sentir sa main sur son épaule, même si on ne le connaît pas bien. C'est plus que l'effet produit par un mot gentil ou un compliment lancé par un inconnu ; c'est quand l'autre a les mots justes, ou qu'ils s'accordent avec les vôtres.

J'ignore si on sera compatibles, Jason et moi, à mesure qu'on va apprendre à se connaître. Mais au premier abord, la *chimie* fonctionne.

– Je vois bien que tu es en train de penser à un truc, me relance-t-il, sans s'impatienter.

Ce que je suis en train de penser, c'est que, alors que

je viens de monter à l'arrière d'une voiture avec un garçon de terminale que je connais à peine, dans un environnement qui ne m'est pas familier, je me sens à l'aise. C'est peut-être de la chimie, ou de l'intuition. Probablement, parce que je manque sérieusement d'éléments concrets sur lesquels m'appuyer.

Ce que je suis en train de penser, c'est que je suis peut-être dingue, mais que si je voyais, c'est moi qui ferais le premier pas, qui me pencherais pour l'embrasser, en espérant que je ne précipite pas trop les choses. Mais comme je ne vois pas, tout ce que je peux faire, c'est… faire glisser ma main sur son col pour me repérer, pencher la tête en avant et m'avancer. S'il ne réagit pas, je vais devoir promener la main sur son visage et guider ma…

Quelque chose touche le bout de mon nez. Son nez.

Parfait.

Je m'avance encore et je l'embrasse doucement sur les lèvres. Je recommence. C'est dingue, c'est comme souffler sur un bol de chocolat chaud quand on a froid et sentir la chaleur vous envelopper le visage, puis le boire à petites gorgées et sentir la chaleur vous envahir les joues, descendre dans votre poitrine et continuer plus bas, jusqu'à vous remplir. Les pensées qui tourbillonnent dans ma tête sont des pensées toutes simples, comme « chaud », et « doux », et « excitant », et « merveilleux », et « hmmm »…

– Quoi ? murmure-t-il en reprenant son souffle.

– Quoi, « quoi » ? dis-je sur le même ton avant de me remettre à l'embrasser.

– Quoi, « hmmm » ?

Je ne m'étais pas rendu compte que je l'avais dit tout haut.

– Oh… « Hmmm, l'ail »…

Il s'écarte.

– Oh ! Désolé, je…

Ma main trouve sa nuque et je l'attire de nouveau à moi.

– Tu ne sais pas ce que ça veut dire, « hmmm » ?

Je l'embrasse encore. Et encore. Toujours aussi doucement, mais plus fermement.

Le bout de sa langue passe furtivement sur ma lèvre inférieure – une étoile explose dans ma tête, une sorte de tressaillement impossible à décrire. Comme si on courait à un rythme tranquille, puis qu'on se mettait à accélérer, mais qu'au lieu de ressentir l'effort, on en retirait un surcroît d'énergie. Je sens de nouveau sa langue et je passe au sprint…

Je ne pourrais pas dire depuis combien de temps on est là, à s'embrasser, respirer, se toucher… sa main dans mon dos, puis nichée au creux de ma taille… mais je sais que je pourrais continuer toute la nuit, sans me fatiguer ni me lasser… sa main qui remonte un peu… encore un peu…

Je sais où ça nous mène et mon cerveau se réveille. Le cerveau troll qui pense, repense, re-repense et sur-pense, et qui fonctionne comme si j'étais un conseil d'administration, et pas un être humain. Il me demande ce que je fous, à embrasser avec la langue un mec que je ne connaissais pas il y a huit jours, en envisageant de laisser sa main monter jusqu'à… – non seulement je l'envisage, mais je l'attends, je le veux, toute prête à y prendre plaisir. Mon cerveau troll voudrait bien me demander pourquoi je me laisse faire, mais il ne peut pas puisque je ne me laisse pas faire, je *veux* que ça arrive. Comment se fait-il que je sois aussi disposée à laisser ce mec me peloter, là, tout de suite ?

La réponse me frappe comme un seau d'eau glacée : depuis trois mois, je n'ai pratiquement eu aucun contact physique. Faith m'a serrée dans ses bras le jour de la rentrée et j'ai eu droit à une tape sur l'épaule par-ci, par-là, mais c'est tout. Mon père me serrait contre lui tous les matins avant que je quitte la maison, et tous les soirs quand je rentrais, et quand j'allais me coucher, et des tas d'autres fois, juste comme ça. Et souvent, le soir, on écoutait un livre audio ou un podcast sur le canapé, son bras autour de mes épaules, et je m'appuyais sur lui comme sur un coussin chaud. Mon père était l'exception à la règle numéro deux, parce que l'anomalie aurait été qu'il ne me presse *pas* l'épaule en passant à côté de moi. Et puis il a disparu, et au cours des jours suivants, passés dans un état d'ahurissement et de désorientation complets, des tas de gens ont essayé de me prendre dans leurs bras pour me consoler. Mais je ne voulais pas, je refusais de me laisser toucher par des inconnus ou de lointains parents, et ils ont fini par abandonner. Bien sûr que tu veux sentir ce gars partout sur toi, me dit mon cerveau troll. Tu avais l'habitude qu'on te fasse des câlins plusieurs fois par jour, et ça fait trois mois qu'il n'y a autour de toi que des voix dans le noir. Tu es affamée…

– Parker ?

On a arrêté de s'embrasser. La main de Jason est redescendue sur ma hanche sans s'être aventurée plus haut.

– Ça va ?

Je ne veux pas lui parler de ça. Pas que ce soit un sombre secret inavouable, mais c'est juste le genre de chose qu'on ne partage qu'avec ses proches. Il m'écouterait, il compatirait, mais il ne pourrait pas vraiment comprendre.

– Ouais, ouais, ça va, dis-je d'une voix vaseuse. Il est quelle heure ?

– Seulement neuf heures et demie. Enfin, bientôt quarante-cinq. Mais on n'est qu'à dix minutes de chez toi.

– On… On va rentrer, dis-je en me forçant à ralentir ma respiration. Pas la peine de donner des raisons à ma tante de me tomber dessus.

– OK.

Je sens bien qu'il est déçu. Moi, je ne sais pas ce que je ressens.

On ressort chacun de son côté et on remonte à l'avant. Il met le contact et on part en marche arrière.

Je suis un peu sonnée. On roule un moment avant qu'il ouvre la bouche.

– Comme ça… tu vis avec ta tante ? Et tes parents ? Si ça ne t'embête pas que je demande.

– Ma mère est morte quand j'avais sept ans. Elle avait bu trop de vin et elle a mis la voiture dans le décor. C'est comme ça que je suis devenue aveugle.

– Oh. Désolé.

Je suis soulagée qu'il s'en tienne là, qu'il comprenne que c'est du passé et qu'il n'essaie pas d'en savoir plus dans les cinq minutes qui nous restent.

– Alors on s'est retrouvés tous les deux, mon père et moi, jusqu'à ce qu'il meure au mois de juin.

– Quel mois de juin ? De cette année ? Il y a trois mois ?

– Ouais. Ensuite, mon oncle et ma tante et mes cousins sont venus vivre chez moi.

– Oh, la vache… Parker… Je suis… Je suis désolé. Je ne savais pas.

– C'est bon. Il y a des tas de trucs que tu ne sais pas sur moi. Je ne sais pas grand-chose sur toi non plus.

– Ça va changer.

– Je l'espère.

Mais j'ai répondu d'un ton plat, le seul qui me vienne, apparemment.

– Ça veut dire que tu as envie qu'on se revoie ? me demande-t-il.

– Seulement si tu en as envie aussi.

– Alors, marché conclu.

La voiture s'arrête doucement.

– Dix minutes d'avance, me signale Jason. Quelqu'un soulève le store. Un gamin, on dirait.

Je respire à fond, j'expire.

– C'est mon cousin, Petey. À tous les coups, il s'est ennuyé à mort sans moi ce soir. Je me demande comment il s'occupait avant de vivre ici.

Je m'entends parler sur un ton presque normal, mais je ne me sens toujours pas normale. C'est comme si je maintenais le cap depuis une heure en pilotage automatique, sans plus rien ressentir. J'aime beaucoup Jason, j'ai vraiment envie de le connaître mieux. Mais l'épisode dans la voiture me paraît bizarre, à présent, une sorte de parenthèse où je n'étais plus moi-même, comme sous l'effet d'un sort qui s'est brisé. Une petite voix dans ma tête me dit que la dernière heure n'a pas grand-chose à voir avec Jason, à part que je l'avais sous la main, qu'il était consentant et qu'il m'a apporté de la chaleur humaine. Et je n'ai pas l'impression que ce soit mon cerveau troll qui parle.

– Je te donnerai mon planning de boulot de la semaine prochaine dès que je l'aurai, me dit-il, d'un voix qui me semble venir de très loin.

Je me contente de hocher la tête. J'ai la gorge serrée, et je ne me fais pas confiance pour parler.

– Ça va ? me redemande-t-il.

Nouveau hochement de tête. Je tousse pour m'éclaircir la voix.

– Oui. J'ai passé une chouette soirée.

– Moi aussi.

Mais il sait qu'il y a un truc qui cloche. Ce n'est pas sa faute, et je ne veux pas qu'il s'en veuille. Je cherche quelque chose de gentil à dire, quelque chose d'un peu personnel…

– Je, euh… Je ne sais plus si je te l'ai dit l'autre jour, mais merci de m'avoir débarrassée d'Isaac et Gerald. Même si j'étais capable de me débrouiller toute seule, ça ne m'a pas empêchée d'apprécier ton aide.

– Ravi d'avoir pu le faire. Mais pour être honnête, le mérite ne me revient pas entièrement.

– Comment ça ?

– Je revenais des épreuves de sélection avec un copain. Tout à coup, il s'est mis à courir. Quand je l'ai rejoint, il avait coincé Isaac contre un casier. J'ai compris ce qui se passait et j'ai chopé Gerald. Après, j'ai dû séparer Scott et Isaac. Il n'a jamais supporté ces mecs – je crois que ça aurait dégénéré pour de bon si je n'avais pas été là. Je sais bien que ce qu'ils faisaient était super con, mais de là à… Hé, ça va, Parker ?

Le choc me noue les tripes.

– Parker ? Mais qu'est-ce que…

– Faut que j'y aille.

– Je te raccompagne jusqu'à ta p…

– Non, non, c'est bon. Je connais le chemin. À plus.

Je tâtonne désespérément pour ouvrir la portière.

Je sors de la voiture et je traverse le trottoir et je sens la pelouse sous mes pieds et je prends l'allée droit jusqu'à la porte mais elle est verrouillée merde ils savent pourtant que je suis là puis elle s'ouvre et je fonce dans l'escalier et Petey me dit un truc mais je ne l'entends pas et je suis dans la salle de bains je m'enferme et je prierais Dieu s'il y en avait un pour arriver à vomir et à me débarrasser de ce que je ressens mais je ne peux pas, je ne peux pas je ne peux pas…

SEIZE

« Tu as toujours le même numéro, Scott ? »

Encore un dimanche mangas avec Petey. Je n'ai aucune envie de camper sur le canapé devant ces explosions électroniques, mais c'est devenu une sorte de rituel entre nous, et je n'ai pas l'énergie d'essayer de le changer. Hier soir, je me suis accordé une nouvelle étoile dorée, mais c'est une bonne chose que je ne tienne pas le suivi de mon activité sportive. Ce matin, je n'ai couru que deux sprints peu inspirés avant de rentrer à la maison à petites foulées. Personne n'était levé pour constater que je m'étais absentée deux fois moins longtemps que d'habitude. J'ai pris une longue douche, pendant laquelle Petey s'est réveillé, et on a enchaîné sur notre programme comme si hier soir n'avait jamais existé.

Mais ça a existé, au même titre qu'aujourd'hui. Alors j'ai mis un des écouteurs de mon portable dans une oreille et fait une chose que je n'avais pas faite depuis des années.

La réponse arrive plus vite que prévu.

« Ça gaze, mon pote ? »

Il a deviné juste ; sa synthèse vocale est toujours réglée sur « Australien de sexe masculin ».

– Tu vas tout rater ! me signale Petey.

Il n'est pas énervé, seulement inquiet que je manque des passages.

– J'envoie juste un texto, dis-je. De toute façon, je rate à peu près tout dès que tu ne m'expliques pas ce qui se passe.

Il essaie pendant une minute ou deux, mais il est tellement pris dans l'action qu'il n'est pas très clair, ou bien c'est le scénario qui est confus. Sans compter les paquets de mots et de noms japonais et toutes leurs inventions, et les références qui n'ont de sens que pour les fans. Les explications de Petey diminuent et finissent par s'arrêter sans qu'il s'en aperçoive.

J'attends de voir si Scott va en dire plus dans le cadre de cette occasion historique. Mais comme il en reste là, je le relance. Quoi qu'il ait essayé de me dire en quatrième, maintenant, j'ai besoin de le savoir.

« Pourquoi tu as fait ça ? »

Le sentiment que j'éprouve ne m'est pas familier. C'est le même que quand Underhill a failli parler de mes séances de sprint matinal devant les autres à la cafétéria, puis m'a sorti qu'il m'avait vue courir. Un mélange d'appréhension et de crainte. Oui, ce que je ressens là, en envoyant un texto à Scott, c'est de la peur.

Il s'écoule toute une bataille de manga – ou ce qui y ressemble – avant qu'il ne me réponde. Je n'ai pas supprimé son numéro à l'époque, mais je l'ai basculé en mode silence pour mettre fin aux sonneries permanentes. Maintenant, je le sens juste vibrer légèrement.

« Désolé d'avoir gâché ton rancard. »

Pardon ?

« De quoi tu parles ? »

« Jason m'a raconté que tu es sortie de sa voiture en courant quand il t'a expliqué ce qui s'est passé avec Isaac et Gerald. Il ne comprend pas très bien. Mais je ne lui ai rien dit. J'ai pensé que tu n'y tenais pas. »

Bien sûr, il a raison… merde. Je ne veux pas qu'il raconte quoi que ce soit de cette histoire à qui que ce soit, sauf que…

« Il faut que Jason le sache, mais je ne veux pas avoir à le lui dire. Fais-le. Aujourd'hui. »

« Ça ne va pas être facile à avouer, mais je le ferai. Demain, quand je le verrai. C'est un mec bien. Je suis content que vous soyez ensemble. »

Je répondrais bien à ça, mais ce n'est pas le sujet.

« Je voudrais comprendre pourquoi tu as fait ça, au collège. »

Plusieurs minutes s'écoulent.

Maintenant, j'aimerais bien que le manga continue. C'est la couverture idéale pour cette discussion. Je pourrais aller m'enfermer dans ma chambre comme Sheila, mais ça ne me ressemble pas et je n'ai pas envie d'attirer l'attention plus que je ne l'ai déjà fait hier. J'ai dit que j'avais mal au ventre à cause d'un truc que j'avais mangé.

« Pourquoi maintenant ? »

Ce n'est pas la réponse que j'attendais, surtout au bout de plusieurs minutes à m'imaginer qu'il tapait du texte. Bizarre, pour quelqu'un qui tenait autant à s'expliquer sur le coup, quand je ne voulais pas en entendre parler.

« Maintenant, je suis prête à t'écouter. »

C'est la vérité, même si c'est plus compliqué que ça. J'ai beau vouloir oublier, j'ai enfin compris que ça continuerait à me poursuivre, à me sauter à la figure comme ça l'a fait hier. Et aussi, ma perception de tout ça a changé et j'ai besoin de comprendre pourquoi… Ou alors, j'ai juste besoin d'affronter le dossier.

« Ça ne me paraît pas une bonne idée de déterrer tout ça. »

Ma peur tourne à la colère. La montée d'adrénaline me fait un peu trembler et je dois retaper plusieurs fois le message suivant pour corriger les fautes avant de l'envoyer.

« Tu l'as peut-être enterré, mais moi pas. »

Il répond presque aussitôt :

« Je peux t'appeler ? »

Ma réponse est encore plus rapide :

« Non. »

Je recommence à attendre, en me demandant si c'est le fait de taper ou de réfléchir qui lui prend tout ce temps. Il s'avère que c'était moitié-moitié.

« En m'expliquant, j'aurai l'air de me chercher des excuses. Mais je n'en ai pas, et je n'essaie pas de m'en trouver. OK ? »

« Très bien. Explique. »

Je crois que je suis repartie pour attendre. J'essaie de démêler ce qui se passe dans le dessin animé de Petey, en allant jusqu'à me fendre de quelques questions, mais c'est peine perdue. Je suis incapable de me concentrer, et je ne suis pas sûre que ça servirait à grand-chose. Quand la réponse de Scott arrive enfin, elle est tellement longue qu'elle est divisée en plusieurs messages.

« Être avec toi, c'était comme devenir astronaute du jour au lendemain. Aujourd'hui, tout de suite, sans attendre d'être grand, tu fais ta valise et tu prends l'avion pour la NASA. Quand je l'ai dit à mes copains, ils m'ont demandé une preuve. Je leur ai dit que c'était débile. Mais on ne cachait pas qu'on était ensemble et il y en avait d'autres qui s'embrassaient en public, pas de quoi en faire une montagne. Alors je leur ai dit qu'on se retrouvait dans la salle de Mme Kincaid à la pause déjeuner, et qu'en regardant par la fenêtre, ils auraient peut-être de la chance. Je ne voyais pas le problème. Il y avait toujours la possibilité qu'on nous voie en passant, et ça ne nous avait jamais gênés. Je ne savais pas qu'ils s'étaient cachés dans ces armoires, jusqu'à ce qu'Isaac se mette à rire. Mais quand tu m'as repoussé et que j'ai vu ta tête, j'ai compris que pour toi, ça revenait au même. C'était comme quand tu fais un rêve, où les trucs les plus absurdes te paraissent normaux, jusqu'à ce que tu te réveilles et que tu voies à quel point c'était débile. Et tu te demandes comment tu as pu tomber dans le panneau. Sur le coup, ça paraissait peut-être un peu limite de dire aux gars où on serait, mais sans plus. Mais en te poursuivant à l'extérieur, j'ai compris que j'avais fait une connerie, et de quoi ça devait avoir l'air pour toi. Et j'ai su que ma période astronaute était terminée. J'ai su aussi que je mettrais le temps qu'il faudrait pour essayer de réparer ça, parce que je ne me remettrais jamais d'avoir tout foutu par terre alors que Parker Grant m'avait choisi, moi, quand elle aurait pu sortir avec qui elle voulait. »

– Ça va, Grand P. ? me dit Petey en me faisant sursauter. Tu respires bizarrement.

– Ouais, P'tit P… Euh… Il est fini, le dessin animé ?

Je tâche de calmer ma respiration en retournant dans ma tête ce que l'Australien de sexe masculin vient d'articuler d'un ton raide et maladroit.

– Y en a encore un, le dernier, m'informe Petey. Ça commence dans une minute. Tu regardes avec moi ? Enfin, t'écoutes avec moi ?

– OK.

– Cool !

Le volume des pubs est trop fort. Je monte le son de mes écouteurs et je me repasse le message de Scott. Encore. Et encore.

Être avec moi, ça lui a fait l'effet de devenir astronaute. Parce que je l'avais choisi, lui, plutôt qu'un autre. Ma colère s'est éteinte et… elle me manque. Je me sens perdue dans une obscurité infinie. Je n'aurais jamais imaginé en mille ans que sans cette colère, je me retrouverais avec un sentiment de solitude aussi intense. De solitude et de tristesse terrible. Pire que de la tristesse.

Il a dit aussi qu'il n'arrêterait jamais d'essayer de réparer les choses.

Je tape : « Pourtant, tu as arrêté d'essayer. »

Il m'envoie un message dans la seconde qui suit. Il a dû le taper en même temps que moi.

« Même si je ne savais pas qu'ils étaient là, ça n'excuse rien. Je leur avais dit où nous trouver sans te prévenir, c'est ça qui compte. J'espère que tu ne me pardonneras jamais. »

C'est une coquille ? Non, même le correcteur automatique n'inventerait pas cette phrase tout seul.

Il veut quoi, que j'aie de la peine pour lui ? Ça me simplifierait les choses de le croire, mais je ne peux pas. Malgré ce qui s'est passé, il n'a jamais menti, ni essayé de me manipuler.

Il ne cherche rien. Je crois qu'il est sincère, qu'il ne veut vraiment pas que je lui pardonne.

Bzzz.

« Non. »

Je mets un moment à comprendre ce qu'il veut dire : il n'a pas renoncé à vouloir réparer les choses.

« Tu as arrêté après la dernière fois où tu es venu chez moi. »

« J'ai arrêté de me chercher des excuses. »

« Mon père t'a dit quoi ? »

« Que j'avais merdé. Et il avait raison. Il a dit que je n'étais pas le bienvenu et que je ne ferais qu'aggraver les choses en insistant. Alors je t'ai laissée tranquille. Je m'arrange pour ne pas m'imposer, même si je n'ai pas réussi à changer de cours de maths. J'essaie de me débrouiller pour que la situation ne soit pas problématique pour toi. »

« Tu ne veux pas que je te pardonne ? Ou c'était une faute de frappe ? »

« Ne pardonne jamais à quelqu'un qui a trahi ta confiance. Règle numéro douze jusqu'à l'infini. Certaines choses sont impardonnables. »

Impardonnables.

Je…

– Tu recommences à respirer bizarrement, me dit Petey.

Coin-coin.

Je cafouille avec les touches de mon téléphone pour écouter le message de Sarah lu par « Tata ».

« J'ai rompu avec Rick hier soir. »

Je fonce l'appeler dans ma chambre, en laissant Petey à ses dessins animés. Elle répond dès la première sonnerie.

– Qu'est-ce qui s'est passé ? Ça va, toi ?

– Très bien.

Elle a l'air sincère.

– Comment c'est arrivé ?

– Je l'ai appelé pour lui dire qu'on devrait en rester là. Même s'il n'y avait pas grand-chose à arrêter.

– Tu as rompu au téléphone ?

– Ouais, je sais. On dit toujours que c'est de la lâcheté, mais quand il a fallu que je le fasse, je me suis demandé si j'aurais vraiment envie d'être coincée en face de quelqu'un qui me largue à une table de café ou dans son salon. Autant lui laisser la possibilité d'écourter la scène. Et c'est ce qu'il a fait. Il était plutôt pressé de raccrocher.

– Mais tu lui as dit pourquoi ? Pourquoi, au fait ?

– On restait juste ensemble par habitude. Il a essayé d'argumenter, mais… il sera soulagé plus tard, s'il ne l'est pas déjà. Au fond, je pense qu'il sait que j'ai raison.

– Waouh, dis-je. Je ne m'en doutais pas du tout.

– Tu t'en doutais quand même un peu. Tu l'appelais bien mon « plus-ou-moins-petit-ami ».

– Sur l'échelle d'Hollywood. Comparé aux films, vous deux, ça n'était pas un torrent de passion déchaînée. Mais les films, ce n'est pas la réalité. Je me disais que vous étiez juste… plus du côté de la réalité, quoi. Il n'y a pas eu de changement ces derniers temps, enfin, pas à ma connaissance.

Pas de réaction.

– Tu es sûre que ça va ?

J'ai l'impression qu'elle ne me dit pas tout.

– Ouais. Et toi, comment c'était, ton rancard avec Jason ?

– Quoi ? Ah… euh, ç'a été. Je te raconterai. Mais ça faisait presque deux ans que tu étais avec Rick. Tu m'en parles trente secondes et ça y est, terminé ? Et pourquoi hier soir ?

– J'y pensais depuis un moment.

– Tu ne m'en as jamais parlé.

– Il n'y avait pas grand-chose à en dire. Pas de disputes, rien à signaler. C'était juste mou. La virée au centre commercial, ça m'a rappelé que c'est pas les mecs qui manquent, tu vois, et qu'il était peut-être temps que je passe à autre chose.

– Ces mecs-là, ce n'est pas après nous qu'ils couraient.

– Je sais. Mais toi, par exemple, tu avais un rancard avec un garçon que tu venais de rencontrer, tout ça.

– Tout ça quoi ?

– Bah, tu vois, quoi.

– Non, je ne vois pas. Pourquoi tu ne m'en as pas parlé ?

– On ne parle pas beaucoup de Rick, entre nous.

– Parce que tu n'en parles pas. Je n'allais pas te demander si ça allait avec Rick, comme ça, sans prévenir. Comme moi, je te dis tout… je pensais… que toi aussi.

Silence.

– Il n'y a rien à dire. Ça ne change pas grand-chose.

– Mais…

Je n'arrive pas à savoir si sa rupture change quelque chose pour elle et qu'elle essaie de minimiser ou si c'est moi qui en fais une histoire. Pas qu'elle ait rompu, mais qu'elle ne m'ait pas donné le moindre indice qu'elle y pensait.

On se parle beaucoup tous les jours, mais pas de tout. Comme elle n'aime pas parler de son crétin de père, je ne demande rien et j'évite de parler de mon amour de père. Je pensais que si on ne parlait pas de Rick, c'était pour la raison inverse : parce qu'elle ne voulait pas me faire sentir qu'elle avait un petit ami et pas moi.

Mais Sarah n'est pas seulement ma meilleure amie ; c'est la seule amie proche que j'ai au quotidien. Ma relation avec Faith remonte à des années, et je peux compter sur elle, mais on ne connaît plus les détails de nos vies respectives. Et tout à coup, je me rends compte que Sarah me parle très peu de sa vie en dehors du lycée. Ni de son père, qui, en gros, lui envoie une carte à Noël et pour son anniversaire quand il y pense ; ni de sa mère, qui se démène avec son salaire de comptable pour gagner de quoi garder la maison au lieu de prendre un appartement ; ni, semble-t-il, de son petit ami, alors qu'elle a assez réfléchi à leur relation pour décider de rompre. Le fait qu'elle ait traversé tout ça sans l'évoquer une seule fois avec moi… ça me fait comme un gros bloc froid dans l'estomac, tout à coup.

– Mais quoi ? me demande-t-elle.

Quelque chose se libère dans ma tête. L'idée qu'on n'est pas aussi proches que je le croyais me met peut-être en colère mais, surtout, elle m'attriste. Est-ce de l'égoïsme, de penser à moi alors que ma meilleure amie vient de mettre fin à une histoire vieille de deux ans ? Je me rends compte aussi que j'ai perdu mon élan habituel, celui qui me pousse à aborder les problèmes de front et à tout balancer, même les vérités qui blessent. Et je ne sais pas pourquoi. À croire que toutes les vérités que je sors sans prendre de gants n'avaient pas d'importance, alors que celle-là, si, et que ça change tout.

– Parker ? Ça ne va pas ?

Il y a un truc, c'est clair. Elle n'a pas son ton interrogateur de d'habitude. J'entends de la réserve, ou de la culpabilité, je ne sais pas, comme si elle s'était attendue à ce que je le prenne mal mais qu'elle ne voulait pas le reconnaître.

– Non, dis-je, d'une voix normale dont je ne me serais pas crue capable. Je pensais juste à Rick et toi.

– Vraiment, je t'assure, ça va, m'affirme-t-elle, soulagée. Parle-moi de ton rancard avec Jason.

– En fait, j'étais en train de faire un truc avec Petey. Je voulais juste t'appeler pour savoir si ça allait. Je te raconterai plus tard, pour hier.

– Bon, OK. Mais ça s'est bien passé ? Tu vas le revoir ?

– Je pense.

– OK, cool… Tu me raconteras ?

– Ouaip.

Silence.

– T'es sûre que tout va bien ? insiste-t-elle.

– Ouais, ça roule. Je t'appelle plus tard, dis-je en prenant ma voix détachée, malgré le poids glacé qui me pèse sur la poitrine.

Je raccroche.

En dehors de broutilles quand on était petites, je crois bien que c'est la première fois que je mens à Sarah.

⠙⠊⠭⠤⠎⠑⠏⠞

DIX-SEPT

J'ai la sensation de tomber. On me dit que j'oscille peu, contrairement à beaucoup d'aveugles. Les gens ne se rendent pas compte à quel point la stabilité et l'immobilité dépendent non seulement de l'oreille interne, mais aussi de la possibilité de voir la pièce ou la ligne d'horizon. C'est peut-être parce que j'ai vu pendant les sept premières années de ma vie, ou à cause de la façon dont je suis devenue aveugle, mais je n'ai pas tellement l'impression de flotter.

Ou je ne l'avais pas jusqu'ici. Soudain, je suis déconnectée du sol. Je sais que j'étais en état de choc à la mort de mon père, et que quand j'en suis sortie, il s'était écoulé assez de jours pour que je puisse reprendre une vie plus ou moins normale, en tout cas en apparence. Je me demande si je ne suis pas à nouveau en état de choc, sous une forme différente.

Quand mon père est mort, j'ai perdu mon principal repère, mais il me restait Sarah, et je me suis raccrochée à elle comme à une bouée de sauvetage. À quel point ma stabilité dépend-elle des gens auxquels je m'agrippe ? Bien plus que je ne le pensais, en tout cas, parce que maintenant que j'ai perdu mon dernier point d'ancrage, j'éprouve un vertige physique… une impression de flottement… et la sensation désagréable de tomber dans le vide.

Je ne peux pas appeler Faith. Enfin, je pourrais ; je n'ai pas de secrets pour elle et elle m'écouterait. Mais on ne sait plus grand-chose de nos vies respectives et ce serait trop long à lui raconter.

Le reste de la journée s'est déroulé… bah, bizarrement. Chaque instant est passé au ralenti, comme si la nuit n'allait jamais arriver, et quand elle est enfin tombée, j'ai eu l'impression que je n'avais pas vu filer la journée. J'ai surtout traîné avec Petey. J'ai joué à des jeux et regardé la télé avec lui comme une zombie. Quand mon portable a fait coin-coin vers neuf heures du soir, j'ai envoyé un message à Sarah pour lui dire que j'étais occupée avec Petey et qu'on pourrait parler le lendemain. Elle a juste répondu « OK ». Une réponse étonnamment succincte de sa part, sachant qu'on ne rate jamais nos rendez-vous téléphoniques du soir, que je suis souvent en train de jouer avec Petey à ce moment-là et que je ne me gêne pas pour le faire attendre.

Lundi, j'ai couru comme une patate. Sur le chemin du

stade, j'ai marché à deux reprises sur l'herbe en bordure du trottoir, ce qui m'a obligée à ralentir pour rectifier ma trajectoire. Puis, pendant mon premier sprint, j'ai perdu le compte de mes pas. En réalité, je cours trop vite pour dire les nombres en entier ; je compte jusqu'à dix et je repars à un, en remplaçant dix par vingt, puis trente... Sauf que je ne savais plus si j'en étais à quarante ou à cinquante...

J'ai opté pour cinquante pour ne pas foncer dans le grillage. Mais quand je me suis arrêtée pour faire les derniers pas en marchant jusqu'à la clôture, elle était plus loin que prévu. Donc, je n'avais pas dû me tromper en comptant, juste perdre confiance dans mes calculs. Comme on dit à propos des examens : fiez-vous toujours à votre première réponse.

Le deuxième sprint s'est passé normalement, mais je me suis encore trompée au troisième. À partir de là, j'ai ralenti en comptant normalement, mais je continuais quand même à me sentir déphasée. Alors j'ai laissé tomber et je suis rentrée.

Et me voilà au lycée, en train d'osciller devant mon casier, pétrifiée.

Certains disent qu'on se fait au mensonge. Pas moi. Celui que j'ai dit hier à Sarah ne fait qu'enfler et je ne vois plus comment m'en dépêtrer. Si je vais la retrouver dans la cour, comme tous les jours, soit je fais semblant que tout est normal et je me lance dans un sujet de conversation banal, une forme de mensonge dont je ne me sens pas capable ; soit je crève l'abcès, ce qui me paraît également au-dessus de mes forces. Mais si je n'y vais pas du tout, elle saura qu'il y a clairement un problème.

Je suis totalement puérile. Égoïste. Stupide. Je ne sais pas comment appeler ça, mais je me fais une montagne d'une broutille. Il faut que j'arrête.

Mais je n'y arrive pas. Ce n'est pas une broutille. Je considérais Sarah comme ma meilleure amie, pas comme ma psy. Je ne me voyais pas comme un sujet d'expérience pour elle. Quelqu'un qu'elle peut garder sous le coude parce que j'ai du mal à me lier avec les autres et que, depuis le temps qu'on se connaît, elle a acquis sur moi une espèce de monopole qui lui épargne de partager des choses intimes avec moi. Quelqu'un dont elle peut observer la vie sans lui confier la sienne.

Rien de tout ça ne va m'aider à décider quoi faire. Rester là ou me mettre en marche… À gauche ou à droite.

– Salut, Parker! me lance Jason à une dizaine de mètres. Qu'est-ce que tu fais?

– Hein? Oh… euh… rien.

Il m'a rejointe.

– C'est à ça que ça ressemble. Tu arrives ou tu pars?

– Euh… j'en ai fini avec mon casier, si c'est ça, la question.

– Bon. Tu as un truc précis à faire ou tu veux te balader?

– Me balader? Ça marche. On va où? Au stade? C'est là que tu vas, d'habitude?

– Pas le matin, seulement à midi. Ça te dit d'aller à l'espace botanique ?

Sauvée par le gong.

– Parfait. J'envoie un texto à Sarah pour qu'elle ne m'attende pas.

– OK.

« Je suis tombée sur Jason, on va se balader. Soigne les cœurs brisés sans moi ! »

Je range ma canne dans mon sac et je prends le bras de Jason.

Coin-coin !

« OK, amusez-vous bien », me répond tata Sarah.

Je ne suis pas sûre que m'amuser soit au programme de mon avenir, mais les miracles, ça existe.

⠠⠠⠠ ⠠⠠⠠ ⠠⠠⠠

– Tu sais que je n'ai toujours pas ton numéro ? me signale Jason.

– Il faut réparer ça.

Je le lui donne et il l'enregistre dans son portable.

– Tu pourrais peut-être m'appeler, ajouté-je.

– C'est un peu l'idée…

Il n'a pas capté. A priori, je ne tiens pas à ce qu'il m'appelle trop tôt.

– Je veux dire maintenant, pour que j'enregistre ton numéro sans avoir à le taper.

– Oh, oui, pardon.

Mon portable sonne, mais ça ne rime à rien que je fasse semblant de répondre. Il raccroche.

– Sarah est un canard ? Moi aussi, j'aurai droit à une sonnerie spéciale ? Ou c'est seulement pour certaines personnes ?

– Chacun a la sienne. Ça me permet de savoir qui appelle, et si je dois répondre tout de suite ou si ça peut attendre.

Je réalise à retardement qu'il aurait sans doute voulu m'entendre dire qu'il était spécial. Alors j'ajoute :

– Je pense que tu feras partie de ceux pour qui je décroche.

– Ça fait beaucoup à mémoriser, non ? Quelle sonnerie va avec qui.

– Tu dois avoir plus de contacts que moi, mais j'imagine que tu sais reconnaître les voix de tes amis. C'est à peu près pareil.

Dit comme ça, c'est un peu sec, mais ça paraît évident, non ? Il ne répond pas.

On se dirige vers l'espace botanique. J'ai vaguement retenu où ça se situait depuis l'an dernier, où j'avais option bio, mais il se trouve dans un coin isolé où je ne vais jamais et je me laisse guider. Je m'efforce d'ignorer que si je suis contente d'être avec lui à cet instant, c'est avant tout parce qu'il me sert d'excuse pour éviter Sarah.

– Ça va ? me demande-t-il.

– Pourquoi ?

– Tu as l'air… fatiguée, je dirais. Comme si tu n'avais pas eu ta dose de caféine ce matin.

– Non, tout va bien.

Le mensonge s'étend. Et je ne ressens aucun élan pour l'arrêter. Il n'a pas tort : je me sens fatiguée, sans raison.

– Scott m'a tout raconté.

Je ne réagis pas. J'avais complètement oublié que j'avais demandé à Scott de mettre les choses au clair avec lui. Ça me paraît déjà très loin.

– Donc je crois que j'ai compris pourquoi tu t'es sauvée samedi. Je suis désolé.

– Tu ne pouvais pas savoir. Quand est-ce que tu l'as vu ?

– Ce matin. On fait du jogging ensemble.

– Ah bon ? Il court ?

– Ouais, il fait partie de l'équipe. On fait une boucle de vingt kilomètres autour de chez lui tous les jours avant d'aller au lycée. Il habite pas très loin de chez moi.

– Oh.

– Mais maintenant, je lui en veux. On a parlé un moment. Ensuite, j'ai fait demi-tour pour rentrer, mais il a continué. Je crois qu'il sait qu'il a déconné ; il est parti à fond de train.

Je ne fais pas de commentaire.

– Il aurait dû me le dire dès qu'il a su qu'on se voyait.

– C'est une vieille histoire… Il ne devait pas penser que j'étais encore… Je ne sais pas…

– Il tient toujours à toi.

– Il t'a dit ça ?

– Pas besoin. Je me demande comment ça a pu m'échapper jusqu'ici. Maintenant, je comprends pourquoi il ne supporte pas certains mecs, en particulier Isaac. Il m'a dit que tu lui avais envoyé un message hier pour la première fois depuis des années. C'est vrai ?

– J'avais besoin de clarifier les choses. On ne s'était jamais reparlé et… enfin, tant qu'il était à Jefferson, je n'avais pas besoin d'y penser. Là, il fallait régler ça. Je l'ai laissé dire ce qu'il avait à dire, et voilà.

– Je ne sais pas quoi faire.

– À propos de quoi ?

– De Scott.

– À cause de moi ? Tu n'as pas à faire quoi que ce soit. Si vous êtes amis…

– Oui, mais… Je sais pas… Il dit qu'il regrette, mais…

– Ne va pas te brouiller avec lui pour ça. Ça n'a rien à voir avec toi, et c'est une histoire réglée. OK ?

Comme il ne répond pas, je préfère ne pas insister.

– On ferait mieux de faire demi-tour, me signale-t-il. Les cours vont reprendre.

Je ne préviens pas Sarah que je ne déjeune pas à la cafète.

Je me contente de dire à Molly que je retrouve Jason à la piste d'athlétisme à midi pour qu'elle relaie l'info. Molly ne fait pas une seule remarque de la matinée, mais je sais qu'elle sent qu'il y a un bug. Sarah me retrouve à mon casier pendant un intercours dans l'après-midi, mais avec les deux minutes dont on dispose, on s'en tient à un échange anecdotique. Elle me dit que personne n'est venu aux Heures de consultation et qu'elle veut tout savoir sur ma soirée avec Jason, je lui réponds que je lui raconterai plus tard, et c'est l'heure de retourner en cours. En s'éloignant, elle me rappelle de l'appeler le soir, parce qu'elle refuse de passer un jour de plus sans savoir, OK? C'est promis? Ça, c'est étrange; on s'appelle toujours spontanément, sans avoir besoin de se dire qui va le faire.

Je ne dis rien. Je me sens super mal, mais je ne veux pas continuer à lui mentir. Je voudrais lui raconter tout ce qui s'est passé avec Jason, et Scott, et entre Jason et Scott; mais je refuse de lui servir de terrain d'expérience ou de divertissement. Et ce que je voudrais surtout, c'est qu'elle vienne me parler de tout ce qu'elle a gardé pour elle, même si ça me donne mal au crâne d'être tiraillée entre cette envie-là et le sentiment d'être égoïste et pathétique.

Pathétique… Comment est-ce arrivé? De tous les aspects qui peuvent constituer Parker Grant, comment en suis-je venue à être pathétique?

Ah, si je pouvais être en colère! Si je pouvais me sentir

trahie ! Ça, je sais gérer. Mais perdue, seule, triste, à la dérive ? Ça sort de mes compétences.

Je sais déjà que je ne l'appellerai pas. Je sais qu'à cause de ça, je vais me sentir débile, minable et, oui, pathétique. Et que ça n'y changera rien – je ne l'appellerai pas pour autant. Ce que je ne sais pas, c'est ce que je ferai quand elle en aura marre d'attendre et qu'elle m'appellera. Je suis prête à ignorer les tentatives de Scott pour me parler, mais jamais, au grand jamais, je ne pourrais faire ça à Sarah.

DIX-HUIT

Sarah n'a pas appelé. Ni envoyé de message. Mon portable n'a pas fait coin-coin depuis plus de vingt-quatre heures.

Je suis de nouveau à l'espace botanique avec Jason. Il m'a envoyé deux textos hier soir, juste pour me faire coucou, et m'a demandé quelle voix de synthèse je lui avais attribuée. Comme je ne m'étais même pas posé la question, j'ai répondu qu'il devrait attendre ce matin pour le savoir. C'est peut-être ça qu'on entend par le fait de s'habituer à mentir. Je déteste toujours ça, mais je le fais de plus en plus. Je crois qu'il est déçu que je lui aie donné une « voix d'homme grave », mais il n'y a pas un choix énorme. Il devrait se réjouir que je ne lui aie pas collé un truc comme « écureuil », « lutin » ou « « martien ». Mais il a eu l'air content que sa sonnerie soit un bruit de pas qui courent – j'ai fait un effort sur celui-là.

Il dit qu'il n'a pas couru avec Scott ce matin, qu'il avait besoin de réfléchir. Scott a répondu qu'il comprenait, mais Jason n'est pas sûr de ce que ça signifie. Moi, je vois juste cette histoire comme un signe de plus que tout s'écroule autour de moi. Ma sortie au stade a été aussi nulle que celle d'hier.

Je ne suis pas allée aux Heures de consultation ce matin, et Sarah ne s'est toujours pas manifestée. Je n'ai pas l'intention de me montrer à la cafète ce midi. Si la fin de la journée arrive sans un coin-coin, je saurai que c'est la fin des faux-semblants.

Jason m'accompagne en maths et file à son cours. Physique, il me semble, mais je n'en suis pas sûre. Je devrais me sentir plus concernée, non ?

Molly n'est pas là quand je m'assois. Du moins, je le suppose, parce qu'elle dit toujours quelque chose, d'habitude. Hier, après mon échange de messages avec Scott et sa discussion avec Jason, je redoutais un peu ce qui allait se passer. Mais j'ai à peine entendu Scott, et les rares fois où TDN lui a parlé, il lui a répondu par monosyllabes. Ce matin, personne ne dit rien.

– TDN ? dis-je.

– Salut, PG. Qu'est-ce qu'il y a ?

– Rien, je… C'est juste que quand personne ne parle, je ne peux pas savoir qui est là.

– Ah, ouais, ben, moi, je suis là. Et Scott aussi, mais pas Molly. Nathan est là…

– Hein ? fait Nathan deux rangs devant moi.

– C'est bon, je n'ai pas besoin que tu me fasses la liste des présents. Juste de ceux qui sont autour de moi.

– Oh, OK. T'as fait tes exos ?

– Comme d'hab. Et toi ?

– J'ai mis des réponses partout, mais ça m'étonnerait qu'elles soient bonnes.

– Bah, t'en fais pas. Dans la vie, il y a des choses plus importantes que les maths.

– Même si j'ai une bourse de foot, je dois réussir mes exams. Au fait, si Molly est toujours malade...

Il s'interrompt.

– Salut, Molly. Ça roule ?

– Moi, oui, pas comme Parker, répond Molly. Sauf si par « rouler », tu veux dire « être tombé de son lit ».

– Quoi ? dis-je.

Elle s'assoit.

– Toi, ça ne roule pas. Pas plus qu'hier. C'est pas un problème. Ça ne peut pas rouler tout le temps. Sinon ce serait inquiétant.

– Euh...

Je cherche ce que dirait Parker si ça roulait pour elle.

– Tu me rassures. Je n'aimerais pas être inquiétante.

TDN se marre. Je n'aurais jamais cru que ça me ferait autant plaisir.

.•.• .•.• .•.•

En arrivant à la bibliothèque après les cours, je n'entends pas la salutation habituelle de Molly. J'ai peut-être été plus rapide qu'elle, pour une fois.

– Salut, Parker, me dit Sarah.

Je me raidis, extérieurement. Je n'ai pas pu me retenir.

– Salut, Sarah. Où est Molly ?

– Je lui ai demandé de me donner cinq minutes pour qu'on ait le temps de parler. Je sais que c'est galère de taper des textos en cours.

Pour moi, c'est sûr. Je pose mon sac par terre et je m'assois. J'essaie de me détendre, sans succès.

– Tu voulais parler de quoi ?

– De ce que j'ai pu faire pour te mettre en colère.

– Je ne suis pas en colère, fais-je avec un haussement d'épaules.

Et c'est vrai, bien que je le regrette. Je viens de comprendre que je tenais plus à elle qu'elle à moi, ou en tout cas que je lui faisais davantage confiance… En parler ne ferait que me déprimer encore plus, ou, pire, me rendre encore plus pathétique.

– Si ce n'est pas de la colère, en tout cas, il y a un truc. Je comprends que tu veuilles passer du temps avec Jason. Mais tu ne me parles plus du tout. Pourquoi tu n'as pas appelé hier soir ?

Voilà, la question est posée. Jusqu'ici, j'ai esquivé. Mais je ne suis pas assez cynique pour inventer n'importe quoi en guise d'excuse. Je n'arriverai peut-être pas à lui dire toute la vérité, mais je peux m'appuyer dessus.

– Je n'avais pas envie de parler. C'est un problème ?

– Bien sûr que non, mais…

Elle inspire à fond.

– Il s'est passé un truc. Je ne sais pas quoi, mais…

Sa voix se réduit à un murmure, sans trace de colère ; blessé, plutôt.

– Tu me traites comme si j'étais débile. Je n'ai peut-être pas des super mentions comme toi – désolée, je n'ai pas envie de m'embêter à bosser les matières qui ne m'intéressent pas. Mais ça ne veut pas dire que je suis débile. Je ne suis pas débile.

Ma gorge se noue. Les deux derniers jours m'ont paru interminables, c'est dingue ce qu'elle me manque. Mais Scott aussi m'a manqué, à l'époque. Et tout comme aujourd'hui, ce qui me manquait n'était qu'un truc que j'avais cru avoir mais que je n'avais jamais eu réellement. La Sarah qui me manque est seulement celle que je croyais avoir. J'ai l'impression de perdre les pédales.

Je tousse pour m'éclaircir la voix.

– Je sais parfaitement que tu n'es pas débile. Tu es la personne la plus intelligente que je connaisse.

– Après toi, rectifie-t-elle.

Je ne démêle pas si c'est une pique ou de l'humour à la Sarah.

– Je sais que je ne suis pas aussi intelligente que toi. Je me sens même assez bête, en ce moment, dis-je.

– Pourquoi ?

– Bah, comme ça. Tu vois.

– Non, je ne vois pas.

Silence.

– C'est à propos de Rick, c'est ça ? relance-t-elle.

– Pourquoi ça me poserait un problème que tu aies rompu avec Rick ?

– Pas que j'aie rompu, mais que je ne t'aie pas… je ne sais pas… que je ne t'en aie pas parlé avant ? Je t'ai expliqué que j'avais décidé ça le soir où tu étais avec Jason. Tu aurais voulu que je t'appelle pendant ton rancard au resto ?

– Ça ne m'aurait pas dérangée.

– Juste pour que tu sois au courant avant, et pas après ?

Je fais un effort pour ralentir ma respiration, pour me calmer, et je réussis à articuler :

– Je ne savais pas que tu me trouvais aussi mesquine.

– Mais non, Parker, excuse-moi.

Elle s'assoit en face de moi et pose ses mains sur les miennes. Je tressaille, mais je me laisse faire. Je n'ai aucune envie d'aggraver les choses.

– Ce n'est pas ce que je voulais dire. Mais… je n'y

comprends rien. S'il te plaît, quoi que j'aie pu faire, explique-moi ! Tu sais que tu peux tout me dire.

– Oui, je le sais. Et toi aussi, non ?

– Oui. Écoute, quand je larguerai mon prochain petit ami, tu seras la première à le savoir. Je te le jure.

J'enlève ma main, mais pour que ce soit moins flagrant, je commence à sortir mes affaires.

– Seulement si tu en as envie. Ce n'est pas une nouvelle règle ni rien. Tu n'es pas obligée de tout me dire en premier.

– Ce n'est pas non plus ce que je voulais dire. Juste…

Elle n'achève pas sa phrase. Je me demande si elle sait ce qu'elle voulait dire, si c'est autre chose que ce que j'ai compris. Je ne vois pas ce qu'il pourrait y avoir d'autre.

La porte de la bibli s'ouvre.

– J'espère que c'est toi, Molly. On a du boulot, ce soir.

– Alors on ne doit pas suivre les mêmes cours, me réplique Molly, avant d'ajouter : Ah oui, c'est vrai, il y a les maths. Ça peut prendre un moment.

Sarah se lève.

– Je t'app…

Puis :

– À plus, Molly.

Une fois qu'elle est partie, Molly me demande :

– Je suis censée poser des questions ou… ?

Je cherche comment répondre « non » sans que ce soit grossier. Molly n'a rien à voir avec tout ça et elle n'a rien fait.

Mais comme on est en train de devenir amies, dire simplement « non » serait un peu… hostile.

– Je ne suis pas prête à en parler. Mais merci d'avoir demandé…

.:. .:. .:.

Molly m'accompagne au parking. Elle me demande si je préfère rester seule, et je réponds que pas du tout. Elle s'assoit à côté de moi, mais on ne parle pas. Je ne crois pas être quelqu'un de mesquin, mais il m'arrive d'être égoïste.

J'entends la voiture de tante Celia arriver. Je sais que c'est Sheila qui conduit, parce que Celia m'a prévenue qu'elle avait une réunion à l'école de Petey à propos d'une sortie de classe demain. Je l'aurais deviné de toute façon, parce que la musique est à fond. Je dis au revoir à Molly et je monte.

Sheila a mis son album préféré d'Alicia Keys à plein tube. C'est de la bonne musique, mais mélancolique, et je ne suis pas sûre de pouvoir encaisser. Je crie :

– On peut arrêter la musique ?

– Non ! On la laisse !

Merde.

– Tu pourrais peut-être baisser ? Juste d'un cran ?

J'entends le niveau sonore passer d'environ 95 à 92. Je me sens déjà chancelante et cette chanson commence à me faire craquer.

– S'il te plaît, Sheila, franchement !

Elle baisse à, genre, 89.

– Non ! Sérieux, je ne supporte pas !

Je tends la main vers le bouton bien que j'ignore où il se trouve, ne l'ayant jamais touché. J'en trouve plusieurs et je déplace la main vers la gauche, mais Sheila la repousse.

– On n'en a que pour deux minutes !

– J'ai pas deux minutes. Je passe des journées de merde, là, j'en ai marre ! Tu peux survivre deux minutes sans ta foutue musique, non ? Dès qu'on sera rentrées, tu pourras aller t'enfermer dans ta chambre pour l'écouter aussi fort et aussi longtemps que tu voudras !

Je me jette en avant en passant la main sur tous les boutons, et le CD est éjecté…

– Hé !

Je le prends et je le tiens dans ma main droite, hors de sa portée.

Elle se gare brutalement et la voiture rebondit sur le trottoir avant de s'arrêter.

– Bon Dieu ! Mais ça va pas ?! crié-je. Tout ça pour une putain de chanson ?

Silence. Enfin presque. Au-dessus du bourdonnement du moteur, je l'entends respirer lourdement, comme si elle se retenait de tousser, ou d'éternuer, ou de…

Et merde, elle pleure.

– Je… Je suis désolée. Tiens, reprends-le.

Je lui tends le CD.

Elle me l'arrache des mains et j'entends le plastique heurter le pare-brise. Elle renifle et tousse deux fois.

– Je ne voulais pas… Tout va bien !

Je ne voulais pas quoi ? Je ne l'ai pas vraiment agressée.

– Va te faire voir, Parker.

La voiture fait un bond en avant et on repart. Je n'entends pas de sanglots, mais sa respiration hachée m'indique qu'elle pleure toujours.

– Je ne t'ai pas vraiment engueulée ! J'étais obligée de crier à cause de la musique. Je n'ai pas…

Elle tousse de nouveau.

– J'y crois pas, Parker ! Tu penses que c'est à cause de toi ? Tout ne tourne pas autour de toi ! Les autres aussi ont des problèmes et… merde. Laisse tomber.

Ça y est, j'ai enfin compris. Elle pleurait déjà quand je suis montée dans la voiture. La musique, c'était pour que je ne l'entende pas.

– Qu'est-ce qui ne va pas ?

– Ça n'a rien à voir avec toi !

– Oui, je sais, je demande juste…

– Ha ! Et qu'est-ce que tu sais ? Dis-le-moi, ce que tu sais !

– Je sais que ce n'est pas à cause de moi…

– Tu ne crois même pas ce que tu dis, c'est que des mots ! Oh, pardon, j'oubliais, t'as des super problèmes… Mais t'es *vraiment* aveugle ! Tu ne vois pas que t'es pas le centre de l'univers ? Que les autres aussi ont une vie ! Qu'il leur arrive des trucs tout le temps et que tu n'en sais absolument rien !

– Comment je peux le savoir si personne ne m'en parle ?

– Tu crois que tout le monde passe son temps à raconter sa vie à tout le monde ? Ou qu'on sait tous lire sur le visage des autres ? Ça ne marche pas comme ça !

La voiture vire brusquement à gauche dans l'allée et pile assez sèchement pour que ma ceinture de sécurité se bloque.

– Non, reprend Sheila d'une voix ferme, mais rauque. Toi, tu t'en fous. Tu peux dire ce que tu veux, dans ta tête, il n'y a que toi qui comptes. Sauf que c'est faux, Parker. Super, archi-faux.

Elle ouvre la portière d'un coup de pied et la claque. Ses pas filent à la porte, ses clés tombent par terre, elle les ramasse, la porte s'ouvre et se referme en claquant à son tour.

Au bout d'une minute, je passe les mains sur le tableau de bord jusqu'à ce que je trouve le CD. Il a l'air intact ; je ne sens pas de rayures. En cherchant, je trouve le boîtier, je glisse le disque dedans et je le mets dans mon sac pour le rendre à Sheila plus tard.

Je sais bien pourquoi je suis toujours si sûre de tout : parce que je ne peux pas affronter l'autre solution, qui est que je ne peux jamais être vraiment sûre de rien. Mais quand ma respiration s'apaise et que je mets les choses à plat, sincèrement, la vérité m'apparaît très clairement : je me suis trompée sur à peu près tout ce qui s'est passé durant ce trajet en voiture. Et si je prends la peine d'y réfléchir, il se pourrait aussi que je me trompe sur beaucoup d'autres choses.

⠙⠊⠭⠤⠝⠑⠥⠋

DIX-NEUF

Je mets une heure pour aller chez Sarah en me guidant avec ma canne. Autrefois, j'étais plus rapide, mais ça doit faire deux ans que je n'ai pas fait le chemin à pied. Elle serait venue me chercher en voiture si je l'avais appelée, mais j'avais besoin de temps pour réfléchir, pour méditer, même, et marcher avec une canne peut s'y apparenter. Et puis cette fois, je veux faire tout le boulot moi-même.

J'appuie sur la sonnette.

C'est bizarre mais je suis là à espérer découvrir que je me suis trompée, et je donnerais cher pour ça, moi qui déteste me tromper. Dans le cas contraire, eh bien… je n'ai pas de plan B.

La porte s'ouvre. Sarah dit :

– Parker ? Tu es venue à pied ?

– Est-ce que je parle trop ?

– Quoi ?

– Chais pas. On parle plus de moi que de toi… Je pensais que c'était parce que… parce que je fais toujours mon cinéma… mais peut-être pas. C'est peut-être juste que… je ne sais pas écouter.

– Ce n'est pas vrai, Parker. Tu m'écoutes toujours quand j'ai besoin de parler.

– Mais ?

– Mais rien. J'ai peut-être moins besoin de parler que toi.

– Si je te dis tout, ce n'est pas par besoin, dis-je en me hérissant. Je croyais que j'étais ton amie, pas un de tes patients.

J'essaie de prendre un ton de reproche, mais j'ai juste l'air pathétique.

– Mais enfin, Parker, non ! Non ! C'est ça qui se passe ? C'est pas vrai…

Elle se penche en avant et poursuit d'une voix grave et rauque que je lui ai rarement entendue :

– Je t'interdis de penser ça, jamais ! Allez, entre !

Elle me bouscule et en profite pour me prendre par la main et me tirer à l'intérieur en refermant la porte. La voilà qui me prend dans ses bras en murmurant énergiquement à mon oreille :

– Je t'aime, Parker. Tu es ma sœur. Non, mieux que ça : entre sœurs, on ne se choisit pas. Nous, on l'est parce qu'on a choisi de l'être.

Je ne sais pas quoi dire, ni même quoi penser. Elle ne desserre pas son étreinte.

– Tu m'entends ? Je t'aime plus que si tu étais de ma famille. J'ai l'impression de t'avoir toujours connue. Si on n'a pas de cavaliers au bal de fin de terminale, on ira ensemble. On s'invitera à nos mariages. On gardera les mômes de l'autre. On se soûlera en se plaignant de nos maris. Quand on divorcera, on emménagera ensemble pour se secouer et on se trouvera des mecs mieux que ceux d'avant. On se conduira à l'hôpital pour nos chimios quand on aura soixante-dix ans. OK ? C'est OK ?

– OK, murmuré-je.

– C'est juste qu'avec tout ce que tu as subi, je me sentirais idiote de me plaindre de… quoi que ce soit.

– Sarah ! Non !

Ma voix a tremblé et je recule pour lui parler en face.

– Si Marissa peut me parler d'Owen, crois-moi, tu dois pouvoir me parler de Rick, même si c'est sans intérêt ou… ou… ou de ce que tu ressens à propos d'autres trucs, comme le départ de ton père…

– Qu'il aille se faire voir. Il est parti ! Ton père t'aimait, et il est mort ! Pourquoi voudrais-tu qu'on parle de mon connard de père ?

– Parce que c'est ton père ! On peut parler de la perte d'un bon ou d'un mauvais père sans que ce soit un concours ! Tu sais ce que je ressens parce que je te le dis.

Et je… je peux l'imaginer, mais je ne sais pas vraiment ce que tu penses de ton père. Je voudrais tout savoir, par exemple pourquoi tu es restée aussi longtemps avec Rick, si c'était juste pour mettre une croix dans la case « petit ami », et pourquoi tout à coup, tu l'as effacée. Ça… ça me tue de penser… Merde, le fait que tu ne me dises pas les choses, ça me met au même niveau que tout le monde, comme si je ne comptais pas pour toi !

– Je suis désolée, murmure-t-elle. Tu comptes plus que tout. Je suis vraiment, vraiment désolée…

– Arrête d'être désolée et dis-moi. Qu'est-ce qui s'est passé avec Rick, exactement ?

Nouveau silence.

– Je ne peux pas, Parker. Je…

– Il t'a fait quelque chose… ?

– Non, non, c'est pas ça…

– Sarah, je me prends la tête depuis deux jours en pensant qu'il y a un truc important que tu ne me dis pas… et j'avais raison ! On ne va jamais s'en sortir si tu ne me parles pas. Je… Je… Je te préviens, j'irai pas au bal de promo[1] si tu ne me dis rien !

Ma blague fonctionne et elle ricane, sans aller jusqu'à rire. Mais sa voix est sérieuse quand elle me répond :

– Bon. Viens t'asseoir.

1. Bal de fin d'études, qui constitue un événement important dans la vie des lycéens américains (en anglais, *prom*).

Elle me conduit jusqu'au canapé et on s'installe. Elle ne se lance pas tout de suite. Je glisse une main vers elle sur un coussin. Elle la prend mollement dans la sienne, qui est moite et un peu tremblante.

– Tu vas réussir à me faire peur, dis-je sans plaisanter. Il y a vraiment un problème ? Il s'est passé quelque chose ?

– Non, c'est juste… Je ne veux plus que tu me rejettes comme ça.

– Je ne le ferai plus, promis. Pourquoi t'as rompu avec Rick ?

– Je te l'ai dit. Parce que c'était… la routine.

– Mais c'est quoi, le déclencheur ?

– C'est… C'est Scott.

Quoi ?

Je tente une supposition, le pire cas de figure :

– Est-ce que… Il te plaît ?

– Mais non.

– Alors… Oh, attends… attends… Il s'intéresse à toi ?

– Non, Parker. Il s'intéresse à toi.

– Bon… OK… Mais je ne vois pas…

– Pendant les deux ans qu'il a passés à Jefferson, j'avais un peu oublié à quoi ça ressemblait. Mais là, je le vois qui te regarde… et Rick ne m'a jamais regardée comme ça.

Je ne sais pas quoi dire.

– Il t'a toujours regardée comme ça, même avant que vous soyez ensemble : comme si tu étais la chose la plus importante au monde. Le genre qui serait prêt à se briser tous les doigts pour te libérer s'il te découvrait ligotée sur une voie ferrée... Ou, si ça ne suffisait pas, à rester là avec toi et à te regarder en te tenant la main jusqu'à ce que le train arrive.

Je respire à fond, avec le sentiment qu'il faut que je désamorce ça.

– Ça paraît un peu extrême, non?

– Non! L'intensité, ça n'a rien de flippant quand ça vient de gens qui t'aiment. Tu ne crois pas que s'il avait pu, ton père aurait préféré devenir aveugle à ta place?

– Je ne le crois pas, j'en suis sûre.

– Eh bien, Scott, c'est pareil. Ce n'est pas juste une passade, ni parce qu'il a envie de te sauter dessus, ni parce qu'avec toi, ce serait toujours mieux que rien. Il *t'aime.* Et même si vous n'êtes pas ensemble, je ne pouvais pas continuer à regarder ça alors que Rick s'aperçoit à peine que j'existe. Pour lui aussi, je n'étais rien qu'une croix sur une liste. Ça ne veut pas dire que je crois à l'âme sœur...

– Putain, si Scott était mon âme sœur, je serais mal barrée.

– ... mais ça m'a montré clairement que Rick et moi, on n'a pas grand-chose à partager. Et la façon dont on s'est marrées au centre commercial, ça a fait tout basculer.

Brusquement, je comprends. Ce que je peux être bête, parfois!

Je retire ma main.

– Tu penses que j'aurais dû rester avec lui.

Ma voix me fait presque flipper : plate, atone.

– Mais non, Parker ! Je suis de ton côté !

Ses mains me saisissent et je me dégage, plus parce que je n'aime pas ça en règle générale que par refus qu'elle me touche.

– S'il te plaît, Parker, on se fout de ce que je pense…

– Mais non, on s'en fout pas ! Sinon je ne serais pas là !

– Parker…

– Tu voulais savoir comment s'était passé mon rancard ? J'ai découvert que Jason et Scott étaient potes. Et quand Jason est tombé sur le dos d'Isaac et Gerald, en fait, c'est Scott qui est arrivé le premier et Jason qui l'a suivi. D'après lui, Scott les aurait démolis s'il ne s'en était pas mêlé.

– Je sais.

– Quoi ? Mais comment tu sais ça ?

– Il y en a qui l'ont vu, ça s'est su.

– Mais pourquoi tu ne m'as rien dit ?

– Tu rigoles ? Le jour où je t'ai dit qu'il était en maths avec toi, tu m'as raccroché au nez !

Merde… C'est vrai, en plus… Je ne l'avais pas perçu comme ça sur le coup. Je croyais juste que j'avais…

– Désolée.

– Y a pas de quoi…

– Mais si, dis-je, la gorge serrée. Bref, je lui ai envoyé un message.

Je sors mon portable de ma poche.

– C'est vrai ? Quand ça ?

– Dimanche.

Je lui tends mon portable et je cale ma tête contre l'accoudoir du canapé. Il est tapissé d'un tissu épais, une sorte de toile de jute, un peu rugueuse mais pas désagréable. Ça fait du bien d'éprouver une sensation physique, de pouvoir m'ancrer tout en réfléchissant à tout ça.

– Ouah, fait Sarah.

– Tu as toujours été de mon côté, mais à ma place, tu lui aurais pardonné, pas vrai ?

– À ta place, c'est sûr que j'aurais été super en colère et que je lui aurais fait la gueule pendant un moment. Mais j'aurais sans doute fini par me détendre et par le forcer à me payer un super dîner pour se faire pardonner. Je ne dis pas que c'est ce que tu aurais dû faire. Peut-être que ça aurait été de la faiblesse de ta part de rester avec lui, et que tu as eu raison. Tu me suis, là ?

– Plus ou moins. Mais tu ne me dis pas tout. Je le sens.

Je me redresse, sans me tourner vers elle.

– Accouche.

– S'il te plaît, me répond-elle. On ne pourrait pas oublier tout ça ?

À sa petite voix étouffée, je devine qu'elle s'est recroquevillée sur elle-même, le visage sur les genoux. Je laisse retomber ma tête sur ma poitrine, consternée. Je suis pire qu'idiote, quelquefois. Sheila avait raison : je peux être complètement aveugle.

Je me laisse glisser par terre en face d'elle et je passe les mains derrière sa nuque. Je lui murmure à l'oreille :

– Je t'aime, Sarah. Je ne te lâcherai pas.

Elle renifle. Elle pleure ? Chez Sarah, les pleurs sont encore plus rares que les rires.

– Tu as bien lâché Scott.

Sa phrase me frappe comme un coup à la poitrine.

– À cause de ce qu'il a fait, pas de ce qu'il a dit ou cru. C'est différent.

– C'était mon ami aussi.

Incroyable... Dire que ça ne m'avait jamais traversé l'esprit. Jamais !

– Je ne t'ai pas demandé de le laisser tomber.

Sa respiration est hachée. J'ouvre la bouche pour argumenter, pour la convaincre, avant de regretter ce que je viens de dire, parce que je réalise le cadeau qu'elle m'a fait et ce que ça a dû lui coûter.

Je la lâche et je tends ma main droite vers elle, doigts écartés.

– Ton visage.

– Hmm.

– S'te plaît.

Elle sait que ce n'est pas juste de me cacher son visage juste parce que mes yeux ne peuvent pas voir comme ceux des autres, et je n'en abuse pas – ça fait des années que je ne lui ai pas demandé ça, à vrai dire. Elle relève la tête et appuie son visage doucement contre ma paume, en calant son nez entre mon index et mon majeur. Elle a les traits tendus, les yeux fermés, les paupières crispées. Ses joues sont mouillées.

– Oh, Sarah…

Je me rassois sur le canapé et je la reprends dans mes bras. Elle enfouit son visage dans mon cou et hoquette :

– Il… Il était… Il…

– Chut… On a tout l'après-midi.

– Il était… tellement… mal…

– Scott ? Ouais, je…

– Non, Rick ! Il était vraiment super mal. J'ai… J'ai failli changer d'avis.

Elle se met à pleurer pour de bon, secouée par les sanglots. Je ne l'ai jamais entendue pleurer comme ça, même quand son père est parti. Je la serre fort contre moi en essayant de ne pas me mettre à pleurer aussi. Et j'ai du mal. Si Sarah était ligotée sur une voie de chemin de fer, moi aussi, je serais prête à me briser les doigts pour elle.

Elle s'allonge en posant la tête sur mes genoux, et les mots se déversent en même temps que les larmes.

– Et… et… et du coup, je me suis dit que si ça lui faisait cet effet-là alors qu'il ne tenait pas vraiment à moi, ça avait dû être horrible pour Scott ! Mais je ne pouvais pas te dire ça… je ne pouvais pas… parce que je suis de ton côté…

J'ai la tête bizarrement vide. Tout ce que je sens, c'est ce que Sarah représente pour moi, le besoin que j'ai d'elle. Et, au lieu de me donner une impression de faiblesse, de dépendance ou de nullité, quelque part, ça me réconforte. Je tends la main. Je sens ses cheveux sur son visage et je les rabats derrière ses oreilles.

– J'étais tellement heureuse pour toi ! reprend-elle entre deux sanglots. Je n'étais même pas jalouse, même si je trouvais parfois qu'il y avait de quoi l'être. Moi aussi, j'aurais voulu être avec quelqu'un d'aussi génial que Scott, mais j'étais heureuse pour toi, et j'espérais juste qu'un jour, je trouverais quelqu'un comme lui. Je… J'espérais même que mon père serait là pour m'aider, comme le faisait le tien… mais… mais…

Elle s'arrête pour reprendre son souffle. Je la serre très fort en essayant de penser à tout l'amour que j'ai pour elle, et non à celui que son père ne lui donne pas.

Si seulement toutes nos conversations n'étaient pas des monologues ! J'aurais besoin de quelqu'un de confiance pour m'assurer que je ne suis pas en train de devenir folle. Heureusement que j'ai retrouvé Sarah, mais tout le reste, c'est des sables mouvants. Bon sang, papa, je tangue ; même avec la tête de Sarah qui pèse sur mes genoux, je ne distingue plus le haut du bas. Je ne pensais pas que ça pouvait être psychologique, mais plus je perds prise sur les événements, plus je vacille physiquement.

Scott a dit qu'en me voyant pleurer dans cette salle de classe, il avait eu l'impression de se réveiller d'un rêve, en se demandant comment il avait pu se laisser embrouiller comme ça. J'éprouve la même chose. C'était mon meilleur ami, j'étais même encore plus proche de lui que de Sarah, peut-être à cause de cette étincelle qu'il y avait entre nous... Comment ai-je pu partir du principe que cet épisode-là était plus vrai que tout le reste ? Comment ai-je pu être assez parano pour croire tout de suite le pire et ne jamais le remettre en question ?

Ils n'étaient pas tout autour de nous ; ils se cachaient, et lui n'en savait rien. Il n'en savait rien...

Il a dû me le dire, derrière la porte des toilettes, et ensuite, quand il a essayé de forcer le blocus de Sarah et de Faith. Je ne m'en souviens pas, mais il a dû le faire et je n'ai pas écouté. Maintenant, il dit que ça ne change rien, alors que si, parce qu'il a raison : ça m'était égal qu'on nous voie. Je n'avais jamais pensé que des gens pourraient nous regarder par la fenêtre – j'ai tendance à ne pas penser aux histoires de fenêtres –, mais je n'ai jamais cherché à me cacher. Ça aurait juste manqué de discrétion, de nous embrasser à la cafète.

C'est devenu tellement clair que je ne comprends pas

comment j'ai pu ne pas le voir. Quand quelqu'un vous piège, par exemple en vous mettant une pancarte dans le dos, ou en arrivant par-derrière pour vous déverser un seau d'eau sur la tête, ou en vous attirant dans une salle pour vous embrasser devant un public dont vous ignorez la présence… tout ça, ça blesse, parce que ça veut dire que la personne n'en a carrément rien à fiche de vous. Ce n'est pas juste de l'indifférence, c'est de la cruauté.

Mais quand je me suis enfuie en courant, il n'a pas perdu une seconde. Il a foncé derrière moi en essayant de m'expliquer qu'il n'avait rien à voir avec eux. Qu'il n'était pas un connard comme eux. Il m'aimait, je comptais pour lui, et deux ans et demi plus tard, il est prêt à casser la gueule à ces mêmes mecs parce qu'ils me prennent mon portable, au point que Jason doit s'interposer.

Mais j'ai toujours eu si peur que tout autour de moi ne soit qu'un gros coup monté que, dans ma tête, Scott est soudain devenu un abruti, comme tous les autres, et que je l'ai repoussé jusqu'à ce que tu lui demandes de me laisser tranquille.

Je t'en ai été reconnaissante. Mais toi aussi, tu me connaissais… Tu savais que je dramatisais ? Tu as peut-être cru que mon coup de flip ne durerait pas et que tu saurais me faire comprendre que moi aussi, je n'avais que treize ans ? Qu'avec le temps, je me rendrais compte que les gens ne sont pas tout d'un bloc ? Peut-être que tu attendais le bon moment, mais que les mois sont devenus des années et qu'après... ? Si tu étais là aujourd'hui, est-ce qu'on aurait cette discussion pour de vrai, maintenant que j'y suis prête ?

Une chance que j'aie Sarah, pour me pousser à imaginer ce que Scott a pu ressentir. Si j'avais pu me poser cette question de moi-même... si j'étais une meilleure personne...

Je voudrais pouvoir réfléchir à ce que ça a représenté pour lui, de me perdre non seulement moi, mais en même temps tous ses copains qui s'étaient révélés être des cons, en plus de Sarah et de Faith quand elles ont pris ma défense. Mais tout ça, ça fait trop. Et par-dessus le marché, cette personne insensible, ce n'est pas juste celle que je suis devenue, mais celle que j'ai toujours été.

.:. .:. .:.

Je ne sais pas combien de temps Sarah met à se calmer, à retrouver un souffle régulier, couchée en travers de mes genoux. Elle prend une grande inspiration, la retient, expire.

– Waouh, dit-elle.

– Tu as gardé ça pour toi bien trop longtemps. À se demander comment tu as fait pour ne pas exploser.

– *J'ai* explosé, réplique-t-elle avec un petit rire sarcastique.

Cette ébauche de rire me rassure.

– Le plus dingue, reprend-elle d'une petite voix abattue, c'est que tu as rejeté Scott à cause d'un truc qu'il n'a pas pu te dire. Alors que moi, je n'ai rien dit parce que j'avais peur que tu me rejettes.

– On restera toujours ensemble. Mais je ne tiens pas trop à ce qu'on ait un cancer. On ne pourrait pas jouer au bridge, plutôt, à soixante-dix ans?

Je me plie en deux et je la serre contre moi. Elle m'étreint à son tour.

– Merde, Parker, je crois que je vais me remettre à pleurer.

– Te prive pas. De toute façon, t'es déjà passée à côté de ton étoile dorée, aujourd'hui.

– Ha ha.

– C'est la triste vérité. Moi, j'ai toujours droit à la mienne. La quatre-vingt-douzième.

Elle tourne la tête vers moi pour me dire:

– Je t'ai raconté tout ça, mais toi, tu ne m'as rien dit. À quoi tu penses?

J'ai la sensation d'avoir le corps en plomb. Un gros bloc de plomb froid et tordu.

– Je me dis que j'ai la meilleure amie qu'il est possible d'avoir.

– Tu parles bien de moi, là?

Je hoche la tête, la joue contre son front.

– Bonne réponse, approuve-t-elle. Mais je ne parlais pas de ça.

– Je sais.

– Alors… ?

Penser est une chose, dire tout haut ce qu'on pense en est une autre.

Je lui réponds en murmurant à son oreille. Peut-être qu'en l'exprimant tout bas, j'arriverai à garder le contrôle.

– Je crois que j'ai fait une grosse connerie.

⠧⠊⠝⠛⠞

VINGT

Dix minutes plus tard, on est dans la voiture de Sarah. Je sens bien qu'elle roule en dessous de la limite de vitesse.

– Je te l'ai dit, qu'à mon avis, ce n'est pas une bonne idée ? Je ne l'ai pas juste pensé ?

– Tu l'as dit je ne sais combien de fois. C'est bon, t'es couverte, et pas juste par ton pantalon de yoga tout neuf.

– Comment tu sais que je l'ai mis ?

– Je l'ai dit au hasard, un coup de chance. Tu te souviens de la route ?

– Ouais. Mais il est encore temps de faire demi-tour. On pourrait rentrer et lui envoyer un SMS. Si ça se trouve, il a des amis chez lui, ou il n'est même pas là. Il est peut-être au boulot. Il paraît qu'il bosse, maintenant.

– Où ça ?

– Je ne sais pas… Ne change pas de sujet.

– Je veux lui parler en face. Je veux entendre sa voix et qu'il me réponde sans avoir trop de temps pour réfléchir.

– Les portables, c'est à ça que ça sert.

– Qu'est-ce qui t'inquiète à ce point ?

– Ce qui m'inquiète, c'est que tu ne t'inquiètes pas.

– Je m'inquiète à mort.

– Alors on rentre ! C'est vrai, deux ans et demi sans rien, et brusquement… Pourquoi se presser ?

– Je ne me presse pas. Je ne veux plus attendre, c'est tout. On y est ?

– T'as quel âge ? Huit ans ?

Elle se gare.

– Et pour répondre à ta question, oui, on y est. J'attends au bout de la rue jusqu'à ce que tu m'envoies un texto.

– T'en auras pas trop marre si je te répète à quel point t'es géniale, comme amie ?

– Je te préviendrai, mais tu as de la marge. Son allée se trouve pile en face de ta portière.

Je sors et je déplie ma canne pendant que Sarah va se garer au coin de la rue. L'allée est en béton tout plat et traverse une pelouse, comme dans mon souvenir. Je trouve la sonnette et j'appuie. Le silence qui s'ensuit me signale qu'elle est toujours cassée et je frappe. J'entends des pas à l'intérieur et j'ajuste mon bandeau. Ce matin, j'ai choisi le motif « Symboles de paix », parce que j'en avais bien besoin ; ça va peut-être prendre un autre sens, maintenant.

La porte s'ouvre.

– Parker !

C'est la mère de Scott.

– Parker Grant ! Ce que je suis contente ! Dans mes bras !

Sans me laisser le temps de réagir, elle me serre chaleureusement contre elle. Ça me fait bizarre ; elle a toujours été très gentille, mais elle n'avait pas l'habitude de m'étreindre comme ça.

– Tu dois avoir pris quinze centimètres depuis la dernière fois que je t'ai vue ! Tu es venue comment ? À pied ? Mais entre !

– Sarah m'a déposée, dis-je en repliant ma canne.

– Allons à la cuisine. C'est toujours tout droit et à gauche au fond. Je suis sûre que tu t'en souviens.

En effet. Six pas, virage à gauche, trois pas, une table, des chaises… Je m'installe sans accroc.

– Si seulement les choses restaient autant à leur place chez moi ! dis-je.

– Les vieilles habitudes…

Elle s'interrompt. Puis elle s'assoit, ses mains prennent les miennes et je parviens à ne pas tressaillir.

– Je suis désolée pour ce qui est arrivé, Parker. Martin était un père extraordinaire. Il doit te manquer affreusement. Quelle épreuve pour toi !

– Surtout pour lui…

Je regrette aussitôt ce que je viens de dire. Je n'ai pas voulu être mordante ; c'est juste que je ne sais pas quoi dire quand on me parle de mon père.

– … mais merci. La famille de ma tante a emménagé chez moi parce que…

Ma réponse habituelle, comme quoi ma maison était mieux que la leur, ne passera pas avec la mère de Scott. Sûr et certain.

– Ils sont venus d'Angleterre pour que je n'aie pas à déménager chez eux. Je mets du temps à me repérer dans un nouvel environnement, et ils n'ont pas voulu m'obliger à changer de maison, de lycée et de pays juste après…

Je laisse ma phrase en suspens ; j'ai l'impression qu'une main me serre à la gorge. C'est horrible de dire ça tout haut.

– C'est tout à leur honneur, dit la mère de Scott. Donc maintenant, tu vis avec tes cousins ?

Je m'éclaircis la voix.

– Oui. Sheila est en première comme moi et Petey a huit ans.

– Oh. Ça a dû être dur pour eux de tout quitter. Ça m'est arrivé et… enfin… ce n'est pas comparable à ce que tu traverses, bien sûr.

Elle me tapote la man pour me réconforter, mais cela ne fait qu'insister sur le sacrifice que Sheila a dû accomplir pour moi.

– Ce genre de situation, c'est très dur pour tout le monde. Quand Scott l'a appris… enfin…

Elle me presse de nouveau les mains avant de les lâcher.

– On va te trouver quelque chose à boire. Tu aimes toujours le thé glacé ?

Je n'en ai pas bu depuis… C'est toujours mon père qui le préparait.

– Oui.

– Il ne sera pas aussi bon que celui de Martin. Je ne sais pas pourquoi, le sien était toujours bien meilleur.

– Il faut mettre du bicarbonate de soude dans l'eau avant de la faire bouillir.

– Du bicarbonate de soude ? Ah bon ?

– Ça neutralise l'acidité du thé, ça adoucit le goût. Un quart de cuiller à café pour un litre.

– Bien… J'essaierai. Du bicarbonate de soude…

Elle pose un verre devant moi et je bois une gorgée. Effectivement, ça manque de bicarbonate de soude.

– Merci.

– Scott aurait dû nous entendre, depuis le temps. Je vais le chercher.

Il n'a peut-être pas envie de venir. Sarah avait raison : il va se sentir acculé. Je n'avais même pas pensé que je pourrais tomber sur sa mère. C'est totalement surréaliste d'être là à bavarder avec elle dans cette cuisine comme si on s'était vues hier.

Elle disparaît, plus longtemps qu'il ne le faut pour aller au bout du couloir et en revenir. Qu'est-ce que je dis s'il ne veut pas me voir ? Qu'est-ce qu'elle sait ? Je ne m'étais pas vraiment posé ces questions.

J'entends des piétinements, des portes qui s'ouvrent et se referment. Puis des pas. Il est seul.

– Salut, me dit-il en s'asseyant.

– Salut. Où est passée ta mère ?

– Elle est dans sa chambre.

– Oh.

J'entends les premières mesures de la BO de *Grease*, assourdies par les murs et les portes fermées… La musique s'enroule autour de mon cœur et l'enserre.

J'aurais pu réfléchir une minute avant de débarquer. D'habitude, il me suffit de dire ce qui me passe par la tête, mais là, c'est le vide total. Je regrette de ne rien avoir préparé.

– J'aurais sans doute mieux fait de t'envoyer un message avant de venir.

J'ai dit ça d'une voix calme qui me surprend ; comme si je me parlais à moi-même. Je reprends :

– Je voulais juste t'entendre en vrai, pas au téléphone ni avec une voix de synthèse. Je sais que ce n'est pas très équitable… après t'avoir empêché de le faire…

– Pas de problème. Il faut juste que je parte bosser dans cinq minutes.

– Ah bon ? Tu travailles où ?

– Je participe à la rénovation du centre commercial de Ridgeway. Mais tu n'es pas venue pour qu'on parle de ça.

– Non, je suis venue te dire…

… quoi ?

Silence.

Puis quelque chose sort de moi dans un murmure, sans que je l'aie décidé :

– Mon père me manque.

– Je… Je sais. Je suis désolé. Quand c'est arrivé, j'aurais voulu… mais… tu vois. Enfin, je veux dire…

Il parle avec ce que j'appelais sa voix de petit ami, mais je ne pense pas que ce soit conscient. Ça me fait un peu l'effet d'entendre un chat ronronner.

– Quoi ?

– Rien. Je suis désolé pour ton père.

– Tu allais dire autre chose.

– C'est rien. Juste que je suis désolé.

– C'est bon, Scott, dis-le. Tu… Tu peux tout me dire.

– C'est juste… qu'il me manque aussi.

Le père de Scott est mort d'une crise cardiaque quand il était un bébé. Je n'avais jamais beaucoup réfléchi au fait que tout au long de ces années où on était amis, Scott était proche de mon père. Je n'avais jamais songé qu'il l'a perdu bien avant que je le perde, moi, quand j'ai coupé les ponts.

– Je suis désolée, dis-je d'une voix à peine audible.

– Tu n'as pas à l'être.

– Si. Je… J'aurais dû te laisser t'expliquer. Ce n'était pas juste de refuser de t'écouter.

– Ça n'a pas d'importance.

– Mais si ! Je… Je ne veux pas être quelqu'un qui n'écoute pas les autres ! Et… Et je crois que ça aurait fait une différence.

Il ne répond pas. Il y a clairement un truc que je ne capte pas, mais je ne sais même pas comment poser la question.

– Tu sais qu'ils pensent à un suicide ?

– Quoi ?

Il a l'air de tomber des nues.

– Il a fait une overdose de médicaments. Je sais que c'était un accident. D'après le rapport de police, la dose de médicaments n'a pas permis de trancher, mais ils penchent plutôt pour le suicide, et ça a suffi à la compagnie d'assurances.

– Mais évidemment que c'était un accident, Parker ! Il ne t'aurait jamais fait ça ! Jamais !

– Je sais, sauf que… je ne savais même pas qu'il prenait des médicaments ! Des trucs contre l'angoisse ou la dépression, ou les deux, j'en sais rien. Tout ça est tellement embrouillé que je n'y comprends rien.

– Peu importe, c'était un accident.

– On ne le saura jamais !

Je crispe la main sur mon verre de thé glacé à moitié plein, posé sur la table. Il m'échappe des doigts à cause de la buée et glisse sur la table sans se renverser. Scott me prend la main, remet le verre dedans et la lâche aussitôt.

– C'était un accident, martèle-t-il. C'est clair.

Je tousse.

– Mais je ne savais même pas qu'il était déprimé, encore moins qu'il prenait des médicaments. Va savoir ce que j'ignorais d'autre ? C'est comme s'il était juste un secret de plus, comme tout le monde.

– Comment ça ?

– Tout le monde est un secret. C'est impossible de savoir ce qui se passe dans la tête des autres, quels qu'ils soient.

– Mouais. J'ai quoi dans la main, là ?

– Quoi ? Je… Comment veux-tu que je le sache ?

– Tu n'as qu'à vérifier. Elle est devant toi.

Je trouve sa main, paume ouverte. Il la referme doucement sur mes doigts.

– Il n'y a rien, dis-je.

– Bien sûr que si.

Il me presse les doigts.

– Les gens ont la tête pleine de trucs qu'on ignore, mais ça ne fait pas d'eux des secrets. On ne sait pas tout sur eux, c'est tout.

Il me lâche.

– Et c'est tant mieux, ou on n'aurait plus de raisons de se parler.

Il y a des choses que je ne sais même pas sur moi-même, apparemment. Par exemple, comment j'ai pu être aussi stupide. Dans l'immédiat, je n'arrive à penser qu'à des trucs que je sais, comme le fait que je meurs d'envie qu'il continue à me parler et qu'il me reprenne la main.

Scott se lève.

– Il faut que j'y aille. C'est pour ça que tu es venue, pour qu'on parle de ton père ?

– Non.

J'ai honte de m'entendre répondre sur un ton aussi pitoyable. Je me lève, je vacille et je me retiens au dossier de ma chaise.

– Je suis venue… pour te dire que je suis désolée. J'aurais dû t'écouter il y a deux ans. J'ai été injuste avec toi. J'espère que tu pourras me pardonner. Et je voudrais qu'on redevienne amis. Tu crois que c'est possible ?

– J'aimerais bien, mais je ne crois pas. Et je ne peux pas te pardonner alors que tu n'as rien fait de mal. Il faut vraiment que j'y aille. Si tu veux que je te dépose…

– Non, Sarah va venir me chercher.

Je déplie ma canne tout en essayant de m'orienter vers la porte d'entrée pour sortir avec lui.

– Pourquoi on ne peut pas redevenir amis ?

– On doit pouvoir faire confiance à ses amis.

– Je… Je te fais confiance.

Il ouvre la porte et on sort.

– Autrefois, dit-il, tu me faisais confiance sans hésiter. Je n'arrive pas à oublier comment c'était.

Il referme la porte.

– Je vais être en retard. Tu veux que j'appelle Sarah ?

– Je vais le faire.

– OK, je file. On se voit demain, en maths.

Sa voix s'éloigne tandis qu'il traverse le jardin jusqu'à l'allée et ouvre une portière de voiture.

– Ou pas.

C'est sorti par réflexe, sans que je m'y attende. Comme beaucoup de choses que je dis ou que je fais ces temps-ci.

La portière claque, le moteur démarre, accélère, et il est parti.

VINGT ET UN

– Salut, Parker.

La voix de Jason surgit juste à côté de moi, devant mon casier, et la surprise me fait lâcher mon sac. J'entends mes affaires se répandre par terre. Je suis prête à parier qu'elles incluent les quelques tampons que je trimballe là-dedans en vrac.

– T'es à cran, ce matin ?

– Non, dis-je, du ton de celle qui prend son mal en patience.

Je m'accroupis et je retourne mon sac à l'endroit.

– Je sursaute pratiquement toujours quand on arrive sur moi par surprise.

J'ouvre les bras et je balaie toutes les affaires que je trouve vers mon sac.

– Je n'ai pas… commence-t-il en s'accroupissant à son tour. Oh… pardon ! C'est vrai que je ne t'ai pas prévenue.

– Pas de problème. C'est bon, j'ai tout ?

Deux ou trois trucs atterrissent dans mon sac.

– Maintenant, oui.

– Merci.

Je me relève et je ferme mon casier.

– Au fait, tu as reparlé avec Underhill ?

– On a décidé d'attendre huit jours, qu'il ait réglé tous ses autres trucs. Je le vois lundi après-midi.

– Cool. Ça te dit de faire un tour ? On pourrait aller plus loin que l'espace botanique. Enfin, ça ne change peut-être pas grand-chose pour toi.

– Oh, désolée, j'ai promis à Sarah de la retrouver ce matin.

– Quoi, pour travailler ensemble, ou… ?

– Non, non, c'est pas pour le lycée. On… On traîne ensemble tous les matins dans la cour, quoi.

– T'étais avec moi tous les jours, cette semaine.

– Je sais, mais…

Bon, qu'est-ce que je dis, maintenant ?

La vraie question serait de me demander comment je suis devenue cette inconnue toujours en train d'esquiver. Il serait temps de redevenir moi-même. Je serai déçue si ça ne lui plaît pas, mais autant que je le sache tout de suite.

– Ce serait un peu long à expliquer maintenant, mais

Sarah et moi, on s'installe dehors et on écoute les gens qui ont envie de parler, on leur donne des conseils sur toutes sortes de trucs. Sauf qu'au début de la semaine, on s'était un peu engueulées… ou, disons, mal comprises… Enfin, j'ai fait n'importe quoi. Et comme tu m'as proposé de faire des trucs avec toi à cette heure-là, j'ai suivi. Mais ça s'est arrangé avec Sarah. C'est clair, ou pas ?

– Pas trop. J'ai cru qu'on avait instauré un genre de rituel de balade matinale.

– Non, enfin, si, c'était sympa, mais normalement, je vois Sarah. On peut déjeuner ensemble, si tu veux. Tu fais quoi d'habitude, avant les cours ?

– D'habitude, je ne suis pas au lycée. Je suis venu plus tôt lundi pour te parler, et puis on a instauré nos balades.

Il en reste là, et je suis perdue. Est-ce qu'il essaie de me culpabiliser ? Ou de me faire annuler mon rendez-vous avec Sarah, comme si deux jours d'affilée avaient créé un rendez-vous immuable ?

– Désolée, je ne savais pas. Je ne pensais que tu venais exprès. Il va falloir que j'y aille.

– C'est juste que j'avais quelque chose à te dire.

Il ne poursuit pas. Je suis censée lui demander quoi.

– Qu'est-ce que c'est ?

– L'année dernière, je suis parti une semaine en vacances fin juin, et à mon retour, Scott avait modifié notre parcours de jogging. Il n'a pas dit pourquoi, et je m'en fichais un peu.

Tant que ça ne raccourcissait pas le circuit, moi, ça m'allait. Je n'ai pas réalisé samedi dernier en te ramenant chez toi, parce qu'il faisait noir, mais on a repris le jogging ce matin, et je me suis rendu compte qu'on passait pile devant chez toi.

– Oh… Moi aussi, je cours le matin. Vous m'avez déjà vue ?

– Non. On passe à six heures moins le quart.

– Je sors un quart d'heure plus tard. Enfin, normalement, mais pas aujourd'hui.

Après mes cafouillages au stade ces deux derniers jours, voyant que je ne me sentais pas mieux ce matin, j'ai carrément laissé tomber.

– Bon, comme on ne te croise jamais, on ne peut pas dire qu'on t'espionne, mais c'est quand même un peu étrange. J'ai préféré te le dire.

Minute…Scott a commencé à passer devant chez moi vers la fin juin ?

La gorge sèche, je suis prise d'un nouveau vertige.

– Ce n'est pas étrange. Il… Il inspecte mon parcours. Tu sais, au cas où il y aurait des obstacles.

– Pourquoi il ferait ça ?

– Parce que mon père n'est plus là pour le faire. Tous les soirs avant d'aller se coucher, on faisait un petit tour ensemble. Mon père disait qu'avec son boulot de rond-de- cuir, c'était sa seule activité physique de la journée. En réalité, il vérifiait mon parcours pour le lendemain matin.

– Attends… tu veux dire que tu cours toute seule ?

– Je te l'ai déjà dit…

– Mais je croyais que quelqu'un te suivait à vélo, ou je ne sais quoi ! C'est de la folie ! Tu ne peux pas faire ça !

– Non seulement je peux le faire, mais je le fais. Tous les jours.

Un frisson me parcourt le dos.

– Tu ne te rappelles pas avoir vu un gros van sur le trottoir près de chez moi ? Vers la fin juin ?

– Non, c'est le moment où j'étais parti camper au Mexique. Pourquoi ?

– Pour rien. Laisse tomber.

Silence.

– Tu ne trouves pas étrange que Scott passe devant chez toi tous les matins en faisant son jogging… quoi, trois ans après votre rupture ?

– Deux ans et demi, dis-je à voix basse. Ce n'est pas étrange. C'est…

– C'est quoi ?

On dirait qu'il cherche à me provoquer, et ça m'irrite. Mais j'essaie de me mettre à sa place. La vérité est une chose. Mettre le nez des gens dedans en est une autre.

– Le contraire d'étrange, quel que soit le mot.

Il lâche une espèce de soupir par le nez.

– Il compte encore pour toi, c'est ça ?

– J'ai rompu, je te rappelle.

– N'empêche que quelque part, il compte encore.

– Il a été mon meilleur ami pendant des années. Ce n'est pas un truc que tu fais disparaître juste en appuyant sur un bouton.

C'est pourtant ce que j'ai fait, plus ou moins.

– Qu'est-ce que ça change, de toute façon ? On n'est plus ensemble.

– Peut-être que tu le regrettes.

Sans perdre son ton détaché, Jason me pousse dans mes retranchements. Ça me perturbe. Je ne sais pas comment le prendre.

– C'est une question ?

– Je voudrais juste savoir où on en est.

– Alors voyons… On se connaît depuis huit jours… On est sortis ensemble samedi dernier… et c'était cool… et… et on devrait recommencer un de ces jours. Ça te va, comme réponse ?

– Tu vas le rappeler ?

– Je ne sais pas. Peut-être…

Cette conversation devient de plus en plus bizarre. J'essaie de la désamorcer par un sourire en ajoutant :

– C'est un problème ?

– Tout ce que je veux dire, c'est que soit on y va, soit on n'y va pas. À toi de voir.

– Tu parles de quoi ? De s'apprécier ? De passer des bons moments tous les deux ?

– Non, tu vois, quoi… Sortir ensemble.

– C'est pas un peu tôt pour parler d'exclusivité ? Après une seule soirée ?

Waouh. Si je pouvais remonter dans le temps, la Parker d'août n'arriverait pas à croire qu'elle a cette discussion aujourd'hui, à peine quelques semaines plus tard.

– Tu ne t'es pas trop fait prier pour monter à l'arrière, dans ma voiture, me réplique-t-il. C'est une habitude, chez toi ?

– Mais non ! Chez toi, oui ? Tu n'as pas traîné non plus pour m'emmener au Belvédère. Je n'y avais jamais mis les pieds. T'y as emmené combien de filles ?

– Aucune depuis qu'on se voit.

– Eh bien, tu n'as pas à me faire de faveur. Tu peux aller au Belvédère avec qui tu veux, et moi aussi, jusqu'à ce qu'on en décide autrement. Et il faudrait un peu plus qu'une soirée ensemble, c'est tout ce que je peux te dire pour l'instant.

– Ouais, ça en dit déjà beaucoup.

– J'essaie juste d'être honnête.

– Les choses ne sont pas aussi simples que ça.

– Ah bon ? Moi, je trouve que si.

Silence.

Coin-coin.

– C'est Sarah qui se demande ce que je fiche. Je dois y aller. On en reparle ce midi, si tu veux.

Cela dit, j'aimerais autant pas. Je déplie ma canne.

– OK. À plus, me fait-il.

•*•* •*•* •*•*

J'ai encore la tête qui bourdonne en rejoignant Sarah à notre table habituelle.

– Je n'ai pas écouté ton texto, je suis venue direct.

– Je te demandais juste où t'étais.

– En pleine discussion débile avec Jason. Il s'était imaginé que c'était devenu notre rituel de se voir tous les matins. Quand je lui ai dit que j'allais te retrouver, il s'est mis à s'agiter comme si je le laissais tomber.

– Les souris d'abord, les minets après.

– Au secours. C'est de toi, ça?

– Ouais, désolée, c'est lamentable. Tu crois que j'aurais pu retenir une formule aussi débile?

– N'empêche que c'est vrai.

– Il te plaît toujours?

– Pour ce que je connais de lui, oui, mais… ça n'a pas l'air super simple.

– Il sait quel jour on est?

Je me tourne pour lui faire face.

– Toi, oui?

Elle fait glisser sa chaise pour s'approcher de moi, me donne un coup de coude et glisse un bras autour de mes épaules.

– Évidemment.

Hier, on a passé le reste de l'après-midi à parler surtout de ses histoires. Pas tellement de Scott, après que je lui ai résumé ce qui s'était passé chez lui. Elle a essayé de me tirer les vers du nez, mais j'avais dit tout ce qu'il y avait à dire. Je ne sais pas trop ce que je ressens, et je le lui ai expliqué. Je n'ai pas mentionné l'anniversaire de mon père.

– Ça va ?

– J'ai eu droit à mon étoile, hier, si ça peut répondre à ta question.

– Non, mais je m'en contenterai.

Elle me presse l'épaule avant de s'écarter.

Sarah n'approuve pas ma Carte des étoiles. Elle trouve que je refoule mes émotions au lieu de les exprimer. Elle peut parler !

– Tu as l'air crevée, reprend-elle. T'as mal dormi, cette nuit ? Ou t'as couru comme une dingue ce matin ?

– J'ai pas couru.

– Tu…

Elle se tourne vers moi.

– Tu n'as pas couru ?

– Non, j'étais… J'étais trop… je ne sais pas. À côté de la plaque.

– Ça tombe mal, me dit-elle en baissant la voix. Tu vas avoir besoin de toute ton énergie, là.

J'entends quelqu'un arriver et s'asseoir. Ou plutôt s'affaler. Puis un reniflement. Un reniflement productif.

Je ne suis sûre qu'à quatre-vingt-dix-neuf pour cent de qui c'est.

– Salut, Marissa, dit Sarah.

Elle a raison, je n'ai pas la force d'affronter ça. Je me borne à agiter mollement la main.

– Comment ça va? reprend Sarah.

Nouveau reniflement.

Sarah persiste:

– Tu voulais nous parler d'un truc?

Troisième reniflement.

– J'ai une question, dis-je sans l'avoir prévu, persuadée jusqu'à cette seconde que j'allais laisser passer mon tour. Pourquoi?

– Pourquoi quoi?

– Pourquoi tu aimes Owen?

– Comment ça? On ne sait jamais pourquoi on aime quelqu'un. C'est comme ça, c'est tout.

– Non.

Sarah me met déjà en garde d'un claquement de langue, mais je poursuis:

– Il y a toujours au moins une raison. Il sait combien de sucres tu mets dans ton café? Il t'emmène voir des comédies romantiques pour te faire plaisir?

– Non, on ne…

– C'est sa façon de se coiffer qui te fait craquer? Ou le fait qu'il porte des chaussettes dépareillées?

– Il ne porte pas de chaussettes dépareillées.

– C'est quoi, alors?

– J'en sais rien, moi. Tout.

– C'est une bonne raison, intervient Sarah. Parker veut juste dire que…

Je ne me laisse pas éjecter :

– Tu aimes tout de lui ? Tout ? Cite-moi dix choses. Non, trois.

Reniflement.

– Bon, OK, une. Rien qu'une chose. C'est déjà un début.

– Il… Il rit souvent. J'adore son rire.

– OK, très bien. Et ce qui te plaît, c'est entendre son rire, ou le fait qu'il rie souvent, ou… ?

– Les deux.

– Et qu'est-ce qui le fait rire ? Qu'est-ce qui l'amuse ?

– Ben, je sais pas… Des trucs. Il rit beaucoup, comme s'il était heureux et qu'il s'amusait tout le temps !

– Toi non, en revanche. Je crois bien que je ne t'ai jamais entendue rire.

– Parker, me dit Sarah. Je pense…

– Peu importe. C'était des questions pièges. Savoir combien de sucres quelqu'un met dans son café, ce n'est pas de l'amour, il suffit de travailler dans un bar.

– Marissa, dit Sarah, je…

– Ça fait un an que je t'explique ce qui n'est pas de l'amour, mais j'aurais peut-être mieux fait de te dire ce qui l'est. J'ai le parfait exemple sous le nez : j'aime Sarah. Je n'ai aucune envie de coucher avec elle, mais je l'aime comme une dingue. Je rêverais qu'on me donne la recette pour qu'elle soit de nouveau heureuse. Si un génie m'offrait trois vœux, j'en prendrais un pour ramener mon père, le deuxième pour ma mère, et le dernier ne serait pas de retrouver la vue. Ce serait que Sarah redevienne heureuse comme avant. C'est ça, l'amour, Marissa. Ce n'est ni de la magie ni du vaudou. C'est réel ; ça s'explique. Je peux te dire très précisément pourquoi j'aime Sarah.

Je tends la main et, à mon grand soulagement, Sarah mêle doucement ses doigts aux miens.

– J'avais plein d'amis quand j'étais petite. Mais vers huit ans, ils avaient presque tous disparu. Finalement, Parker la petite aveugle avec une maman morte n'était plus aussi marrante qu'avant l'accident. Je ne pouvais plus jouer ni courir, je pleurais tout le temps, je renversais tout sur mon passage et je suis devenue une vraie teigne et mes amis se sont envolés les uns après les autres, jusqu'à ce qu'il n'en reste plus que deux. Bien sûr, il y en avait d'autres qui me comprenaient, qui étaient gentils avec moi. Mais ce sont les seuls qui ne m'ont pas remplacée par de nouveaux amis avec qui c'était plus facile. J'aime Sarah parce qu'elle était ma meilleure amie et qu'elle l'est restée à un moment où c'était devenu vraiment difficile.

Sarah appuie la tête sur mon épaule.

– Ça a même recommencé ce week-end. J'ai eu deux jours difficiles, pendant lesquels je ne l'ai pas très bien traitée.

Elle aurait pu aller bouder dans son coin, mais non, elle m'a secouée et on a résolu le problème. Ça peut paraître bizarre, mais si je l'aime autant, c'est en partie parce que je ne prends pas son amitié pour argent comptant. Je n'aime vraiment pas l'admettre, mais chaque fois que je lui tends la main, quelque part, j'ai peur que, cette fois-ci, elle ne soit pas là, qu'elle ait fini par en avoir marre de mon égoïsme et de mon cinéma…

Sarah presse ma main et pose de nouveau le front sur mon épaule.

– … c'est même pour ça que j'ai flippé l'autre jour. Mais elle est toujours là pour moi, et je n'en reviens tellement pas de ma chance que je me demande ce que j'ai pu faire pour la mériter. Si tu te demandes ce que c'est que l'âme sœur, Marissa, c'est ça : Sarah est mon âme sœur. Je me dresserais face à un train pour elle, et je l'aime parce que je sais qu'elle m'aime aussi.

– Ouais, mais c'est pas pareil…

– Mais si, c'est pareil ! Avoir envie de s'embrasser ou de faire l'amour, ça vient après, c'est l'étape suivante. Pour commencer, il faut que le mec t'aime vraiment, pas juste qu'il te le dise, ni qu'il ne te le dise pas et qu'il ne prenne jamais la peine de te regarder ! Mais qu'il te regarde comme si tu étais la personne la plus importante de la terre ! Pas le mec qui se dit qu'avec tes problèmes et tout ce que tu trimballes, tu es juste un poids mort ou une emmerdeuse, mais qu'il est prêt à faire un effort parce que tu es jolie ou que c'est toujours mieux que rien ! Non ! Quelqu'un qui sache parfaitement à quel point tu es barrée et qui ne se contente pas de tolérer tes conneries, mais qui t'aime pour ça ! Quelqu'un qui… qui… qui ferait n'importe quoi pour t'aider et de protéger et… et… et qui est prêt à prendre un boulot pourri pour avoir du temps pour toi et t'apprendre à te débrouiller toute seule, sans s'occuper de ce qu'en disent les autres, ou qui prend le temps de boire un thé glacé avec toi tous les jours en écoutant tes petites histoires débiles et qui s'intéresse vraiment à tous les trucs idiots qui se sont passés au lycée et… et… et qui te laisse dire tout ce que tu veux sans se fâcher tant que c'est la vérité !

Je me suis levée, et je suis en train de crier en faisant de grands moulinets avec les bras, et Sarah me serre contre elle et peut-être bien qu'elle pleure, et il y a une bousculade avec des trucs qui tombent et des gens disent mon nom, mais c'est super important que Marissa entende ça, et on m'entraîne quelque part et ce n'est pas seulement Sarah mais aussi les mains d'autres gens. J'arrive tout juste à suivre sans trébucher et je ne sais plus où je suis jusqu'à ce que je sente une odeur de chlorophylle et de cigarette et que j'entende Faith gronder : « Dehors ! », d'une voix que je ne lui connaissais pas, et je comprends qu'on est derrière la remise du gardien et je me laisse glisser par terre, en sandwich entre Sarah et Faith et je ne sais trop qui, parce que je n'entends pas clairement les voix par-dessus les sanglots et les plaintes, et la prise de conscience que ces beuglements et ces aboiements rauques d'animal à l'agonie sortent de moi…

VINGT-DEUX

J'ignore combien de temps j'ai dormi. Les événements de la matinée se perdent dans un brouillard… une durée indéterminée passée derrière la remise du gardien… quelques minutes de calme, ou du moins dans un état moins hystérique… avant d'être emmenée ailleurs et de craquer de nouveau en chemin… de rester prostrée sur la pelouse, en pleurant assez violemment pour vomir mon petit déjeuner. Mais peut-être que là, j'étais encore derrière la remise, c'est possible. Puis un nouveau déplacement sans savoir où je vais, jusqu'à ce que des marches m'informent qu'on arrive au parking, qu'on me pousse dans la voiture de Sarah et qu'on me ramène chez moi dans une maison vide, des mains qui cherchent mes clés dans mon sac, qui me soulèvent et me portent à moitié dans l'escalier, une sensation d'épuisement presque douloureuse et l'envie de ramper jusqu'à mon lit, quelqu'un qui m'aide à enlever mon jean et je m'enfouis sous ma couette, dans un mélange de quinte de toux et de pleurs, jusqu'à ce que je finisse par perdre conscience.

Je crie, ou j'essaie :

– Il y a quelqu'un ?

Je n'ai produit qu'un faible croassement.

– On est toutes là, me répond la voix de Sarah. Fay, Molly et moi.

Le matelas s'enfonce tandis qu'elle s'assoit sur mon lit et se colle contre moi par-dessus la couette.

– Vous ratez les cours ?

– Moi, je ne rate pas grand-chose, réplique Sarah. Et vous, les filles ?

– Moi, rien du tout, assure Molly depuis la chaise de mon bureau.

Quelqu'un fait bouger le sommier en s'appuyant dessus.

– Mais toi, tu nous as manqué, PG, déclare Faith à quelques centimètres de moi.

Ses doigts fins s'enroulent autour de ma main qui repose sur la couette.

– Tu es partie loin. Mais tu n'as pas besoin de revenir tant que tu ne seras pas prête. Nous, on ne va nulle part.

Sa voix est si pleine de tendresse et de sollicitude qu'un sanglot monte dans ma gorge. J'essaie de le stopper, de le renfoncer là d'où il vient, puis je me rappelle que, de toute façon, j'ai déjà perdu mon étoile d'or aujourd'hui, je me détends et je le laisse sortir… puis un deuxième… Faith a raison, je ne suis pas prête. Sa main presse la mienne et le bras de Sarah se resserre autour de ma taille, et je recommence à pleurer. Mais sans les secousses d'avant. Mon bandeau est trempé, mais ça ne sert à rien que j'en change pour l'instant. Faith me relâche d'une main et me caresse la tête comme si j'étais un chat.

– Merci, murmuré-je.

Elle dépose un baiser sur mon front.

.•.• .•.• .•.•

J'ai dû me rendormir peu après le baiser de Faith. Je ne sais pas pour combien de temps. Sarah est toujours nichée dans mon dos, les bras passés autour de ma taille. Je sens son souffle derrière mon oreille. Elle respire lentement, régulièrement, et même un peu fort. Je me rends compte qu'elle dort, et ça me fait sourire imperceptiblement. Ça m'épate de pouvoir sourire maintenant, même aussi légèrement. Je murmure :

– Faith ?

Sarah bouge et s'étire.

– Elle est en bas, m'informe Molly. Ta tante vient de rentrer. Elle était en sortie scolaire ou je ne sais quoi avec ton cousin. Elle a pris Sheila au lycée en passant.

– Qu'est-ce qu'elle leur raconte ?

– Faith a dit : « Je vais leur dire que Parker a eu une sale journée. »

J'entends Petey – ça ne peut être que lui – marteler les marches en montant l'escalier, puis d'autres pas qui le rattrapent. Ils redescendent, plus lentement. Les pas de deux autres personnes montent et s'arrêtent devant ma porte. Après quelques murmures, quelqu'un repart. Je devine que c'est Sheila, qui va s'enfermer dans sa chambre. Ma porte s'ouvre et se referme.

Faith s'agenouille à côté de mon lit et me prend la main.

– Ils sont tous rentrés, me précise-t-elle. Mais ils vont nous laisser tranquilles. Tout le monde s'inquiète pour toi. Surtout Sheila.

– Sheila ? Pourquoi ?

– Et pourquoi pas ? demande Molly. Il faudrait en tenir une couche pour ne pas s'inquiéter pour toi après l'épisode de ce matin.

– Molly ! l'arrête Sarah sur un ton de reproche.

Mais je secoue la tête.

– C'est bon. Elle m'a vue ? Ou entendue ? Tout le monde m'a vue, c'est ça ?

Personne ne répond. Je sors une main de la couette pour serrer le bras de Sarah autour de ma taille et je me blottis, avec un nouveau sourire imperceptible.

– M'en fiche. Tant mieux si, grâce à moi, tout le monde a échappé à un mercredi aussi pénible que les autres.

– La voilà de retour, commente Molly.

– Mais t'es pas obligée, Parker, me précise Sarah, de son ton-qui-essaie-de-me-passer-un-message.

Je crois que je n'ai pas fini d'entendre des voix spéciales dans les semaines qui viennent.

– Non, mais j'ai envie.

– Je sais, mais ce n'est pas toujours toi qui décides. Ça ne fait que trois mois. Après avoir passé la première semaine comme une zombie, tu as inventé la solution à tous tes problèmes : ta Carte des étoiles débile. Et depuis, tu es une bombe à retardement…

– Et j'ai explosé.

Elle me serre contre elle.

– Ouais, et c'était épique ! Ça nous fera un beau sujet plus tard pour nos réunions d'anciennes du lycée. En attendant, je crois qu'on va devoir ramer si on veut que Marissa s'en remette.

Je ris, et ça me fait mal. Ça me fait bizarre de rire après avoir pleuré autant. Tout mon corps est douloureux : mon ventre, ma gorge, les muscles de mon visage, et j'ai l'impression d'avoir les paupières gonflées.

– Et ce n'est que la première fois, mais la dernière, me prédit Sarah. Si tu ne veux pas exploser tous les trois mois, il faut que tu laisses sortir tout ça quand tu le sens venir, au lieu de l'enfouir sous toutes tes étoiles à la con. Ça fait je ne sais combien d'années que mon père est parti et ça m'arrive encore de pleurer.

– C'est vrai ? Pourquoi tu ne me dis rien ?

– Je n'en fais pas un secret. Les meubles changent tout le temps de place chez toi, avec ces gens qui viennent de s'installer, et tu ne fais pas un rapport chaque fois que tu te cognes le tibia. C'est comme ça, c'est tout. Ça ne sert à rien de dire : « Oh, hier, j'ai entendu passer la camionnette du marchand de glaces et ça m'a rappelé mon père, qui disait toujours qu'ils ne mettent la musique que quand il n'y a plus de glaces. Mais si je le suppliais assez longtemps, il finissait par céder et par m'acheter un sandwich napolitain. Alors je suis restée un moment sur le canapé et les larmes sont montées. Rien de grave, juste un petit truc parmi les centaines d'autres qui arrivent tout le temps. »

– Mais tu sais que tu peux m'en parler ?

– Je suis en train de le faire. Ton explosion d'aujourd'hui, ça t'a juste permis d'évacuer les trois derniers mois, pas le présent. T'en as pas fini, et il faut que tu lâches prise quand ça te tombe dessus. Si tu refoules, tu continueras à exploser à répétition…

Je soupire.

– Plus d'étoiles dorées ? Je sais pas, chaque fois que j'en colle une, j'ai l'impression que ça m'aide à tenir debout.

– Ça t'aide à tout planquer, ouais. À tout enfouir. À ajouter un peu de poudre dans le tonneau qui a sauté aujourd'hui.

Je m'assois et je serre Sarah dans mes bras de toutes mes forces.

– Comment tu sais tout ça, toi ?

– L'expérience. Et je m'en passerais bien.

Je la libère pour m'appuyer contre la tête de lit.

– Il s'est passé un truc spécial, ce matin ? demande Molly. Je veux dire, pourquoi aujourd'hui ?

– C'est le jour de l'anniversaire de son père, répond Faith.

– Plus d'autres trucs, dis-je. Vous êtes un peu au courant pour l'embrouille entre Sarah et moi, et... bon, il faudrait que je vous mette au jus sur quelques autres sujets.

– D'abord, intervient Faith, j'ai entendu beaucoup d'histoires de filles ligotées et de gens qui se dressent contre des trains. Tu sais que je le ferais certainement si on en arrivait là, mais si on pouvait s'en dispenser...

– Ça marche, dis-je en souriant. On oublie les trains.

.·. .·. .·.

Tante Celia essaie de persuader tout le monde de rester dîner mais personne n'en a envie, pas plus moi que les autres. Elles rentrent toutes les trois chez elles, expliquer à leurs parents pourquoi elles n'étaient pas en cours aujourd'hui.

Je propose d'aider à la préparation du repas et, bien sûr,

tante Celia me répond qu'elle peut se débrouiller, en particulier aujourd'hui. Mais cette fois, je refuse son refus. Je lui demande ce qu'elle prépare et j'insiste pour m'occuper de la purée. Après qu'elle s'est obstinée suffisamment, son désir de faire quelque chose pour moi la décide à me laisser une partie du plan de travail. Je dois demander l'emplacement de chaque objet, parce qu'elle a tout réorganisé et que je n'ai pas fouillé dans les placards depuis un moment. Elle me donne tout ce que je lui demande à part l'ail, et commence à m'expliquer qu'elle en aura besoin pour faire des spaghettis dans la semaine… Puis elle s'interrompt, me dit qu'elle pourra toujours en racheter et me tend toutes les gousses disponibles.

Le repas est anormalement silencieux. Oncle Sam observe que la purée est meilleure que d'habitude. Tante Celia lui dit que c'est moi qui l'ai faite, ce qui le surprend. Tout ça paraît sincère ; ce n'est pas nécessairement un numéro. Est-ce que ça veut dire que je pourrai aider plus à la cuisine ? L'avenir le dira. Petey assure l'essentiel de la conversation en parlant de sa sortie scolaire, et c'est oncle Sam et moi qui lui répondons le plus. Sheila ne dit pas un mot et remonte dans sa chambre dès la fin du repas. Quand je propose d'aider à débarrasser et que tante Celia refuse poliment, je la laisse gagner et je monte à mon tour.

Je vais chercher le CD de Sheila dans ma chambre et je frappe à sa porte. Je suis tendue et je déteste cette situation, mais j'aurais dû le faire depuis longtemps. J'ai beaucoup de choses à réparer, et ça commence ici, à la maison.

– C'est qui ? demande-t-elle d'une voix irritée – sa voix normale, quoi.

– C'est moi.

Je manque d'ajouter « ton pire cauchemar » pour plaisanter, mais je me retiens à temps. C'est un peu prématuré.

Elle ouvre et je demande si je peux entrer.

– Euh… ouais… mais…

Elle n'a plus l'air irritée. Ce n'était peut-être pas sa voix normale.

– Attends, c'est le bazar par terre…

Elle pousse du pied ce qui doit être des livres et des vêtements et je ne sais quoi d'autre.

– Tiens, tu peux t'asseoir sur mon lit. Droit devant.

Je franchis le seuil, je referme la porte et j'avance lentement en balayant l'air avec mes bras jusqu'à ce que mes mains touchent le lit. Je m'assois. Elle non.

– Je suis venue pour m'excuser…

– Tu n'as pas à le faire.

Elle ne le dit pas dans le style « oh, pas de problème, c'est pas la peine ». Elle a plutôt l'air en colère, comme si elle n'avait vraiment pas envie d'entendre ça. J'insiste :

– Je n'aurais pas dû te brailler dessus hier.

– Je l'avais cherché. C'était vraiment nul de mettre la musique à fond.

En effet, mais… cette conversation ne prend pas du tout le tour prévu.

Je lui tends son CD.

– Je comprends que tu n'aies pas eu envie que je t'entende.

Le boîtier m'est pris des mains assez brutalement.

– Tu veux dire, que j'aie mis la musique à fond pour te priver du seul sens que tu avais ? J'ai tout fait pour t'empêcher de comprendre ce qui se passait, et je t'ai engueulée ensuite parce que tu ne le savais pas. Et je n'étais même pas au courant pour l'anniversaire d'oncle Martin ! Je dois être une belle hypocrite, ou alors complètement aveugle, ou… Merde, enfin, je veux dire…

– Hé, Sheila, tout va bien…

– Non, je t'ai *vue* ce matin. Je… t'ai *vue*. Et tu étais… tu étais…

Je ne sais pas trop ce qu'elle essaie de me dire.

– Et tu as dû m'entendre, aussi. Comme la moitié du lycée. Je n'ai pas honte. J'avais une bonne raison…

– Mais je n'avais jamais vu… Je… Je t'ai observée, à l'enterrement. Tu étais juste assise là, sans bouger. Et pareil pendant un mois, quand tu n'étais pas en train de t'engueuler avec ma mère, et… et… tu te comportais *normalement.*

– Ça n'était pas normal. Et je n'étais pas juste « assise là ». J'étais pétrifiée. C'était déjà assez dur de perdre mon père, mais pendant un moment, j'ai cru que j'allais *tout* perdre.

Si j'avais dû quitter toutes les choses et tous les gens que je connais, je serais devenue folle. Sérieusement. Merci. Merci d'avoir déménagé à ma place. Je ne pourrai jamais te renvoyer l'ascenseur, mais je veux essayer. Si je peux faire quelque chose, ce que tu veux, tu n'as qu'à demander.

Elle ne répond pas tout de suite, puis elle murmure d'une voix rauque :

– S'il te plaît…

Si seulement je pouvais voir son visage…

– Dis-le ! Qu'est-ce que je peux faire ?

– Pars, s'il te plaît…

– Partir où ?

– Pars, répète-t-elle d'une voix plus assurée. N'importe où ailleurs que dans ma chambre. Ou ce n'était pas vrai, quand tu as dit que tu ferais tout ce que je voulais ?

Bam. Je voudrais qu'elle comprenne l'importance que ça a pour moi, le mal que j'ai à m'adapter à de nouveaux endroits et à de nouvelles personnes, à leur faire confiance… mais… ça m'aiderait seulement, *moi,* à me sentir mieux.

– Si c'est ce que tu veux. Je suis vraiment désolée.

Je me lève et je me dirige vers la porte.

– Attends, me dit Sheila.

Je m'arrête. Au bout de quelques secondes, elle reprend :

– À gauche… Un peu plus à gauche.

Je rectifie ma direction et je trouve la poignée de la porte. J'ajoute avant de sortir :

– Je ne t'embêterai pas avec ça. Je sais ce que c'est quand les gens n'arrêtent pas de proposer une aide dont on ne veut pas. Mais si tu as besoin de quelque chose, dis-le-moi.

Au moment où je franchis la porte, elle s'éclaircit la gorge.

– Le seul moyen de donner du sens à ces trois derniers mois, c'est d'admettre que l'une de nous deux est une garce égoïste et sans cœur, non ?

Je réfléchis un moment en essayant de déchiffrer son ton et ses paroles, ce qu'ils sous-entendent.

J'ai compris. Cette balle-là, je peux la prendre à sa place. Ça me fait presque sourire. Je me demande ce qu'en penserait Faith, elle qui ne veut plus qu'on parle de trains.

– Ce qui est sûr, c'est que je suis une garce égoïste et sans cœur avec mention. Ce qui me permet de savoir que se comporter comme telle n'implique pas forcément d'en être une.

Je l'entends qui se retient de renifler, et je la laisse tranquille.

VINGT-TROIS

Sheila ne se sauve pas à la seconde où tante Celia s'arrête sur le parking ; elle m'accompagne jusqu'à mon casier. On ne va pas jusqu'à se parler. Elle n'est pas du matin ; j'étais levée une bonne heure avant elle pour aller courir. Et elle ne fait pas non plus partie des fans de Parker Grant. Un pas à la fois.

Faith arrive à son casier en même temps que nous et elles engagent la conversation. Faith attaque par une vanne sur le fait que les smileys de mon foulard sont à l'envers et trouve que Sheila pourrait quand même contrôler la manière dont je m'habille le matin. Comme les smileys sont brodés, je peux vérifier toute seule, mais aujourd'hui, je n'y ai pas pensé. J'avais une chance sur deux et j'ai perdu. Espérons que ce n'est pas un signe.

Faith et Sheila sont encore en train de parler fringues quand Molly me lance :

– Salut ! Tu remontes déjà en selle ? Retour dans la cour avec Sarah ?

– Parfaitement ! Personne ne pourra dire que j'ai honte de me montrer.

– Comme si tu te souciais de ce que pensent les gens.

– Pas faux, confirmé-je avec un hochement de tête. Mais le cabinet est ouvert – je parle de celui de Sarah –, et son associée grande gueule est en chemin. Tu fais quoi, toi ?

– Je vais aux objets trouvés voir si je retrouve le pull que j'ai perdu hier. Il ne fait pas chaud, ce matin.

– Ah bon ? Tu devrais te mettre à la course. Ça réchauffe.

– Ha ha. J'en déduis que tu as couru ce matin ?

– Ouais. C'était génial. Ça m'a fait bizarre de ne pas courir hier.

– Ça ne doit pas être le seul truc qui t'ait fait bizarre hier.

– Ça, c'est vrai. Tout ça, c'est parce que je n'ai pas couru, je parie.

– Et pas du tout à cause de plusieurs mois de déni et de refoulement.

– Non. Cette Sarah-je-sais-tout raconte n'importe quoi les trois quarts du temps. À partir de maintenant, je vais courir tous les jours sans exception et ma vie sera fantastique. Je suis une nouvelle femme. Tu verras.

– Tu es un exemple pour nous toutes.

– Tu l'as dit.

– Il ne te manque plus que le ton qui va avec tes paroles.

– J'y travaille.

– Au fait, tu as vu Jason ?

– Pas encore. Quelqu'un a éteint mon portable, hier…

– C'était Faith.

– De toute façon, je n'ai reçu ni messages ni appels manqués. Je me serais quand même attendue à un « où t'es ? » à l'heure du déj, mais il devait encore être en rogne, et il a dû se dire que j'avais décidé de ne pas le rejoindre.

– Il savait très bien où tu étais. Ou du moins que tu ne devais plus être au lycée. Il a vu notre grand spectacle hier matin.

– Et il n'est pas venu ?

Et il ne m'a pas fait signe plus tard ?

– Il a dû préférer nous laisser gérer.

– On peut voir ça comme ça. Et Scott, il était là aussi ?

– Je ne l'ai pas vu. Mais je ne crois pas qu'il serait venu de toute façon.

Peut-être, peut-être pas. Quoi qu'il en soit, je me vois déjà aller trouver Jason à l'heure du déjeuner pour lui dire qu'on ne se verra plus. Mais je ferai ça gentiment. C'est ma nouvelle ligne de conduite. Sincérité, mais avec gentillesse.

– T'as pas récupéré les cours qu'on a ratés hier, j'imagine ?

– Non, je pensais m'en occuper au fur et à mesure. Ça t'inquiète ? Moi, pas trop.

– Non, moi non plus, mais je déteste rater une journée. C'est déjà assez galère de suivre sans avoir à rattraper. Le problème, c'est surtout la littérature, mais je peux mettre l'accélérateur sur ma synthèse vocale. Bon, j'aurai droit au *Comte de Monte-Cristo* lu par les Chipmunks.

– L'horreur. Ça doit être galère pour toi de… lire…

– … aussi lentement ? Ouais, mais le pire, c'est les maths, parce qu'il ne suffit pas de parler et de lire. La géométrie, c'est un peu comme marcher pieds nus sur des tessons de bouteille.

– La trigo, ça va encore, nuance Molly.

– Ça doit être pénible de mettre des heures à tout revoir avec moi. Je ne le dis peut-être pas assez, mais j'apprécie vraiment.

– C'est pas un problème, m'assure-t-elle. J'ai l'impression d'apprendre mieux en révisant tout de manière aussi méthodique.

Une moitié de mon cerveau reviendrait bien sur ce qu'elle entend par « méthodique » concernant mes stratégies d'adaptation, mais l'autre la force à garder le cap.

– Au fait, tu connaissais TDN avant ? À Jefferson ?

– Stockley ? Je le connaissais comme tout le monde. Pourquoi ?

– Je t'ai dit qu'il était mon binôme le jour où tu étais absente ? Oh, d'ailleurs, est-ce que je t'ai remerciée pour m'avoir laissée tomber ce jour-là ?

– À maintes reprises. Je suis tellement désolée que tu aies été désorganisée par mon horrible crise de diar…

– Et… comme il ramait, je l'ai aidé autant qu'il m'a aidée. Et à la fin du cours, je ne sais pas, j'ai eu l'impression qu'il…

Comment présenter ça ?

– Il a envie de te parler depuis le premier jour. Ne me dis pas que tu n'avais pas compris.

– OK, plus ou moins…

Elle vole à mon secours, ce pour quoi je l'aime encore plus :

– Cela dit, je ne crois pas qu'il ait flashé sur toi. Si c'est ce qui t'inquiète.

– Oh, je ne suis pas inquiète.

– On dirait, pourtant. J'imagine que c'est pour la raison classique : parce que c'est gênant que quelqu'un t'apprécie quand ce n'est pas réciproque.

– Qui te dit que je ne l'apprécie pas ?

– Quoi… tu veux dire qu'il te plaît ?

– Mais non, c'est pas ça, mais ce n'est pas le crétin que je soupçonnais au départ. C'est rare que je me trompe à ce point sur les gens et… je sais pas…

– Tu ne peux pas concevoir qu'un gars ait envie d'être ton ami sans tomber amoureux de toi ? Waouh…

– Quoi ? N'importe quoi ! J'ai jamais dit ça ! Bon sang, quatre-vingt-dix-neuf pour cent des mecs du lycée ne m'adressent même pas la parole ! Tu ne peux pas me reprocher de me poser des questions quand l'un d'eux le fait !

Je ne blague pas, mais ça la fait rire. Ce qui me fait sourire. Je dois avouer que c'est drôle.

– En tout cas, je m'en veux de ne pas avoir été sympa avec lui le premier jour.

– M'étonnerait qu'il l'ait remarqué.

– Ça ne change rien. Mon père disait que si on n'est pas sympa avec quelqu'un, on est quelqu'un de pas sympa. Point. Tu peux passer des heures à expliquer pourquoi c'était justifié, ça ne fera jamais de toi quelqu'un de sympa. Deux torts ne donnent pas raison. Si tu vois quelqu'un se comporter de manière pas sympa, même si c'est avec Hitler, tu peux toujours lui dire « : « Bien envoyé », mais certainement pas : « Ça, c'était sympa. »

– Ton père pensait qu'il aurait fallu être sympa avec Hitler ?

– Rââ… Fais semblant de ne pas comprendre. Je ne veux pas être pas sympa, c'est tout.

Silence. Seulement troublé par la respiration de Molly et le criquet de Pinocchio perché sur mon épaule, qui me murmure à l'oreille que je ne suis pas quelqu'un de bien.

– Quand je te dis qu'il n'a pas dû s'en apercevoir, reprend finalement Molly, je veux dire qu'à t'entendre, on croirait que tu lui as tiré dessus ou je ne sais quoi. Je ne crois pas qu'il l'ait ressenti du tout comme ça.

Elle baisse la voix jusqu'à chuchoter :

– Je me demande s'il n'est pas homo.

– Ah ouais ?

– Pas sûr qu'il soit prêt à l'admettre, même à lui-même, mais j'ai l'impression. Je peux me tromper. Ça ne change pas grand-chose, remarque, s'il ne te plaît pas.

– Non, mais ça peut aider. L'idée, c'était de lui proposer de venir travailler avec nous à la bibli. Il a vraiment besoin de soutien en trig...

Molly éclate de rire.

– T'attendais quoi pour le dire ?

– Va te faire voir, Molly ? Je te le *dis*, là !

– C'est vrai, même si t'as mis le temps. Bien sûr que tu peux lui proposer.

– Enfin, *tu* pourrais lui proposer ? Au cas où on se tromperait, je ne voudrais pas qu'il...

– ... l'interprète mal, j'ai compris. Je m'en charge ; je sais comment m'y prendre. Et ne laisse personne dire que tu es quelqu'un de pas sympa, Parker Grant. Tu peux aussi être carrément sympa.

– Je te remercie, Molly Ray. Et comment comptes-tu t'y prendre ?

– En lui disant que tu as déjà flashé sur quelqu'un d'autre...

– T'as pas intérêt ! Je n'ai flashé sur personne d'autre ! Flasher, c'est...

– Je sais : vide et superficiel, comme avec Jason…

– Hé ! Mais t'es vraiment…

Je prends un air indigné.

– La vérité, ça peut blesser, figure-toi.

– Bon… Je dirai que ton cœur est déjà pris. C'est mieux, comme ça ?

– Pas la peine de lui mentir.

– Ce n'est pas un mensonge.

Comme ça n'a pas l'air d'être une question, je n'ai pas besoin de répondre.

.·. .·. .·.

À la pause déjeuner, je grignote aux abords de la piste d'athlétisme en attendant que Jason me repère. S'il ne me voit pas d'ici à ce que j'aie fini mon sandwich, je lui enverrai un message.

– Salut, Parker, me lance-t-il, d'un peu plus loin qu'hier pour ne pas me faire tressaillir.

– Salut. C'est déjeuner spécial barre de céréales, aujourd'hui ?

– Ouais. Ça va mieux, toi ? Il s'est passé un truc, pour que tu pètes un plomb comme ça ?

– Ça m'arrive rarement de m'effondrer pour rien. C'était l'anniversaire de mon père, hier.

– Oh, je ne savais pas. Désolé.

– Mais ça va mieux. Si tu m'as vue, pourquoi tu n'es pas venu ?

Il ne répond pas tout de suite. Je ne le presse pas.

– Je ne sais pas. Apparemment, tes amies s'occupaient de toi…

– Tu ne fais pas partie de mes amis ?

– Si, mais… on ne se connaît pas encore très bien. C'était tes meilleures amies… Je n'ai pas voulu vous gêner.

– Je ne connaissais pas Molly il y a trois semaines, et elle a passé l'après-midi dans ma chambre.

– Oh. Ben… Il me semble que généralement, les filles préfèrent rester entre elles quand ça ne va pas. J'aurais dû venir ?

– Il ne s'agit pas de « devoir ». Mais si la question est : « Est-ce que je te suis reconnaissante d'être resté à l'écart et de ne pas m'avoir fait signe de la journée, alors que tu m'as vue pleurer dans la cour avant de disparaître du lycée ? »… la réponse est non, je ne te suis pas plus reconnaissante que ça.

– Je me suis juste dit… Ouais, t'as raison. Laisse-moi me faire pardonner. Samedi soir. Tu choisis le resto. Ça marche ?

Je réfléchis un moment, cherchant la formulation la plus honnête.

– Non, je ne crois pas…

– Tu ne crois pas pour samedi, ou tu ne crois pas du tout ?

– Pas du tout, n'exagérons rien. Mais ce serait plutôt ça. Ce n'est pas entièrement de ta faute…

– Nous y voilà...

– Où ça ?

– Au discours « c'est pas toi, le problème, c'est moi ».

– C'est « nous », Jason, et ce n'est pas un discours. Je t'aime bien, mais quand on se parle, ça ressemble plus à des faux pas qu'à une danse. Et plus je suis honnête, plus ça empire. Avant toi, j'avais embrassé un seul garçon. Ça remonte à des années et ça n'a pas duré longtemps. Alors j'étais un peu en manque, et je me suis un peu précipitée. Entre-temps, j'ai réfléchi et je reprends mes distances. Alors, oui, ça vient de moi plus que de toi, mais hier, c'était ta faute. Et je ne suis pas un cliché, je suis une personne, qui n'est pas ravie que ton premier réflexe en me voyant craquer ait été de te tenir au large en attendant que tout rentre dans l'ordre...

– Je sais, je sais, je suis désolé ! Tu ne vas pas me pardonner ?

– Si ! Mais si je dois être avec quelqu'un, je voudrais que sa première réaction soit d'être là quand j'ai besoin d'aide. Ça ne veut pas dire qu'on ne peut pas être amis. J'ai des amis pour qui je ne me précipiterais pas si je les entendais fondre en larmes, parce qu'ils ont d'autres amis plus proches pour ça et que ce n'est pas ma place, comme tu le disais. C'est pas un problème ; on ne peut pas être l'ami intime de tout le monde. En revanche, je crois qu'on peut être de très bons copains.

– Ah, cette fois, on y est, à « soyons bons amis ».

Je ris doucement, sans méchanceté du moins, je l'espère. Au fond, tout ça me laisse assez indifférente.

– Tu sais ce qui me plaît chez toi, Jason ? Tu es gentil et charmant, et tu me traites depuis le début comme quelqu'un de normal qui a juste besoin d'un peu plus d'infos que les autres. Comme c'est super rare et plein de discernement, ça t'a fait marquer pas mal de points. Je pense qu'on pourrait être super amis. Mais chez un mec, je cherche autre chose.

– C'est à cause de Scott, hein ?

– Euh… non. Ça fait des années qu'on ne se parle pratiquement plus. Et quand je lui ai demandé s'il voulait qu'on soit amis, il a dit non. Si toi, tu dis oui, ça te donnera des kilomètres d'avance sur lui.

Silence.

– Mais dans la catégorie « petit ami », c'est vrai qu'il a mis la barre haut. Malheureusement pour toi, et pour moi.

Nouveau silence. Je tends l'oreille, à l'affût de bruits de respiration ou de piétinements, pour m'assurer que Jason est toujours là.

– C'est drôle, dit-il enfin avec amertume. Quand j'ai parlé de toi avec Scott, j'ai eu l'impression qu'on t'appréciait pour des raisons totalement opposées.

Je meurs d'envie de demander lesquelles, mais je préférerais qu'il me le dise de lui-même, alors j'attends.

– Il dit que la plupart des gens pourraient résoudre leurs problèmes super facilement ; la mesquinerie, l'hypocrisie, le snobisme, ce que tu voudras... Il leur suffirait de le vouloir. Mais le plus souvent, ils ne font pas l'effort et ils préfèrent les faire peser sur les autres. Alors que toi qui as des problèmes qui ne peuvent pas s'arranger, tu es celle qui réclame le moins d'attention.

– Et toi, tu penses... quoi, le contraire ?

– Non, je... j'en sais rien. Peu importe. Vu que tu souris, je suppose qu'il a raison et que j'ai tort.

– N'empêche que j'ai sincèrement envie qu'on reste amis. Tout ce que j'ai dit de sympa sur toi, c'était sincère. J'aimerais bien qu'il y ait plus de gens comme toi sur terre. J'aurais plus d'amis. Tu veux bien ?

– Ouais, pourquoi pas.

– Hmm. Cette réponse-là, ça marche si on s'en tient au cercle d'amis le plus extérieur. Pour ce qui est d'être de vrais amis, tu répondrais quoi, honnêtement ?

Silence.

– Non, dit-il enfin. Je ne crois pas qu'on puisse être vraiment amis. Je commence à me dire que tu es... exigeante, épuisante, et... jamais contente. Voilà, satisfaite ?

Je ris.

– Absolument. D'autant que c'est vrai. Je crois qu'on est déjà plus proches qu'il y a dix minutes. T'es pas d'accord ?

– Pas vraiment, non.

– Ça ne te fait pas du bien d'avoir lâché ce que t'avais sur le cœur ?

– Non, ça me fait me sentir nul. Écoute, je… je retourne courir. À plus ?

– OK. Mais tu es tout sauf nul, Jason. T'es un mec bien et tu comprends vite. Ça me donne de l'espoir. Je te remercie pour ça.

.:. .:. .:.

Sarah et Faith ont décidé qu'elles devaient garder un œil sur moi malgré mon extraordinaire performance de normalité d'aujourd'hui, et elles nous rejoignent à la bibli après les cours. Elles n'ont pas dû réaliser que pour bosser, Molly et moi, on a besoin de parler tout le temps, et que ça ne les aidera pas à avancer dans leur travail. Résultat, elles se mettent à parler aussi et personne ne fout rien. Le temps que Stockley arrive après son entraînement de foot, on n'a même pas commencé mais on s'éclate trop pour s'y mettre.

– Salut, PG ! Salut, Molly ! nous lance-t-il. Désolé pour le retard. L'entraîneur adore s'écouter parler.

– Salut ! dis-je. Les filles, je vous présente Stockley. Kent Stockley. Kent, voici Sarah et Faith.

Ils échangent des salutations tandis que Stockley s'assoit à côté de Molly. Je compte exploiter cette interruption pour nous faire attaquer le boulot sérieusement. Ce serait nul de l'avoir fait venir pour l'aider en maths et de ne pas en faire du tout. Pas chance, il s'y plonge tout de suite.

– Pourquoi le prof n'arrêtait pas de dire « casse-toi » ? J'ai rien compris.

Molly éclate de rire. Je veux lui donner une tape sur le bras, mais ma main ne rencontre que du vide, ce qui fait marrer les autres. Je rectifie :

– « CAH SOH TOA », pas « casse-toi » ! Cosinus Adjacent sur Hypoténuse, Sinus Opposé sur Hypoténuse, et Tangente Opposée sur Hypoténuse.

– Waouh, alerte à la tempête de mots ! s'écrie Sarah.

Tout le monde est mort de rire, y compris Stockley, moi moins. Je m'efforce de nous maintenir sur les rails.

Je prends ma voix de prof, à défaut du vocabulaire :

– Ça va comme ça, les gars. Le quart d'heure de bouffonnerie est terminé. Quelqu'un a-t-il un bon exemple à proposer à notre nouveau camarade ?

– Elle parle de nous ? chuchote Sarah. C'est nous, les bouffonnes ?

– Chuis pas sûre, avoue Faith sur le même ton, comme si elles tenaient une conversation privée. D'habitude, on me traite plutôt de garce.

– Qui est-ce qui t'appelle comme ça ? demande Stockley, choqué. Donne-moi leurs noms et je…

C'est assez craquant de le voir voler au secours de quelqu'un qu'il ne connaissait pas il y a un quart d'heure.

– Personne que tu puisses frapper, répond Faith. Sauf si tu aimes cogner les filles.

– Oh. Désolé. Là, je ne peux rien pour toi.

– Pas de problème, TDN, dis-je. Tu…

– C'est quoi, TDN ? s'enquiert Faith. Je croyais que tu t'appelais Kent.

– Tout le monde l'appelle Stockley, signale Molly.

– On s'égare, dis-je en espérant échapper à l'explication du sens de son surnom. Le sujet, c'est CAH SOH TOA.

Stockley entreprend de réciter :

– Cosinus, Adjacent, Sinus, Opposé…

– Non. Molly, écris-le-lui.

– Tiens, c'est dans mes notes de cours, dit Molly.

J'entends un bruissement de feuilles de papier.

– C'est facile de se rappeler que « o », c'est pour « opposé », tout ça, déclare Stockley. Mais « Ca-so-tahoe »…

– C'est plus facile avec un truc mnémotechnique, admet Molly. Retiens « Cinq Affreux Hippies Sans Oreilles Hantent Ton Orchestre Acoustique ».

Cette fois, c'est l'explosion de rire. J'essaie de me retenir, mais c'est dur.

– Silence, les gars, dis-je entre mes dents, ou Mme Ramsey va rappliquer !

– Oh, mon Dieu ! s'exclame Sarah. Oh-mon-Dieu ! À l'aide ! Il y a un bug dans la Matrice ! *Parker* est gênée pour *nous* !

Là, ça devient de l'hystérie. Je me cogne le front contre la table avec un gros *ponk* pour rester dans mon rôle. En réalité, je respire ces éclats de rire comme une bouffée d'oxygène quand on sort la tête de l'eau. Je n'avais pas entendu Sarah, ni même Faith, rire comme ça depuis des années.

On peut, hein, papa ? Ce n'est pas trop tôt ? Tu préférerais me voir comme ça que continuant à m'effondrer, je le sais. Voilà, c'est ton cadeau d'anniversaire, avec un jour de retard…

Les larmes montent. Je n'ai pas l'impression que ce soit la tristesse qui cherche à tout gâcher, comme certaines fois. Je suis simplement joyeuse, que j'en aie le droit ou non, même si c'est une joie instable, un peu excessive. Je ne veux pas que ça se brise.

Les rires s'apaisent, et avant que quiconque ait le temps de dire quoi que ce soit, je relève la tête et je me penche en avant.

– Chut ! Silence, tout le monde ! Contrôle du périmètre !

Sarah et Faith sont les premières à se calmer ; elles savent ce que ça veut dire. Le suivant est Stockley, qui a sans doute le moins compris pourquoi on riait pour commencer.

Molly est la dernière :

– C'est quoi, ça, « contrôle du périmètre » ?

– Il n'y a que nous, me répond Sarah. À part Mme Ramsey, qui nous surveille derrière la vitre, mais elle ne pourra pas nous entendre si on murmure.

– Il n'y a personne d'autre, confirme Faith. Ou elle serait déjà venue nous demander de nous taire.

– Qu'est-ce qu'il y a, Parker ? chuchote Sarah. Vas-y, crache le morceau !

– Bon, OK. Alors… c'est à propos de ce gars qui me plaît…

Je suis interrompue par une salve de « oooh » et j'agite les mains pour les arrêter.

– Ça va, c'est bon… chut ! ! Je suis presque sûre que je lui plais aussi, mais… Enfin, bref, j'ai merdé…

– Il a merdé, rectifie Molly.

– Qui ça ? demande Stockley.

– C'est vrai, mais c'est surtout moi. Je voudrais arranger les choses, mais j'ai besoin d'aide.

Tout le monde dit « oui » et « bien sûr » et « t'as qu'à demander », sauf Stockley. Il déclare, d'un ton qui me signale qu'il vient de faire une découverte fondamentale :

– C'est dingue… Je suis là depuis dix minutes… et je fais déjà partie des filles ?

Silence.

– C'était pas prévu comme ça, TDN, dis-je en toute sincérité. Mais vu le sujet, ton aide pourrait m'être encore plus utile que celle des autres.

Silence.

– T'es dans le coup ? lui demande Molly. Ou pas ?

Silence.

Soupir.

– Je suis dans le coup.

VINGT-QUATRE

Je commence à avoir des doutes. Surprise.

Hier, ça m'a paru une bonne idée. J'ai même avancé la sonnerie de mon réveil de vingt minutes pour écouter à ma fenêtre. Et ça n'a pas raté : quelques minutes plus tard, j'ai entendu passer deux joggeurs. Apparemment, Jason et Scott sont toujours amis, ou au moins partenaires de jogging.

J'étais toujours décidée en me dirigeant vers le stade du lycée avec Molly et Sarah ce matin à la première heure, après avoir déposé mes affaires dans mon casier. Ma volonté n'a même pas vacillé quand elles m'ont laissée seule en haut des gradins et que Sarah s'est retournée pour me crier :

– C'est du Parker totalement allumé du bocal, mais bonne chance quand même !

À quoi Molly a ajouté :

– Ça va super bien se passer ! À ce midi !

Mais c'est l'attente qui me mine. Mon cerveau troll s'enclenche pour faire défiler en mode automatique tout ce qui pourrait déraper. Je tente de l'arrêter en imaginant que tout se déroule bien, avec un maximum de détails.

TDN a demandé à Scott de le conduire au lycée en voiture, en prétextant qu'il devait arriver tôt. Je les imagine en train de se garer dans le parking à cette minute même, comme prévu, et TDN en train de lui passer le mot que je lui ai remis plié et scotché, pour qu'il ait le temps de s'éloigner avant que Scott le lise.

Le mot dit : « Scott, s'il te plaît, tu peux me retrouver au stade ? Il faut que je te dise un truc. Merci, PG. »

Le PG est manuscrit ; c'est un symbole secret qu'on a inventé quand on était petits, dessiné au bic, pour prouver que les messages tapés à l'ordinateur étaient bien de moi. C'est un P majuscule dans lequel je remplace le rond par un G majuscule.

Il s'attarde peut-être un peu dans sa voiture, à se demander ce qui se passe, ou à chercher TDN des yeux pour le questionner. Puis il sort, traverse le parking, monte l'escalier, franchit le portail, tourne à droite au niveau des piliers devant l'administration, prend la deuxième à gauche pour entrer dans le bâtiment sud, fait cinquante-deux pas jusqu'à la cour, passe devant les tables de la cour et traverse le stade jusqu'à la piste d'athlétisme.

Bien que j'aie tout chronométré de manière réaliste à la seconde près, il n'arrive pas au moment prévu. En même temps, c'est logique que les choses se déroulent, mettons, dix à vingt pour cent plus vite dans ma tête.

Je refais le parcours jusqu'à ce que Scott arrive… sauf qu'il n'arrive toujours pas. Ils se sont peut-être arrêtés pendant le trajet en voiture ? Ou ils sont arrivés en retard ? Où ils ne sont pas encore là ? Ou… ?

Waouh, c'était super nul, comme idée. J'aurais dû tout simplement lui envoyer un message, et ensuite on aurait eu une conversation adulte normale. Mais je tenais à lui parler à l'écart des autres, et j'avais peur qu'en lui demandant directement, il refuse ou se trouve une excuse. Je commence à avoir un peu mal au cœur à l'idée que mon plan revient à lui forcer la main. C'est peut-être vrai que je suis allumée du bocal.

Il faut juste que je sois patiente, mais je suis trop nerveuse pour rester assise…

J'entreprends de dresser une carte des gradins. À tâtons, je détermine la hauteur de chaque banc, comparé à celui qui se trouve devant, puis la distance qui les sépare, et je les compte. Au bout de quelques minutes, j'ai construit une image de la façon dont tout s'assemble. Je monte les gradins jusqu'à la barrière du haut et je les redescends jusqu'à la barrière du bas, en passant d'un banc à l'autre comme sur des pierres dans une rivière, un pied sur chaque, en vérifiant avec les mains qu'il n'y a pas de bordures qui m'indiqueraient que j'ai fait un pas trop court ou trop long.

Je continue à monter et à descendre, en accélérant. Je n'arrive pas à gagner assez d'assurance pour passer à une petite vitesse de course – même moi, je ne suis pas dingue à ce point – mais je tiens un bon rythme. Je remonte, je redescends. Je remonte, je redescends. Je remonte, je redescends…

– Parker ! me lance la voix de Scott, de l'autre bout du stade, alors que je suis sur le gradin du bas face à la barrière, et que je m'apprête à faire demi-tour.

Mon cœur s'emballe, mais pas à cause de l'effet de surprise ; il a crié d'assez loin. Je me glisse sous la barrière pour regagner la terre ferme. Il y a du vent ce matin, il fait claquer mon foulard. J'en ai mis un tout blanc. Je rabats les pointes sur ma poitrine, avant de lâcher un petit rire de dérision et de les rejeter derrière mes épaules. Quelle idiote.

– Bon Dieu, Parker, c'était quoi ? Un test ? me crie-il, de plus près.

– De quoi tu parles ?

– Quand est-ce que j'étais censé te prévenir que j'étais là ? Tu risquais de tomber si je te surprenais, alors j'ai attendu que tu sois en bas, mais même là..

Il se tait.

Peut-être parce que je souris jusqu'aux oreilles.

– Merde, Parker…

– Mais non, ce n'était pas un test. Je t'assure, Scott, j'essayais juste de… passer le temps. Désolée. Je n'ai pas réfléchi. Mais toi, oui, et c'est…

… pour ça que je t'aime.

On se l'est dit assez de fois pour que ça ne soit pas un grand pas à franchir, mais là… c'est trop tôt. Je me suis même retenue de signer mon mot : « Love, PG. »

– C'est quoi ?

– Rien. Je suis désolée. Tu ne m'en veux plus ?

– Nan, OK. Bon sang, arrête de sourire comme ça, tu me fais flipper.

– Désolée.

Je réussis à arrêter.

– T'étais là quand j'ai failli foncer dans le van des Reiche en juin, pas vrai ?

– Euh…

– Ça veut dire « oui ». La voisine ne serait pas sortie de chez elle pile à ce moment-là par hasard.

– Ouais…

Il est gêné… Non, inquiet, plutôt.

– Tu lui as dit de ne pas me le dire.

– Elle ne m'a pas vu. J'ai pris le journal qui était dans leur allée pour le jeter sur leur porte. Comme ça n'a pas marché, je l'ai balancé sur la fenêtre. Ensuite, je t'ai entendue sortir de chez toi. J'hésitais entre t'appeler et aller cogner sur la camionnette pour te prévenir, quand elle a ouvert sa porte. Je me suis caché derrière les poubelles. Désolé.

– Tu n'as pas raison de l'être. Merci de m'avoir épargné un passage à l'hôpital !

– Je te jure que je n'étais pas en train de t'espionner. Je...

– Tout va bien, je sais ce que tu faisais. Jason me l'a expliqué.

– Jason... ?

– Tu aimes bien courir, maintenant ?

– Au début, je n'aimais pas trop, mais j'y ai pris goût. Ce n'est pas une vraie passion comme ça l'est pour toi, mais faire partie de l'équipe du lycée, ça me fera gagner des points sur mon CV.

– Tu veux être mon guide à la course pour que je puisse m'inscrire aussi ?

– Euh...

– Tu es au courant, non ?

– Ouais, j'ai entendu Underhill en parler. Mais je ne suis pas un sprinter. Je connais quelqu'un qui l'est, je peux toujours lui demander. Moi, je ne suis pas assez rapide pour toi.

– Personne ne l'est. De toute façon, je serai obligée de ralentir. Je peux courir seule au stade Gunther, mais les compétitions se déroulent ailleurs. Pour y participer, il faudrait que je coure avec quelqu'un avec qui je sois à l'aise. La liste n'est pas très longue, il n'y a que toi dessus.

Silence. Déstabilisée, j'ajoute :

– En plus, si tu t'entraînes avec moi, tu vas progresser. Tu seras peut-être devenu un bon sprinter d'ici le début des épreuves.

– Je sais pas…

– Je… Je ne cherche pas à devenir amie avec toi ni rien, c'est juste une question de confiance.

Toujours pas de réponse. C'est ce que je redoutais. J'avais vraiment espéré que…

– Tu n'as pas besoin de me répondre tout de suite. Je te demande juste d'y réfléchir. OK?

– OK.

– Merci. Et aussi…

J'inspire à fond.

– Quand on a parlé chez toi, l'autre jour, j'étais tellement focalisée sur… enfin, sur mon père, que je ne t'ai pas dit le plus important.

– Parker, je ne crois pas que…

Je l'interromps avant qu'il ne me fasse perdre le fil.

– Je voulais te dire…

– C'est juste que je…

– Laisse-moi parler! Tu as déjà essayé de m'en dissuader, mais… je te pardonne quand même. Tu as fait un truc débile, mais je comprends mieux, maintenant, et je te pardonne. OK?

Silence.

– OK?

– OK. Mais je ne vois pas bien ce que tu veux dire par « mieux comprendre ».

– Je pensais que tu savais qu'ils étaient là et que tu m'avais piégée. Je sais, c'est toi qui leur as parlé de nos rendez-vous, mais tu leur as juste dit où et quand. Pour ce qui est de « nous », on n'en faisait pas un secret. Je t'aurais embrassé au beau milieu de la cafète si tu me l'avais demandé.

– Ce serait un peu relou, comme demande.

– Maintenant, oui ; moins quand on a treize ans. Et moi aussi, je n'avais que treize ans. Si ça se passait aujourd'hui, je te demanderais des explications, et ensuite, je leur dirais : « Admirez les pros, les gars, parce que c'est pas demain que ça vous arrivera. » Et je t'embrasserais jusqu'à ce qu'ils en aient marre et qu'ils se tirent. Imagine où on en serait si j'avais fait ça à l'époque !

Scott souffle par le nez. J'espère que c'est une façon de rire, mais je n'en jurerais pas.

– Ça aurait pu se passer comme ça, si je n'avais pas eu treize ans et peur de tout.

– Tu n'as peur de rien.

– Oh, tu me connais mieux que ça. Ou tu me connaissais.

– Tu as peur de quoi, alors ?

– Bah, de certaines dates du calendrier. Des dates anniversaires, par exemple.

– Ça, ça ne s'appelle pas avoir peur, me dit-il doucement, mais pas tout à fait de sa voix de petit ami.

– J'ai peur de ce que les gens pensent, ou de ce qu'ils pourraient penser.

– C'est juste que tu ne leur fais pas confiance. Si j'étais à ta place, moi aussi, ça me poserait un problème.

– Et je fais des progrès, mais j'ai toujours peur que toute ma vie telle que je me l'imagine n'existe que dans ma tête... Parfois, je me dis que si je pouvais vraiment la voir, je me rendrais compte que tout le monde arrange la réalité pour me faire plaisir, ou même participe à une espèce de blague géante pour me rouler. Avec toi, c'était encore pire. Comme tu disais, j'avais l'impression de vivre dans une sorte de rêve. Je flippais à l'idée de me réveiller et de découvrir que ça n'était pas la réalité... Alors au premier soupçon, je me suis dit que c'était arrivé, et je n'ai pas pu en démordre. Et je suis désolée, Scott! Il a suffi d'un truc, d'un malentendu, et je... j'ai pété un plomb!

– Tu avais toutes les raisons de le faire.

– Mais rien ne m'y obligeait! Je passe mon temps à reprocher aux gens de ne pas se mettre assez à la place des autres, mais je n'ai pas essayé une seconde avec toi! Je ne t'ai pas écouté, je n'ai même pas voulu y réfléchir... et si Sarah ne m'avait pas parlé...

– C'est bon.

Il a pris un ton encore plus doux, mais toujours indéchiffrable.

– Mais non! Tu as dérapé une fois, un jour, et moi, je...

j'ai déconné grave et perdu deux ans et demi ! Et tu vaux mieux que moi, parce que tu ne veux pas qu'on te pardonne, alors que moi, si !

– Tu n'as rien fait…

– Mais si ! J'ai refusé jusqu'au bout de regarder les choses de ton point de vue… Quand je pense maintenant à ce que tu as dû ressentir quand j'ai refusé de t'écouter ne serait-ce qu'une minute…

J'ai de plus en plus de mal à parler, avec cette boule qui grossit dans la gorge…

– Hé, c'est pas grave, me dit Scott.

Ses mains se posent sur mes épaules et je me penche en avant pour qu'il me prenne dans ses bras, mais ses mains ne bougent pas. Il ne comprend pas, ou bien il me tient à distance ?

– Je te pardonne, reprend-il. D'accord ? Je crois qu'on peut arrêter de se prendre la tête pour savoir qui doit pardonner à qui. C'est fait. OK ?

Je hoche la tête, en me concentrant sur ses mains.

– Alors… t'as plus besoin de m'éviter, si ? On fait la paix ?

– On fait la paix.

– Je suis sûre que mon père comprendrait, s'il était là. Je lui aurais fait comprendre.

– Je sais. Il me l'a dit.

– Il… quoi ?

Scott me lâche et je me retrouve toute seule dans le noir.

– La dernière fois qu'on s'est parlé, il m'a dit que je ne devais pas te pousser à me pardonner, parce que ça t'apprendrait à absoudre ceux qui te font du mal pour peu qu'ils s'excusent. Mais il a dit aussi que si je te laissais tranquille et que tu revenais, ce serait différent.

– C'est pour ça que tu m'as dit l'autre jour qu'on ne pouvait pas être amis ?

– En partie. C'est compliqué.

– Tout est compliqué, mais…

Allez, Parker, dis-le.

– Tu me manques vraiment.

Ma voix se brise, mais je continue. Il peut m'entendre parler comme ça ; je n'ai rien à craindre.

– Tu étais mon meilleur ami, Scott. Et je… je voudrais retrouver tout ça. Tu me manques vraiment… vraiment beaucoup.

– Toi aussi, tu manques, me dit-il, avec plus de résignation que d'espoir. Ou la personne que tu étais me manque. Mais c'est vieux, maintenant. On a changé.

– Pas tant que ça.

Je voudrais poursuivre, mais je ne trouve pas d'arguments.

– Je ne sais pas, objecte-t-il. J'ai du mal à imaginer cette Parker Grant qui se moquerait des gens et qui continuerait à m'embrasser si elle se faisait surprendre avec moi dans un coin sombre.

– Tu ne trouves pas que ça me ressemble ?

– Dans d'autres circonstances, peut-être, mais ce n'est pas ce que tu as fait. Ce que tu essaies de dire, c'est que tu as changé. Mais moi aussi, j'ai changé.

– OK. Raconte-moi. On a du temps avant le début des cours. On peut commencer à rattraper le temps perdu.

Je replie un peu les bras et j'écarte les doigts en éventail, comme je faisais autrefois quand je voulais qu'il me prenne les mains.

Soit parce qu'il n'a pas remarqué mon geste, soit parce qu'il ne veut pas, il ne les prend pas. Je les plaque sur mon jean.

– Je ne peux pas, me répond-il. Comme j'ai dû venir en avance à cause de Stockley, j'ai prévu de voir quelqu'un.

Je recule d'un pas.

– Ah, OK. Qui ça ?

– Quelqu'un de Jefferson. Tu ne connais pas. C'est pour le boulot.

– Oh… Tu aurais dû me le dire…

– J'allais le faire, mais tu étais sur les gradins, et t'es partie tout de suite sur cette histoire de fourgonnette… Je suis en retard, là, je dois me dépêcher, je n'ai pas le temps de te ramener. On se voit tout à l'heure en maths, OK ?

– OK.

– Désolé.

J'entends ses pas s'éloigner en courant à travers le stade.

En me laissant me dépatouiller toute seule avec ce qui vient de se passer. On a eu ce qui ressemblait à une bonne discussion, aussi bonne que je pouvais raisonnablement l'espérer. Il n'empêche que j'ai le sentiment de m'être pris une gifle.

Il a changé d'avis et dit qu'on pouvait être amis – et un ami a parfaitement le droit de ne pas me prendre dans ses bras, ou de filer retrouver un autre ami qu'il avait prévu de voir. Et il est resté tellement… tellement *Scott* à tous points de vue ! Alors pourquoi je me sens aussi remuée et vide à la fois ?

Est-ce qu'il a accepté qu'on redevienne amis juste pour mettre fin à ces discussions, pour que j'arrête de débarquer chez lui et de lui faire perdre son temps avec mes histoires de rendez-vous ? Pour que j'arrête de jouer les harceleuses hystériques comme Marissa, incapable de renoncer à un truc qui n'est jamais arrivé ?

Au secours, je crois que je vais vomir…

VINGT-CINQ

Le plus long week-end de ma vie. J'y ai survécu en alternant des tonnes de devoirs avec des intermèdes avec Petey. Sheila a même daigné jouer aux Sept Familles avec nous, avant de passer le reste de son samedi avec Faith, Lila et Kennedy, et de rentrer d'une humeur outrageusement enjouée. Je suis sincèrement contente qu'elle se soit amusée et qu'elle soit aussi gaie, mais ma propre humeur n'est pas compatible avec ce genre d'énergie. J'ai fait bonne figure autant que je le pouvais.

Pas de nouvelles de Scott. Je ne sais pas ce que j'espérais, mais quelque chose, en tout cas. J'ai fini par lui envoyer un message dimanche soir sur cette histoire de course en duo. Tout ce qu'il m'a répondu, c'est : « On en parle demain. »

Je suis dans la cour avec Sarah et tout ça me semble

remonter à des années-lumière. Elle a joué les funambules avec moi tout le week-end, à essayer de se montrer présente sans me mettre la pression. Je lui ai dit tout ce que j'avais à dire, et on attend nos patients en silence. Ce qui risque de ne pas attirer grand monde.

Erreur. Pour changer. Franchement, j'en ai marre de ces séances.

– Salut.

Une fille s'assied en face de nous.

– Il faut prendre rendez-vous ?

J'ai déjà entendu sa voix en cours mais je ne la connais pas. Transfuge de Jefferson. Sûre d'elle. Parmi celles qui viennent nous voir, celles qu'on ne connaît pas sont généralement soit timides, soit grandes gueules pour compenser leur position de demandeuses. A priori, je la classe dans la deuxième catégorie. On verra.

– On peut passer à l'improviste, lui répond Sarah. Moi, c'est Sarah, et je te présente Parker…

– Trish Oberlander, dit la fille. Je connais déjà Parker. On a des cours en commun.

– Histoire des États-Unis ? dis-je en faisant un effort de mémoire. Et…

– Littérature anglo-saxonne. Il paraît que vous donnez des conseils ?

– On écoute, nuance Sarah. Les conseils, c'est seulement si on nous les demande.

– Les conseils dont personne ne veut, c'est plus mon rayon, dis-je.

C'est parfait pour faire marrer tout le monde. Je peux peut-être réussir à sauver la matinée.

– Bon, alors, je connais quelqu'un qui…

– Oh, euh… l'interrompt Sarah. On ne fonctionne pas comme ça. Enfin, si c'est de toi qu'on parle, ça fait bizarre de faire semblant de parler de quelqu'un d'autre…

– *C'est* quelqu'un d'autre.

– Alors elle devrait venir elle-même. Tu peux l'accompagner, si elle veut…

– C'est « il », pas « elle », et il ne viendra jamais vous parler de son problème.

– D'accord, mais…

– Vous n'avez que ça à faire ! Je ne vous demande pas de résoudre son problème, je voudrais juste chercher avec vous comment moi, je peux l'aider.

Sarah ne répond pas, et je me demande quelle tête elle fait.

– C'est bon, lui dis-je. Autant passer les dix minutes qui viennent à parler de ça, plutôt que de pourquoi on ne peut pas le faire. Vas-y, Trish.

– OK. J'ai un copain, Frank…

– Frank ? C'est un faux nom ?

– Non, je vous jure qu'il s'appelle Frank. Vous croyez quoi, que vous connaissez déjà tous ceux de Jefferson ?

– Non, répond Sarah platement, sans doute pour signifier qu'elle ne valide pas cette conversation.

– Il sortait avec Bea et ils ont rompu. Mais voilà qu'elle revient lui tourner autour et j'ai peur qu'il se remette avec elle.

– Où est le problème ? demandé-je. S'ils en ont envie…

– C'est ça, le truc. C'est elle qui a rompu, et elle l'a vraiment traité comme une merde. Il a morflé. Mais il faut croire qu'elle n'a pas réussi à trouver mieux depuis, parce qu'elle se ramène en lui faisant les yeux doux. Je ne veux plus qu'elle lui fasse du mal. Lui, il dit que c'est fini, mais j'ai un doute. Il est super sensible et j'ai vraiment peur qu'il retombe dans le panneau.

– T'es amoureuse de lui ? demande Sarah un peu sèchement, sans trace de son empathie habituelle.

– On est juste amis.

– Ce n'est pas ce que j'ai demandé.

Décidément, Sarah n'est pas cool, aujourd'hui. C'est peut-être aussi une réaction à la voix de joueuse de foot de Trish, forte et râpeuse. Mais ce n'est vraiment pas le genre de Sarah de s'énerver.

– Je ne suis pas amoureuse, ça te va ? On peut être amie avec un mec sans vouloir coucher avec lui. T'étais pas au courant ?

– Si, si, absolument, dis-je d'un ton apaisant, assez stupéfaite de la brusque inversion des rôles entre nous deux.

Qu'est-ce qui te fait croire qu'il ne pourrait pas y aller la tête froide, sans se précipiter ? En se donnant le temps de voir s'il peut lui faire confiance ?

– Dans un monde parfait, peut-être, mais on parle de Bea. Même si je ne la connais pas, elle a une réputation de grosse garce. On m'a répété des trucs qu'elle aurait dits, je n'arrive pas à y croire. Apparemment, rien ne l'arrête, et je la vois très bien dire à Frank pile ce qu'il a envie d'entendre. Il ne faut pas confondre confiance et confiance aveugle, si je peux me permettre.

Je souris – tout va bien –, même si elle commence à m'épuiser, vu le peu d'énergie que j'avais au départ.

– Il n'y a pas de demi-mesure avec Frank ; il ne connaît pas le sens du mot « lentement ». S'il décide de se remettre avec elle, il va foncer direct.

Je laisse une chance à Sarah, qui ne la saisit pas. Alors je dis :

– Je ne crois pas que ça va te plaire, mais à mon avis, tu ne peux rien y faire. C'est sa décision.

– Je m'attendais à ce que vous me répondiez un truc de ce genre. Mais quelle amie je serais si je restais les bras croisés ? Je ne peux pas lui dire ce qu'il doit faire, mais si je parle à Bea, si je lui dis « bas les pattes », ça pourrait marcher. Elle pourrait se décider à lui ficher la paix si elle sait que je suis prête à tout pour montrer quelle genre de pétasse elle est et l'écrabouiller.

– L'écrabouiller ? Comment tu comptes faire ça ? Tu vas la dérouiller ? Lui exploser une canette de bière sur la tête ?

– Pourquoi pas ? S'il faut en arriver là.

– Euh…

Je suis un peu perdue. On a eu notre lot de dingues, Sarah et moi, mais celle-là est sans conteste dans le peloton de tête.

– Je crois qu'on a fait le tour, déclare Sarah, d'une voix qui signifie clairement qu'on a fait le tour.

– Non… dis-je. Pour info, j'ai un dernier truc à ajouter : non seulement s'en prendre à quelqu'un avec une canette de bière n'est pas une bonne idée, mais c'est une putain de connerie – pardon pour les gros mots. Et ce n'est pas une façon de protéger ton ami. On dirait plutôt que tu es amoureuse de lui et que tu refuses de l'admettre.

– Au contraire, Parker. Personne n'est amoureux de personne, dans cette histoire. Et ça ne changera pas.

– On a compris, signale Sarah.

– Moi non. C'est sérieux ou c'est une blague ? Il y a vraiment un Frank ou tu te fiches de nous ?

Sarah pose une main sur mon poignet.

– Oh, c'est on ne peut plus sérieux, tu peux me croire, m'assure Trish en se rapprochant. Il s'appelle vraiment, enfin, Francis – Frank, c'est le diminutif –, même si ce n'est que son deuxième prénom. Il n'y a pas beaucoup de gens qui le savent.

Mes poils se hérissent sur mes bras, et je comprends enfin ce que Sarah a dû deviner depuis un moment : que Trish parle de Scott Francis Kilpatrick. Je connais son deuxième prénom, bien sûr, mais je l'utilisais rarement, sauf pour le mettre en boîte.

– Ça y est, Bea, t'as capté ?

– Parce que c'est moi, Bea ?

Je me raidis en pensant à la canette.

– C'est le nom que tu as inventé pour moi ?

– Ce n'est pas un nom… Oh, tu pensais à « Bea » ? Non, c'est des initiales, comme dans B.A-BA. Le B, c'est pour « bouffonne ». Pour le A, tu peux deviner toute seule.

Elle se lève brusquement, et la main de Sarah tressaille sur mon bras.

– Tu as eu ta chance, mais là, c'est terminé. Scotty ne veut plus avoir affaire à toi. Il est juste trop gentil pour venir te le dire lui-même. Moi, ça ne me pose pas de problème. Alors je te le dis : fous-lui la paix. *Maintenant,* on a fait le tour.

Elle s'en va d'un pas lourd.

– Ça va ? me demande Sarah.

Non, ça ne va pas. Ça ne va pas du tout. J'ai la tête qui tourne. Je fouille dans mon sac à la recherche de mon portable. Puis je le lui tends, parce que j'ai les mains qui tremblent et que je veux une réponse rapidement.

– Envoie-lui un message : « Es-tu ami avec Trish ? » Juste ça.

– Tu ne dois pas le voir en maths dans quelques minutes ?

J'agite le téléphone et j'ajoute, en me forçant à rester calme :

– S'il te plaît.

Elle le prend. J'entends le petit bruit de courant d'air qui signale le départ du message.

– Une chance qu'elle ne soit pas venue avec une canette de bière, dis-je.

– Quoi ?

– Je n'aurais pas trop aimé me la prendre sur la tête.

Continue à frimer. Ça t'aidera à tenir. Accroche-toi, attends tranquillement la réponse de Scott. Trish a peut-être raconté n'importe quoi.

– J'ai un nouveau surnom, on dirait.

– Tu crois que ça voulait vraiment dire… ?

– Bouffonne aveugle, ouais.

– J'y crois pas.

– Bea… B.A. Tu sais quoi ? Ça me plaît bien…

– Non, mais tu rigoles ? Et… Et quand bien même, si quelqu'un s'avisait de t'appeler comme ça, c'est moi qui me chargerais de lui avec une canette de bière !

J'essaie de sourire, mais ça ne donne qu'une grimace. Ma capacité de déni s'effiloche de seconde en seconde. Trish n'aurait jamais pu savoir tout ça sans être proche de Scott.

Bzzz.

– Il dit : « Ouais. Elle t'a parlé ? »

Je ne sais pas comment me remettre à respirer sans le faire bruyamment, ce qui déclencherait par effet boule de neige un tas d'autres bruits que je me refuse à faire ; pas ici, pas dans la cour… Ça ne va pas recommencer…

Je pose le front sur le bois rugueux de la table.

– Hé, Parker… ça va ?

Sarah glisse un bras autour de mes épaules.

J'avale ma salive, je m'éclaircis la gorge et j'arrive à articuler tant bien que mal :

– Tu me feras un câlin plus tard, OK ? Je… Tout de suite… je ne peux pas.

Elle se dégage et me prend la main. Je serre la sienne de toutes mes forces.

Peut-être que je ne sais plus qui est Scott… qui m'envoie cette inconnue pour me balancer ça…

Bzzz bzzz bzzz.

– Il appelle.

– Éteins.

Le vibreur se tait.

– Je suis désolée, Parker.

– C'est rien.

– Dis pas ça.

– C'est rien. Il y a huit jours, je ne voulais pas lui parler non plus. Maintenant, on est quittes.

Silence.

– Qu'est-ce que tu vas faire ?

– Pareil que d'habitude.

– Je te rappelle que dans dix minutes, tu seras assise à trois mètres de lui.

– Et alors ? Je ne le verrai pas.

VINGT-SIX

Malgré mon abattement, je ne peux pas m'empêcher d'être plutôt fière de moi. J'agonise, mais j'arrive à donner le change très honorablement. Je me répète en boucle ce que j'ai dit à Sarah il y a dix minutes : il n'y a pas si longtemps, je ne faisais pas confiance à Scott et je ne voulais plus entendre parler de lui. Du coup, je n'ai pas beaucoup de chemin à parcourir pour revenir au point de départ. Je n'ai pas d'inquiétude sur notre capacité à replonger dans notre silence mutuel et à éviter le conflit.

– Interro surprise ! dis-je lorsqu'un silence menace de me ramener à mes sombres pensées. TDN, donne-moi les formules du sinus, du cosinus et de la tangente.

– OK ! Sinus opposé à l'hypoténuse, cosinus adjacent à l'hypoténuse, et tangente opposée à l'hypoténuse.

– Vingt sur vingt ! Mention très bien !

– C'est un peu grâce aux Affreux Hippies.

– Pas du tout ! La victoire te revient entièrement. Et tu as droit à une étoile dorée pour avoir dit « l'hypoténuse » et pas « le côté de travers ».

Sait-on jamais : les fanfaronnades vont peut-être me permettre de surmonter la journée.

– Salut, Parker, me fait Scott en s'affalant sur sa chaise. Alors, Trish est venue te parler ou pas ?

Il a l'air *excité*, en plus ! C'est-quoi-ce-bor-del ?

– Quoi ?

J'ai pris ma voix hérissée de mille poignards de glace.

– Trish Oberlander. Elle…

– Je sais, merci. J'y étais. Pourquoi tu me parles ?

– Je… euh… OK. Je sais que ce n'est pas ce que tu avais envie d'entendre, mais…

Son ton bat le record mondial de la chute en piqué.

– Tu peux garder tes opinions pour toi.

Les poignards de glace ont dû atteindre leur cible, parce que je ne l'entends plus.

.·.· .·.· .·.·

Pendant qu'on range nos affaires à la fin du cours, je ne sais pas trop si je préférerais que Scott continue à la boucler ou qu'il fasse une nouvelle tentative, pour me donner le plaisir de lui fermer le clapet une deuxième fois. Il se décide avant que j'aie pu trancher.

– Parker, je sais que tu es encore fâchée contre moi, me dit-il doucement. Mais tu peux quand même me répéter ce que tu lui as dit ?

– À Trish ? Tu veux qu'on la rejoue ? T'avais qu'à venir, aussi.

– Je voudrais juste savoir si tu vas le faire.

– Faire quoi ?

– Courir avec elle !

Mon cœur se retourne dans ma poitrine, deux fois, comme s'il voulait s'échapper de ma cage thoracique. Tout à coup, j'ai le visage en feu au point que ça me brûle, et je sais que je suis en train de devenir écarlate.

– Courir… ?

Ma gorge se verrouille avant que je puisse prononcer un mot de plus.

– C'est notre sprinteuse la plus rapide. Ça m'étonne qu'elle ne te l'ait pas dit. Elle ne rate jamais une occasion de s'en vanter. Je lui ai parlé samedi et elle m'a répondu qu'elle voulait d'abord en savoir plus sur toi. Je crois qu'elle a vu Jason et je ne sais qui d'autre. Quand tu m'as envoyé un message ce matin, j'ai cru que c'était parce qu'elle te l'avait proposé. Elle ne l'a pas fait ?

Incapable de parler, je secoue la tête, tellement vite que ça doit ressembler à une crise d'épilepsie plus qu'à une réponse.

– Oh. Elle a peut-être voulu prendre le temps de mieux te connaître, ou elle a changé d'avis… Désolé, Parker, je… euh… (Il pousse un gros soupir). Merde.

Je n'arrive plus à respirer. Putain… j'y… arrive… plus…

– Faut qu'on sorte… Prends ses affaires, dit Molly à toute vitesse.

Elle m'attrape par-derrière, une main sur chaque épaule, et me pousse dehors. Je me laisse faire en trébuchant et en comptant sur elle pour m'éviter les obstacles.

– Mais…

– Toi, Scott, tu restes là. Ça va aller.

On gagne les toilettes en titubant dans le couloir. J'arrive tout juste à me retenir jusqu'à ce que la porte se referme derrière nous.

.:. .:. .:.

Je suis assise sur un abattant de toilettes tandis que Molly m'attend près des lavabos. Je n'ai pas émis un son depuis au moins cinq minutes, après vingt bonnes minutes de larmes, et elle ne me demande pas si ça va. Je la remercie intérieurement pour ça. Cette fille est une télépathe. Au bout d'à peine quelques semaines, j'ai bon espoir de m'en faire une amie à vie.

Je finis par sortir.

– On ferait mieux de retourner en cours.

– On ira au prochain.

Je tends la main. Quand elle la prend, je l'attire à moi et je la serre fort.

– Merci.

Elle me serre plus fort.

– Tu ne te doutais pas dans quoi tu mettais les pieds avec moi. Pas de regrets ?

– Non. Mais n'en profite pas pour tester mes limites.

– Je ne te promets rien !

Je la libère.

– Bon, et je fais quoi, moi, maintenant ?

– Tu as envie de faire quoi ?

– De me faire tatouer « Ne jamais tirer de conclusions hâtives » en braille sur le bras. Histoire de me le rappeler dix fois par jour. Bon Dieu, ce que je suis conne !

– Quoi que tu aies pu faire, il te le pardonnera.

– Je sais, mais…

– Et il t'aime toujours. Je le sens à chaque fois que je le vois.

– Eh bien, non. Trish me l'a dit ce matin.

Molly rit.

– Oh… si Trish te l'a dit, alors… C'est ça, le problème ?

– Tu la connais ?

– Trish Oberlander ? Celle qui tente tout, qui réussit tout, qui exagère tout, qui fait trop tout ? Elle t'a dit que Scott ne t'aimait pas ? Et tu l'as crue ?

– Elle a dit que Scott le lui avait dit.

– Et ton tatouage, il te dit quoi ?

– Pitié, Molly, je ne suis pas d'attaque, là.

– Vous avez des points communs, Trish et toi : vous foncez toujours à trois cents à l'heure la tête la première sans regarder où vous allez. Vous pouvez devenir soit les meilleures amies du monde, soit des ennemies jurées.

– Je n'ai rien à voir avec elle. Je ne parle pas comme ça aux gens. Jamais.

– Qu'est-ce qu'elle t'a dit ?

– Qu'elle me tailladerait avec une canette de bière si je me remettais avec Scott et que je lui brisais le cœur une deuxième fois.

– Hmm. Si quelqu'un brisait le cœur de Sarah et revenait ensuite avec un bouquet de fleurs, tu lui dirais quoi ?

Au bout d'un moment, je réponds :

– Je lui dirais : « Molly, je crois qu'on ne peut plus être amies. »

Elle rit.

– Alors tant pis. Bon, tu te sens prête ?

– Où sont mes affaires ?

– Oh… c'est Stockley qui les a prises. Il est sorti juste après nous…

Molly ouvre la porte.

– Comment elle va ?

La voix de TDN vient de quelque part en bas – il a dû

s'asseoir contre le mur du couloir. Il ajoute en se levant :

– Tiens, voilà ton… machin. Je n'ai pas voulu le laisser dans la salle.

Je tends le bras et je sens mon sac frôler ma main droite. Je ne le prends pas.

– Elle veut un câlin, traduit Molly.

– Oh, fait-il, sans s'exécuter.

– Pose… ce sac… par terre, lui ordonne-t-elle.

J'entends un froissement et il me serre doucement contre lui. Il est encore plus grand que je ne l'avais supposé vu la provenance de sa voix, et baraqué comme un joueur de foot.

– OK, commente Molly. Si tu serrais dans tes bras une petite chose fragile comme Faith, ce serait la bonne méthode. Mais avec Parker, il vaut mieux y aller carrément.

Comme je ne contredis pas, il me serre fort et me soulève du sol. Je pousse un petit cri perçant et il me repose.

– Merci, Kent, dis-je.

– Personne ne m'appelle jamais comme ça !

Ça n'a pas l'air de lui déplaire.

VINGT-SEPT

– Mange au moins ton sandwich, me dit Molly.

– Ouais.

Je me sens autant capable de mordre dans ce truc à la dinde et au gruyère, de mâcher, mâcher, avaler et recommencer vingt fois que de soulever un autobus.

– Tu veux une boisson ? Un… C4 ?

Je secoue la tête. Si elle n'a pas vu mon geste, elle me redemandera. Elle l'a vu.

Sarah fait toujours la queue au comptoir. Je n'ai pas beaucoup de souvenirs des deux dernières heures. Je sais très bien que je cultive cet état de stupeur, que je joue la montre, comme si ça allait régler mes problèmes, effacer ma stupidité. C'est bizarre d'en être consciente, d'en percevoir le ridicule et de s'obstiner malgré tout.

Sarah s'assoit avec son plateau.

– Merde, dit-elle. Je reviens.

Elle commence à se relever mais Molly l'interrompt :

– Laisse-le venir.

– Tu déconnes ? C'est…

– C'est bon, persiste Molly.

Je suppose qu'il est trop tard, maintenant, parce qu'elles se taisent, puis la voix de Scott me dit :

– Parker, j'ai appris ce qui s'était passé. On peut se parler une minute ?

– Elle n'a pas envie de t'écouter, lui répond Sarah.

Elle n'a pas sa voix de maman tigre ; plutôt celle de quelqu'un qui se trouve pris entre deux feux et qui est obligé de choisir son camp, et ça me brise le cœur encore plus. Je n'ai pas eu l'occasion de lui expliquer que Scott n'y était pour rien.

Je me lève.

– Je n'avais pas faim, de toute façon.

– On garde tes affaires, me précise Molly.

Je tends la main, et l'avant-bras de Scott se cale en dessous.

Il m'emmène dehors et on marche une minute, mais pas en ligne droite. Du coup, je ne sais pas où on va, si ce n'est qu'on a quitté le béton pour l'herbe.

– Je suis vraiment désolé. Trish n'aurait jamais dû te parler comme ça. Il faut que tu me croies, je n'étais pas au courant.

– J'aurais pu le deviner. Désolée d'avoir fait ma pétasse tout à l'heure en cours.

– Non, c'est normal. Je lui en veux, et je le lui ai fait savoir.

– Mais c'est vrai ? Tu veux que je te fiche la paix ?

– Je ne lui ai jamais dit ça ! Je lui avais juste parlé de cette histoire de course. Je ne lui avais même pas raconté qu'on était sortis ensemble.

– Elle l'a peut-être su par Jason. Mais peu importe. Je veux juste savoir si c'est vrai.

– Bien sûr que non. Je ne veux pas que tu te tiennes à l'écart. On est amis.

– Juste amis… ?

Mon cœur cogne dans ma poitrine, parce que c'est sorti tout seul et que j'aurais préféré me taire. C'est sincère, d'accord, mais je n'aurais pas choisi ce moment-là pour relancer le sujet.

Il rit, d'un rire forcé.

– Ben, on vient juste de se rencontrer, d'une certaine façon.

Je plaque mes mains sur mes cuisses. Je redoute ce qui pourrait encore sortir si je rouvre la bouche.

– Enfin, c'est compliqué, reprend-il.

J'essaie de sourire, mais le résultat ne doit pas être convaincant. J'hésite entre insister et laisser tomber.

– On ne me la fait pas, Francis. Je sais ce que ça cache, ce genre de formule.

– Ah oui ? Et quoi donc ?

Il y a un sourire dans sa voix, un sourire triste.

– C'est juste un prétexte quand on est gêné ou qu'on ne veut pas dire un truc.

– Ah, tu es trop intelligente pour moi.

Je m'arrête et je me tourne pour lui faire face.

– Tu ne t'en tireras pas comme ça. Quoi que ça puisse être, dis-le.

– Quoi ?

– On n'a pas besoin de discuter des heures. Autrefois, tu m'aimais. J'ai rompu, et au bout d'un moment tu as arrêté de m'aimer. Si c'est ça, il suffit de le dire.

– Bon sang, Parker… Toi, tu m'aimes ?

– Oui.

Apparemment, j'ai choisi d'insister.

– OK… Et il y a un mois, tu m'aimais ?

Je fronce les sourcils.

– Sincèrement.

– Pas exactement, mais…

– Ça s'est rallumé ? Comme ça ?

Il claque des doigts.

– Non, mais…

C'est difficile à expliquer.

– Tu vois ? *C'est* compliqué.

Il a sans doute raison.

– Tu es trop intelligent pour moi.

Silence.

– Ramène-moi, s'il te plaît. À la cafétéria.

– OK. Je suis vraiment désolé, pour Trish.

Je me contente de hocher la tête et la conversation s'arrête là.

.·. .·. .·.

Après toutes les heures que j'ai passées à travailler le week-end dernier, Molly et moi, on a vite fait d'expédier nos devoirs à la bibliothèque. Comme on a terminé nos exercices de maths en cours, on n'a pas besoin d'attendre Kent. Je me dirige vers la piste d'athlétisme tandis que Molly va retrouver sa mère dans sa salle de classe. Je bifurque vers la rue. Je n'ai pas menti, je voulais vraiment aller voir Underhill, mais tout compte fait, je ne me sens plus d'attaque. La journée a été horrible et je me sens vidée. Le retour silencieux à la maison dans la voiture de tante Celia, je pourrais encore. Mais la famille, Petey et son énergie… rien que l'idée m'épuise.

Il est encore trop tôt pour que tante Celia s'attende à ce que je l'appelle. Je décide de rentrer à pied. J'ai besoin de ce sas de méditation, de calmer la tempête qui tourbillonne dans ma tête. J'ai trois kilomètres à parcourir et je n'ai pas fait ce trajet à pied depuis plus d'un an, mais je connais le chemin.

Au bout d'une demi-heure, je m'apprête à jeter l'éponge.

Je n'arrive pas à me vider l'esprit. Les scènes des derniers jours passent et repassent en boucle comme des chansons coincées dans ma tête. Même les scènes sympas n'arrangent rien ; au mieux, elles me donnent juste un sentiment de nullité ; au pire, elles rendent les autres moments encore plus sombres.

Serais-je en train de m'apitoyer sur mon sort ? Il ne manquerait plus que ça, tiens ! Non, je ne veux pas de pitié, même pas de la mienne. Si je suis partie à pied, c'est aussi parce que je ne veux pas qu'on me voie dans cet état… Sauf qu'on ne peut pas se cacher de soi-même ; moi, du moins, je n'en suis pas capable, avec mon cerveau troll toujours en veille, toujours aux aguets. Si je me sens si abattue, c'est peut-être en partie parce que je ne sais pas vraiment pourquoi. Peut-être qu'en mettant les choses à plat, en les examinant honnêtement, je pourrais avancer, ou du moins me rendre compte qu'il n'y a rien de si grave.

Mais c'est la troisième fois que je prends cette résolution, et ça ne m'a pas empêchée de me perdre de nouveau dans les souvenirs… Pas seulement les derniers, mais papa, et Scott avant ça… et même ma mère.

Je n'aurai plus jamais de père, ni de mère. Ces liens-là sont définitivement perdus. Il y a mes amis… les membres de ma famille étendue, celle que je me suis choisie. Mais rien ne remplace l'âme sœur, celui qu'on embrasse, qui vous inspire de la passion et qui en éprouve pour vous.

Voilà ce que j'ai perdu en quatrième. Ça peut paraître

assez ridicule de croire qu'on a trouvé l'âme sœur au collège ; mais pas plus tard que la semaine dernière, tout est remonté et j'ai replongé comme une petite fille dans un costume de Cendrillon.

Est-ce cela qui s'est passé ? J'avais trouvé le bon, j'ai tout fait foirer, et maintenant, c'est fini ? Quoi qu'il puisse advenir plus tard, je peux juste espérer me caser ?

Non, je ne peux pas y croire. Même si la foudre *peut* frapper deux fois au même endroit, ce n'est pas pour ça que ça va se produire. Même si ça arrive – dans un an, ou dix, ou cinquante –, en quoi ça peut réparer ce grand trou douloureux dans ma poitrine, là, maintenant ?

Je ne marche plus, et je ne me rappelle pas m'être arrêtée. Je me tiens un peu repliée sur moi-même et je respire par à-coups, en prenant bien trop appui sur ma canne qui va finir par casser. Je réalise que je viens de faire un truc que je n'avais jamais fait auparavant : parcourir plusieurs rues mécaniquement, sans dessiner la carte des lieux dans ma tête. Je ne sais pas du tout où je suis.

Il suffisait de suivre dix-sept pâtés de maisons, de tourner à gauche et de longer encore neuf pâtés de maisons jusqu'au stade Gunther. Mais je l'ai toujours fait en zigzag : un pâté de maisons, le suivant à gauche, un coup à droite, un à gauche, jusqu'à ce que j'aie pris neuf fois à gauche, et enfin les neuf derniers pâtés en ligne droite. J'ai passé combien de croisements, là ? Quatre ? Six ? Huit ? J'ai perdu le compte. J'ai aussi la vague impression que je n'ai pas tourné à gauche à chaque fois. Je suis perdue.

J'ai du mal à respirer. La douleur dans ma poitrine s'intensifie. Comment une douleur imaginaire peut-elle être aussi concrète ? Je pose un genou à terre, en continuant à peser sur ma canne. Je n'entends pas de bruits de moteur ni de pas ; personne à qui demander le nom de la rue ni ce qui se trouve devant moi. Je ne peux même pas appeler quelqu'un pour lui demander de venir me chercher, puisque je ne sais pas où je suis.

Du calme. Pas de quoi paniquer. Tu peux toujours aller frapper à une porte pour demander l'adresse et, ensuite, appeler qui tu voudras pour te sortir de là. Mais bon sang, ton portable peut te localiser et t'indiquer la route à suivre ! Tu n'as même pas besoin de savoir où tu es ! Bon, tu te relèves, tu prends ton portable… Dépêche-toi, avant qu'on te voie comme ça. Pas la peine d'attendre que quelqu'un appelle les flics ou le Samu, ni même d'autres passants, et que tu te retrouves cernée par des inconnus. Il n'y a rien de grave. Arrête de te conduire comme un bébé. Relève-toi. Debout ! Tu vas finir par péter ta canne !

Oh, c'est pas vrai, ne commence pas à pleurer. Ne pleure pas. Ne pleure pas, bordel ! Ou si tu y tiens, attends d'être dans ta chambre ; mais pas ici, au milieu de nulle part ! Respire, relève-toi et…

Merde ! Je te l'avais dit, que tu allais casser ta canne…

VINGT-HUIT

Les règles ne valent pas que pour les autres. Je m'en impose aussi. La dernière était l'interdiction de pleurer, que Sarah m'a convaincue de laisser tomber. Je ne sais toujours pas si j'ai bien fait, ou si ses arguments m'ont servi de prétexte pour couvrir le fait que je ne saurais pas m'y tenir.

Une autre règle est de toujours avoir une canne de rechange. Avant, j'en avais une. Mais la première a tenu très longtemps, jusqu'à un stupide accident de portière de voiture. En prenant l'autre, il ne m'a pas paru urgent d'en commander une nouvelle et j'ai fini par oublier. Je n'ai donc que celle-ci pour au moins quarante-huit heures, même en payant un supplément pour livraison rapide.

Elle n'est pas vraiment cassée. La section du milieu s'est tordue et ma main a dérapé. Ça m'a fait sursauter, et ça me donne un problème concret à résoudre. Assise sur le trottoir, j'inspecte les dégâts du bout des doigts. Elle est courbée d'environ dix degrés, ce qui ne la rend pas inutilisable. Il m'en faut une autre, c'est clair, mais celle-ci fera l'affaire en attendant. Il faut que je pense à en commander deux.

Une voiture ralentit, s'arrête, et une femme d'un certain âge me demande si j'ai besoin d'aide. Je lui adresse mon plus beau sourire et je décline son offre en la remerciant, mais j'en profite pour lui demander l'adresse de la maison qui se trouve derrière moi. Puis elle s'en va. Je pourrais rentrer à pied, mais je préfère appeler Sheila.

Je lui raconte la vérité : que j'avais envie de marcher, mais que j'ai abîmé ma canne. À mon avis, elle devine qu'il y a autre chose, mais elle se contente de me répondre qu'elle arrive. Je trouve un arbre contre lequel je m'appuie et je replie ma canne, que je range dans mon sac. Sinon je sais par expérience qu'elle aura l'effet d'un signal radio, attirant toutes les bonnes âmes qui ne peuvent pas voir un aveugle immobile sans en conclure qu'il a besoin d'aide.

La voiture de tante Celia se gare devant moi. Comme il n'y a pas de musique, j'en déduis que c'est tante Celia. Mais j'entends la portière qui s'ouvre et la voix de Sheila :

– Mais putain, qu'est-ce que t'es venue fabriquer ici ?

– J'attendais que mon prince vienne me sauver. Merci, prince Sheila.

– En attendant, prince Sheila bloque la circulation. Tu viens ou quoi ?

Il s'avère qu'il y a des véhicules garés tout le long du trottoir. Je gagne la voiture en zigzaguant entre eux version bille de flipper. Je monte et je claque la portière. Sheila part à fond de train sans attendre que j'aie bouclé ma ceinture.

– Tu veux aller quelque part ? Ailleurs qu'à la maison ?

– Comment t'as deviné ?

– T'as pas atterri ici sans raison. Tu connais ton chemin dans cette ville… Alors, on va où ?

– C'est le grand amour, maintenant, entre nous ? Parce que je connais un bon coin pour les papouilles.

– Je te rassure, on n'en est pas là. Mais si un jour, par miracle, j'ai un rancard, ça pourra servir. Tu me guides.

– Prends la prochaine à gauche.

Elle le fait, en plus !

– Et maintenant ?

– Euh, trois fois à gauche. Mais bon sang, comment je le saurais ? Avec toute ma bonne volonté, je suis assez lamentable comme copilote.

– Je sais pas, moi. Je croyais que tu te repérais, que tu comptais les stops, le nombre de carrefours. Tu sens quand on tourne, non ?

– Oui, mais ça s'arrête là. J'aimerais bien être aussi maligne que tu le crois, mais désolée.

– Je suis sûre qu'en te fatiguant un peu, tu y arriverais.

Mais je ferais comme toi s'il y avait toujours quelqu'un pour me conduire à droite, à gauche.

– Tu vois la grande colline près de la plage ? Elle est visible de partout.

– Oui, oui, je la vois.

– Il y a une route qui mène à un panorama tout en haut… C'est censé être facile à trouver.

– OK. Détends-toi, je gère.

– Ça marche.

– Parfait.

– Parfait.

Je cale ma tête sur l'appuie-tête et je souris. Pas longtemps.

– Minute ! Comment ça, si un jour, par miracle, t'as un rancard ? Tu as un mec à Londres, non ?

– J'avais.

– Oh… Et depuis quand vous… Oh… C'était la semaine dernière ? Juste avant que tu passes me prendre ?

– Tu vois, quand tu veux.

– Ah, merde ! Désolée. Qu'est-ce qui s'est passé ?

– On bavardait sur Facebook et il m'a sorti qu'il n'était plus très chaud pour poursuivre une relation à trois mille kilomètres de distance.

– Aïe.

– J'en ai bavé pendant deux jours, j'avoue… Mais finalement, il ne me manque même pas.

– Tu ne tenais pas vraiment à lui ?

– Si, mais en partie parce que je croyais que lui tenait à moi. Ça ne m'intéresse pas de jouer les petites amies de service. Maintenant, je lui en veux surtout de m'avoir fait croire que c'était sérieux, et je m'en veux à moi d'être tombée dans le panneau. Toute cette perte de temps et d'énergie !

– Tu parles souvent à tes amis de là-bas ?

– Surtout sur Facebook. Plus trop par téléphone ou par mails. Ils sont tous... pris par le lycée, tout ça...

Je n'ai rien à répondre à ça, rien qu'elle n'ait pas déjà dû trouver toute seule.

– Je commence à me dire que ce déménagement avait du bon, finalement. Ça m'a montré qui étaient mes vrais amis. Le total n'a rien d'enthousiasmant, mais je sais à quoi m'en tenir.

– La vérité ne fait pas le bonheur ; c'est juste la vérité.

– Faith a raison, tu *es* une philosophe !

– Elle ne m'a jamais dit ça. C'était un compliment ou une insulte ?

– Va savoir, avec elle.

– Dans le cas présent, sans doute les deux.

La voiture s'arrête et Sheila éteint le moteur.

– Tu rigoles ?

– Quoi ?

– C'est totalement ridicule ! C'est ça, le coin des rancards ? Pour les retraités, peut-être. Ils ont même prévu des bancs et un petit kiosque. Tu es sûre que c'est ici ?

– Avec ce bandeau sur les yeux, j'ai un doute.

– T'as qu'à l'enlever.

Je ricane. Elle enchaîne :

– Je parie que tu n'es même pas aveugle. C'est juste du cinéma pour attirer l'attention. Un appel au secours, quoi.

Je souris.

– Bah, depuis le temps que ça dure, plus qu'à continuer. Jure-moi que tu ne le répéteras pas !

– Tu veux que je te traite comme une aveugle ?

Il n'y a plus de trace de plaisanterie dans sa voix. C'est une vraie question.

– Non. J'ai tous les autres pour ça.

J'ai envie de poser ma tête sur ses genoux, comme Sarah l'a fait avec moi l'autre jour. Mais je m'abstiens. L'envie me suffit.

– Encore désolée pour l'épisode de la voiture l'autre jour, Sheila. J'ai été nulle.

– C'est bon, c'est réglé ! Mais qu'est-ce qui t'arrive ? Je t'ai amenée ici pour t'épargner un après-midi à jouer aux Sept Familles avec Petey, pas pour que tu me sortes les violons ! Après un bel été hérissé de… piques, on passe aux excuses baveuses ? C'est à cause de Scott Kilpatrick ?

– Euh…

– Faith m'a raconté. Elle a dit que ce n'était pas un secret. Elle a eu tort ?

– Non.

– Elle pense que tu craques à cause de ton père, et c'est logique, mais à mon avis, il n'y a pas que ça. Faith ne sait pas vraiment ce que c'est, une rupture.

Elle s'interrompt un moment et abandonne son petit sermon pour un ton de conspiratrice :

– Tu ne trouves pas ça bizarre, toi, de ne pas avoir de petit ami quand on est aussi populaire qu'elle ? En principe, la popularité, ça tient pas mal à la personne avec qui tu es en couple, et elle n'a personne !

– C'est ça qui est super fort : elle arrive à être populaire par elle-même, pas parce qu'elle sort avec le capitaine de l'équipe de foot.

– Tu veux dire le quarterback ?

– On s'en fout. Mais il ne faut pas croire : elle en a, des rancards. Mais elle ne voit jamais les mecs plus de trois ou quatre fois. Elle est atrocement difficile.

– Tu peux parler.

– Oui, enfin, mes exigences restent accessibles. La preuve : j'ai déjà rencontré quelqu'un qui les remplissait.

– Ton problème, c'est que tu penses qu'il est le seul.

Je ne trouve rien à répondre à ça ; rien qui ne tombe pas dans la catégorie des lamentations.

– J'ai pas raison ? insiste-t-elle.

– Je n'ai pas encore les idées très claires là-dessus. Pas sûr qu'elles le soient un jour.

VINGT-NEUF

– Tu m'épates d'être venue aux Heures de consultation, me déclare Sarah. Vu comment ça s'est passé la dernière fois…

– Ils n'auront pas ma peau. J'ai une réputation à défendre.

– Tu vas en avoir l'occasion dans la minute qui vient. Je voulais juste booster un peu ton estime de toi avant.

– Avant quoi ?

– Parker, c'est Trish. Scott m'a demandé de venir m'excuser, alors je viens m'excuser.

Ouah. Clairement, elle ne s'excuse de rien du tout. J'ouvre mon sac pour fourrager dedans.

– OK. Attends une min…

– Tu fais quoi ?

– J'ai un carnet… avec une liste de trucs à cocher. Maintenant, je peux cocher la ligne qui dit : « Trish est venue *s'excuser* pour m'avoir menacée de me frapper avec une canette de bière. »

– J'ai jamais dit ça !

– En fait si, mais j'ai entendu pire. (Je referme mon sac.) T'inquiète, je n'oublierai pas. Excuses acceptées. J'imagine que « Frank » viendra vérifier ? Auquel cas, je te rassure, je lui dirai que tu as accompli ta mission.

– T'es peut-être pas totalement débile, finalement.

– Pas encore mais ça peut venir.

– Si tu veux entrer dans l'équipe, je veux bien courir avec toi.

J'éclate de rire.

– Et pourquoi, moi, je voudrais ?

– Parce que je suis la plus rapide, réplique-t-elle sans se vexer. Garçons et filles confondus. Et que personne d'autre n'est prêt à le faire. Le prof nous en a parlé hier quand il a vu que tu ne venais pas.

– Ah oui ? fais-je, sceptique. Tu es la *seule* qui ait accepté de courir avec moi ?

– Bon, deux autres ont levé la main, mais c'est des vraies limaces. Et je suis plus proche de toi en taille, ce qui nous donne la même longueur de foulée. Eux, ils ne réussiraient qu'à te faire des croche-pieds. Parmi les autres, il n'y en a aucun qui aime le sprint. Ils se sont tous inscrits pour faire de la course de fond. C'est juste Underhill qui leur force la main pour compléter l'équipe.

– Au moins, je n'aurais pas à avoir peur qu'ils me fassent foncer exprès dans un poteau.

– Ha, t'as pas besoin de moi pour ça. Je t'ai vue te marcher sur le pied l'autre jour quand tu courais pour le prof. Pas de quoi pavoiser. C'est facile d'aller vite, si on est prêt à se ramasser la moitié du temps. Je m'attendais à ce que tu refuses, mais bon, au moins je t'aurai proposé. À plus…

– Attends. Je n'ai pas dit non.

– Mais tu vas le faire, m'intime Sarah.

– Pourquoi ? C'est la plus rapide après moi, elle est d'accord, et je te parie qu'elle serait ravie de mettre dans son CV qu'elle a aidé une aveugle à réaliser le rêve de sa vie.

– Clairement pas si débile que ça, commente Trish avec un sourire dans la voix.

Ça pourrait même être un vrai sourire, pas le genre *Dents de la mer*, mais ce n'est pas demain que je baisserai ma garde.

– Tu ne peux pas lui faire confiance, me glisse Sarah.

– Elle ne me laisserait pas foncer dans un truc, encore moins avec des gens partout autour en permanence. Pas vrai, Trish ?

– T'as tout bon. Alors, tu décides quoi ?

Pourquoi pas ? Un guide ne sert qu'à éviter les obstacles, et d'ailleurs, ce genre de douleur-là ne me fait pas peur. Je n'ai pas besoin d'une sainte ; juste de quelqu'un de motivé et, surtout, de rapide.

– Parker ? me relance Trish.

Je tends la main.

– Tu peux m'appeler BA. La signification restera notre petit secret.

Elle rit et me serre la main.

– On se voit ce soir après les cours.

Après son départ, je demande à Sarah :

– Ce rire était-il l'expression d'un début de respect, ou elle levait les yeux au ciel parce qu'elle me prend vraiment pour une débile ?

– Ça changerait quoi ?

– Strictement rien. Juste histoire de parler.

Après les cours, Molly m'accompagne jusqu'à mon casier, puis va bouquiner sur les gradins plutôt que de traîner dans la salle de cours de sa mère. Dans notre nouveau programme, elle fait ce qu'elle veut pendant l'heure que je passe au stade, puis on travaille à la bibli en gardant les maths pour la fin, histoire de laisser à Kent le temps de nous rejoindre après l'entraînement de foot.

Je vais prendre une tenue de course dans le bureau du prof et je l'essaie. Le short et le maillot sont un peu trop moulants à mon goût, mais ça ira. Si je dois sprinter devant des spectateurs, autant ne pas le faire dans ma tenue trop large et inadaptée.

– Parker, c'est moi, je suis là.

– Où ? Qui ça ?

Je tourne la tête dans tous les sens comme si je cherchais à localiser sa voix.

– C'est moi, Trish. Sur ta droite. Je veux dire ta gauche. Ta gauche !

– Ah, parfait, merci de m'avoir avertie. C'est pas comme si je pouvais reconnaître ta voix ni savoir d'où elle vient.

– Mais quelle pétasse ! Je crois que je vais vraiment t'appeler BB.

– Eh oui, les rumeurs disaient vrai. Bon, la meilleure technique pour ne pas perdre de temps, c'est que je te tienne le bras. En plus, ma canne est à moitié bousillée. Sauf si tu as peur que les gens nous prennent pour un couple.

– Espère toujours.

Tandis qu'on se dirige vers le stade, je garde mon bras libre légèrement en avant pour éviter qu'elle ne m'envoie cogner contre un mur ou un poteau. Tout se passe bien, mais je ne vais pas en tirer des conclusions hâtives.

Pendant qu'on fait nos étirements, Underhill nous explique qu'on doit y aller petit à petit, s'habituer d'abord à marcher ensemble avant de passer au jogging, et accélérer progressivement une fois qu'on se sentira à l'aise. Moi qui croyais qu'on allait partir en sprint tout de suite et aborder l'utilisation des starting-blocks… J'ai bien fait de le laisser parler en premier.

Sur son conseil, on commence par faire un tour de stade en se tenant par la main. J'entends des voix, du mouvement, des pas autour de moi, et le cliquetis métallique des équipements venant de ceux qui s'entraînent sur le stade. À mi-chemin de la deuxième longueur, il y a une flaque assez grosse pour nous éclabousser, qui, d'après Trish, provient d'une tête d'arrosage cassée. Je note l'information à titre de galère potentielle, mais le revêtement synthétique reste rugueux même quand il est mouillé, et je ne suis pas vraiment inquiète.

Après un tour complet, on part en jogging. Je m'attendais à ce qu'on ait plus de mal à coordonner les mouvements de nos bras et de nos jambes. En revanche, je ne parviens pas très bien à distinguer les secousses servant à éviter les tamponnages des signaux délibérés de Trish pour me guider. Au bout de quelques longueurs, on commence à échanger des informations pour que je n'aie plus à me poser la question. On ne met pas longtemps à être étonnamment en phase, même si mes chaussettes sont trempées.

Scott se joint à nous le temps d'une longueur, mais c'est un peu bizarre parce que Trish n'arrête pas de nous interrompre par des indications de directions, ce qui nous empêche de mener une conversation normale. Finalement, il décide de nous laisser continuer tranquilles et il décroche. Cette parenthèse me donne l'impression qu'il regrette de ne pas être à la place de Trish. Mais peut-être que je rêve.

Après son départ, Trish me déclare :

– Je te jure que si tu lui fais encore du mal, je te lâche. Tu n'auras plus qu'à courir avec Patricia la limace.

– Jason t'a raconté ? Je veux dire, toute l'histoire ?

– Ouais, toute l'histoire. C'est des conneries, tout ça. Enfin, franchement, vous étiez en quatrième ! Pas de quoi en faire un drame !

Je ne réponds pas. Je me demande si elle aurait eu la même réaction à treize ans. Sans doute. C'est sûrement moi qui suis parano. Je demande :

– Tu tiens à lui ?

– Tout le monde tient à Scott.

– Tu vois très bien ce que je veux dire.

– Oh. Non, pas dans ce sens-là.

– T'es sûre ?

– Quoi ? Parce que toi, t'es accro, il faudrait que tout le monde le soit ?

– Non, je trouve juste qu'il faut être très attaché à quelqu'un pour me tomber dessus comme tu l'as fait.

– Je défends ceux qui ne savent pas se défendre tout seuls.

– T'es sûre ?

– T'es un perroquet ou quoi ? Scotty est super, mais j'ai besoin d'un mec qui tienne le choc. Je ne veux pas avoir à le défendre, justement.

– Il tient le choc, crois-moi.

– Comme ça, on sait pourquoi tu craques pour lui et pas moi.

Je ris. Elle, non.

– Je suis sérieuse, reprend-elle. Si tu recommences à déconner avec lui, on arrête tout.

Je lui laisse le dernier mot ; si c'est ce qu'elle veut. Après deux autres longueurs, Trish doit s'en aller. Elle fait aussi de la course de haies, et son équipe a une réunion qui risque de s'éterniser. Elle me retourne en me tenant par les épaules et me précise avant de partir en petites foulées :

– Tu es en face des casiers.

Je fourre un écouteur dans mon oreille et j'appelle Molly.

– Salut, me dit-elle. Tu sais que je suis assise dans les gradins ? Pile au milieu. Je suis en train de te regarder.

– Tu sais parfaitement que je ne peux pas savoir où tu es. Tu es prête ?

– T'as déjà fini ?

– Pour aujourd'hui, oui. Trish avait un autre truc à faire.

– Tu sais, la flaque dans laquelle tu es passée à chaque fois ?

Je rigole.

– Ouais. Elle me dirigeait dessus, c'est ça ?

– Non, elle t'en *écartait*…

– C'est vrai ?

– Pour pouvoir passer en plein dedans et t'éclabousser un max. Elle a fait tout ce qu'elle a pu pour te tremper comme une souche.

Je recommence à rire.

– Ça ne t'énerve pas ?

– Non, j'espère que ça lui a fait du bien.

– Dans ce cas, tout le monde est gagnant. On n'a pas beaucoup de devoirs, et Stockley en a encore pour un moment à l'entraînement de foot. On n'a qu'à rester un peu au soleil. Je te guide. Tourne un peu sur la gauche.

J'obtempère.

– Encore… C'est bon, tu es en face de moi. Mais il y a des gens sur ton chemin, attends un…

– J'ai une meilleure idée. J'ai trop d'énergie pour aller m'asseoir.

Je glisse mon portable dans la petite poche arrière de mon short pour avoir les mains libres. Je me tourne dans l'autre sens.

– Si j'avance tout droit, là, j'arrive sur la piste ?

– Tourne-toi vers la droite… encore un peu… reviens… Stop.

Je me mets en marche.

– Dis-moi « à gauche » ou « à droite » pour que je tienne le cap, ou s'il y a des gens à contourner, ou… les haies ne sont pas montées, si ?

– Non, il n'y a pas d'obstacles.

Je fais le tour de la piste. Molly me signale « en dedans » ou « en dehors » pour me maintenir dans le couloir, étant donné que ma gauche et ma droite changent tout le temps. Elle me précise aussi « Tout droit » ou « « Virage » quand la direction change, et me fait des commentaires entre les deux puisque que rien ne nous oblige à nous taire. Au bout de deux longueurs, notre technique est au point.

Deux coureurs me dépassent. Apparemment, il n'y a que des gens qui courent, sur cette piste, personne qui marche ou qui reste sur place. Du coup, Molly n'a pas besoin de me guider beaucoup pour que je les évite. Ils s'en chargent eux-mêmes en passant.

– Tout droit… me signale Molly. En dedans… Encore… C'est bon.

Je me mets à courir tranquillement.

– Hé, là, Parker! En dedans… *DEDANS*… Redresse… OK. T'es sûre de… ? *Virage! Dedans, dedans*… dehors… dedans, dedans… t'y es presque… OK, tout droit, maintenant. Dehors, *dehors*… C'est bon. Bon Dieu, Parker… arrête-toi!

Je m'arrête.

– Il y a quoi devant moi?

– Rien! C'est juste que… c'est de la folie! Je ne veux pas que tu te blesses!

– Moi non plus. C'est pour ça que tu me guides!

– C'est carrément dangereux! Ce n'est pas parce que tu as envie de courir que tu dois m'embarquer dans ton délire! Je ne veux pas te planter dans une barrière!

– Ne le fais pas, alors.

– OK. Bon, on s'en va?

– Non, je voulais dire, ne me plante pas dans une barrière.

Je repars en petites foulées.

– Parker !

Je ne réponds pas. Au bout d'une douzaine de foulées effectuées en silence, je dois m'arrêter.

– Molly ?

– À quoi tu joues ?

– Quoi ?

– Il y a des tonnes de trucs que je ne peux pas faire alors que j'en rêverais, Parker. Je me fais une raison. Pourquoi ça ne serait pas pareil pour toi ?

– Je ne vois pas, mais je peux courir. Tout ce qu'il me faut, c'est des indications. C'est comme… comme le slow, tu vois ? Si tu n'as pas de partenaire, on te dit que tu vas en trouver un, pas que tu ne peux pas danser. Si tu ne veux pas être ma partenaire, pas de problème. Je me doute que tu dois t'ennuyer, assise là-haut à me driver. Mais ne me dis pas que je ne peux pas courir.

– Désolée, je… j'ai été surprise. Ça fait bizarre d'être la plus flippée des deux.

– Je t'avais prévenue que je n'étais pas un cadeau.

– J'espère juste que cette histoire de course… que tu cours *vers* quelque chose, et pas pour fuir.

– Bah, même les plus sages ne peuvent le dire.

– Ce n'est pas dans *Le Seigneur des anneaux*, ça ?

– D'où qu'elle vienne, la vérité reste la vérité. Bon, je crois que ça ira pour aujourd'hui. Je dois changer de chaussettes. Tu me ramènes aux vestiaires ?

– OK, laisse-moi juste le temps de descendre. Tu comptes me refaire le coup demain ?

– Je ne peux pas te forcer. Avec un peu de chance, Trish pourra rester pendant tout l'entraînement. Dans le cas contraire… je soussignée, Parker Grant, alias l'Allumée du bocal, décharge Molly Ray de toute responsabilité en cas de collision ou autre catastrophe qui pourrait résulter d'une course à l'aveugle sous son guidage. Ça te va, là ?

Elle raccroche.

J'entends sa voix à quelques mètres, qui se rapproche.

– J'imagine que c'est tout ce que je peux espérer.

⠞⠗⠑⠝⠞⠑

TRENTE

Les jours qui suivent passent dans un brouillard indifférencié de cours, de déjeuners et d'heures à la bibli, sans nouveau patient aux Heures de consultation. Je cours au stade Gunther à mon horaire habituel, mais j'ai avancé mon réveil et je fais mes étirements dans ma chambre, pour entendre passer Scott et Jason. Scott et moi, on se parle vite fait en cours de maths et à l'entraînement sur la piste. Trish s'obstine à assister à toutes nos conversations, comme si elle était mon chaperon, ou plutôt celui de Scott.

Le vendredi soir, Molly m'accompagne aux vestiaires, bien que j'aie reçu mes deux nouvelles cannes hier. Elle va s'asseoir sur les gradins pendant que je me change. Trish arrive et on gagne la piste. Il fait bon, je me sens bourrée d'énergie.

Avec le prof, on a décidé de ne pas s'embêter avec les starting-blocks, ni même avec les sprints, avant une quinzaine de jours. Pour l'instant, on s'habitue tranquillement à ce qu'il appelle la course partagée. Trish et moi, on est passées au niveau supérieur, qui consiste à tenir chacune l'extrémité d'une boucle de lacet au lieu de se tenir la main. Techniquement, on n'a pas besoin d'un lien aussi court pour le jogging, mais comme le sprint exige une parfaite synchronisation, on s'entraîne à courir en rythme au coude à coude. Je commence à bien sentir le tracé. Il est évident que je ne pourrai jamais le suivre seule – compter les pas ne me permettra jamais de négocier les courbes –, mais mon corps assimile la configuration, et le jogging avec Trish est chaque jour plus facile.

Elle n'a pas de course de haies aujourd'hui, ni de mille mètres, son autre distance. Du coup, on peut continuer aussi longtemps qu'on en a envie. Mauvaise nouvelle pour elle. Je pourrais courir comme ça sans jamais m'arrêter.

Au bout de douze tours, je lui demande :

– Prête pour courir ?

– On fait quoi, là ?

Je ris.

– On s'échauffe !

On a dû parcourir entre quatre et cinq kilomètres – je n'ai pas tenu le compte –, ce qui est bien plus long que ses distances habituelles. Mais j'imagine qu'à cette vitesse, elle a encore des réserves.

– Moi, je ne suis que le gouvernail, me répond-elle d'un ton déterminé. Le moteur, c'est toi.

J'accélère, doucement, pour ne pas casser notre rythme. Passé le virage, je pousse jusqu'au bout de la ligne droite. Après le virage suivant, je passe au cran au-dessus.

Ah, ça, ça s'appelle courir ! Pas ma vitesse de sprint, mais une vraie bonne allure.

Le virage d'après est plus délicat, parce qu'on le prend différemment selon la vitesse et qu'on n'est pas habituées à celle-ci…

– Annie ! lance Trish. Annie, décale-toi !

Je continue, confiante dans le fait que Trish nous arrêtera si on ne peut pas contourner les gens en douceur ou s'ils ne s'écartent pas de notre chemin.

On est de nouveau sur la ligne droite. Je donne un coup d'accélérateur.

– Gary ! hurle Trish. Attention à gauche !

J'entends le sifflement d'un mégaphone qui s'allume. La voix d'Underhill explose dans le stade :

– Que tout le monde dégage les couloirs trois et quatre ! Ce n'est pas à Oberlander de faire tout le boulot ! Elle a déjà de quoi s'occuper.

Avec moi.

J'entends un gars souffler : « J'y crois pas ! » sur notre passage – peut-être le fameux Gary –, et Trish m'entraîne dans le virage.

Trish a atteint sa limite de foulées par seconde. Je le sais parce que dès que j'essaie de pousser un peu, on se désynchronise et je dois ralentir. Une chance qu'elle soit sur ma gauche, vers l'intérieur, pour pouvoir me tirer et non me pousser avec la cordelette dans les virages. Du coup, sa distance est légèrement plus courte que la mienne, ce qui compense. On n'a pas à se préoccuper des virages dans les sprints, qui ne se courent qu'en ligne droite. Mais savoir les négocier nous habitue à rester ensemble dans des conditions tendues.

– Écartez-vous encore ! crie Trish d'une voix rauque.

Elle ne me laissera jamais la dépasser, même si elle doit en crever.

J'ai compris qu'elle essayait de me maintenir dans les couloirs dégagés par le prof, ce qui est plus compliqué que de prendre les virages. Dans la courbe suivante, je me désynchronise de nouveau et je trébuche – rien de grave, mais je tire sur la cordelette. Trish ne dévie pas. Je retrouve mon équilibre, et ça repart.

On est parfaitement au point.

Je *cours* sur une *piste !*

Je *tourne !* Je viens de courir sans interruption plus longtemps que je ne l'ai jamais fait.

– Parker ! halète Trish. On doit… s'arrêter…

– Qu'est-ce qu'il y a ?

Elle ralentit et je me cale sur son rythme. On s'arrête.

– Youhouuu, Parker ! me lance Molly depuis les gradins.

Deux ou trois personnes applaudissent brièvement.

– Tu t'es fait mal ?

Elle s'est peut-être fait un claquage.

– Non, j'ai juste... besoin... d'une pause...

Une fois sûre qu'elle va bien, je la serre contre moi et je la soulève de terre. Elle s'agrippe à moi pour ne pas tomber. Je la repose en lui murmurant à l'oreille :

– Merci.

– Merci pour quoi ?

Comment lui expliquer combien c'est génial ? De pouvoir courir aussi longtemps sans devoir m'arrêter tous les cent mètres pour me réorienter avant de repartir !

– De courir avec moi, dis-je. Tu as besoin de t'asseoir ?

– Non. Enfin, si... Enfin... je dois aller aux toilettes.

J'éclate de rire.

– Oh, pardon ! Vas-y ! Tu sais où me retrouver.

– J'en ai pour... une minute. Enfin, peut-être... un peu plus.

Elle s'éloigne et j'enroule la cordelette autour de mon poignet. Je sors mon portable de ma poche, juste le temps de mettre mes écouteurs pour appeler Molly. Elle décroche.

– Prête ?

– Elle est partie où, Trish ? Je croyais qu'elle était libre le vendredi.

– Pause pipi. Mais je n'ai pas envie de me refroidir. Tu me guides ?

– Oh, au secours. Je croyais que je serais tranquille, aujourd'hui.

– Qu'est-ce qui t'a fait croire ça ?

– Ma stupidité. Mais elle a des limites. Je sais que ce n'est pas pour rester échauffée. Tu veux juste courir plus vite que Trish. C'est n'importe quoi.

– Je n'y avais pas pensé… mais maintenant que tu le dis…

– Super.

– La piste se présente comment ?

– Les coureurs sont tous concentrés dans les couloirs intérieurs.

– Pas de risques à l'extérieur ? Pas d'équipement ni rien ?

– Non, pas aujourd'hui.

– Prête ?

– Tu sais que tu as mis ton foulard avec des étoiles ? Ben tu vas bientôt en voir pour de vrai si tu fonces dans une barrière.

– Tu peux me donner d'autres indications que les courbes, non ? Dis-moi de ralentir ou de m'arrêter si je m'approche trop d'un truc.

– Bon, OK. C'est parti pour le grand n'importe quoi.

Molly me fait pivoter jusqu'à ce que je me trouve face à la piste. J'ai prévu de parcourir la première ligne droite à petite vitesse, pour prendre le pli avec elle.

Dans le premier virage, j'entends une voix inconnue lancer sur mon passage :

– Mais qu'est-ce qu'elle fabrique ?

À mi-chemin de la deuxième ligne droite, j'entends de nouveau quelques commentaires, que je décide d'ignorer. J'ai envie d'accélérer, mais je ne sais pas si Molly est capable de m'éviter une sortie de piste. J'accélère doucement pour voir jusqu'où elle peut suivre.

Dans la deuxième courbe, je ne peux plus faire abstraction de ce qui se passe autour de moi. J'entends tout un ramdam, des gens qui s'interpellent en criant, mais personne ne me dit d'arrêter. La voix de Molly reste calme et posée dans mon oreille :

– Dedans… dedans… tout droit… dehors… OK, c'est bon…

Je continue… plus vite… encore plus vite…

J'entends de nouveau le chuintement du mégaphone :

– Grant ! Qu'est-ce que…

Puis la voix du prof reprend, affaiblie, comme s'il s'était détourné de l'engin :

– Mais comment elle arrive à faire ça ?

Plus vite. Je me penche dans la courbe, reliant mes jambes à la voix de Molly.

– Dedans… dedans… OK… dedans… *dehors*… dedans… C'est bon, tout droit.

– Tout le monde dégage de la piste ! braille le prof dans le mégaphone. Faites-lui de la place !

– Si la piste… est libre… crié-je à Molly en espérant que

mon micro, secoué dans tous les sens, va capter ma voix, déplace-moi… vers les couloirs centraux…

– Tu as toute la place que tu veux. Continue comme ça, tu te déplaces vers le centre, là. OK… un peu en dehors… dehors. Là, c'est bien. Tu arrives dans la courbe…

Maintenant que je sais que j'ai toute la piste pour moi et que je me trouve bien au milieu, je peux accélérer. En sortant du virage, je pousse encore.

La vache, quelle éclate ! Pouvoir courir sans devoir m'arrêter toutes les dix secondes ! Est-ce que les gens cent pour cent opérationnels connaissent cette sensation ? Est-ce que j'aurais pu un jour éprouver ça si je n'étais pas aveugle ? Le sentiment d'avoir perdu quelque chose, d'en avoir fait le deuil, et, tout à coup, de le retrouver ?

Ça se corse dans la courbe suivante – c'est difficile parce qu'à cette vitesse, je surcompense quand Molly me fait rectifier. J'essaie de suivre ses instructions de manière plus nuancée, quitte à ce qu'elle soit plus pressante si je ne vire pas assez.

Arrivée dans la ligne droite, je lâche tout. Je vole !

Les gens m'acclament et crient à tue-tête :

– Vas-y, Parker !

Ça vient surtout de ma gauche, du centre du stade, mais aussi de la droite quand je longe les gradins dans les lignes droites.

Je sors d'une courbe et les cris se muent en incantation :

– Par-ker ! Par-KER ! Par-KER !

Je les entends de tous côtés, maintenant, et aussi dans mes écouteurs, répercutés par le micro de Molly...

– *Dehors*... Par-KER ! *Dehors*... Par-KER !... *Dedans*... Par-KER ! PARKER ! *DEDANS DEDANS STOP STOP*...

Mon pied atterrit sur quelque chose qui n'est pas la piste, pas du synthétique, ni de la terre... Je suis complètement sortie de la piste et je fonce à fond sur les gradins.

– *STOP STOP STOP !*

Tout le monde hurle, mais c'est surtout la voix de Molly qui m'explose dans les oreilles tandis que je percute quelqu'un et qu'on s'affale durement...

... mais l'impact est moins violent qu'il aurait pu l'être. Cette collision n'était pas due au hasard ; quelqu'un m'a rattrapée et on est tombés ensemble, moi au-dessus. Mes paumes et mes genoux raclent le sol, ma tête bute contre un torse dur, mais les dégâts sont limités. Je me retrouve allongée par terre, serrée dans des bras puissants.

La voix de Scott me murmure âprement dans l'oreille gauche :

– T'es totalement tarée ou quoi ?

Je fais claquer une bise sur sa joue.

– Oui !

On nous relève, ce qui, en ce qui me concerne, ne s'imposait pas. Je devrais peut-être ajouter une règle sur le fait de laisser les aveugles se relever tout seuls quand ils tombent.

– Tu t'es fait mal ?

La voix du prof s'élève en face de moi, un tiers inquiète, deux tiers franchement en pétard. Je le rassure :

– Rien de cassé.

Je passe la main sur mes éraflures. Ma peau est grumeleuse, mais sèche ; pas de sang pour l'instant.

– Tu ne refais *jamais* ça !

– J'espère bien ! dis-je en riant.

– Je ne te parle pas de la chute ! Mais de courir comme une malade en te faisant guider avec une connerie de portable ! De toute façon, ce ne serait jamais toléré en compétition. C'est non seulement crétin mais complètement inutile.

Et totalement *exaltant* !

– File à la douche. Ça suffira pour aujourd'hui.

– Je l'emmène, dit Scott.

– OK, vas-y. Et vous autres, le spectacle est terminé ! Tout le monde au boulot !

Scott me tire par le bras, vraisemblablement en direction du gymnase. Puis j'entends plein de piétinements, et quelqu'un enfreint la règle numéro deux en se jetant sur moi pour m'étreindre.

– Espèce de malade ! Je suis désolée, Parker ! me dit Molly dans une exclamation étouffée.

– Ben pas moi ! dis-je en me dégageant. Demain même heure ?

– Non mais ça va pas ? s'emporte Scott. À quoi tu jouais, là ? Tu cherchais à frimer devant tes potes ?

– Mais non ! Molly ne…

– Il n'y avait pas que Molly. Tout le monde était là.

– Tout le monde ?

– Sarah…

– Sarah n'est pas là…

– Salut, Parker. Jolie course, me dit Sarah.

– Sarah ? Mais enfin… ?

– Et Faith, me coupe Scott. Et Kennedy et…

– Faith ?

– Présente, me répond-elle de son ton blasé, espérant camoufler son ton tu-viens-de-me-coller-la-trouille-de-ma-vie.

– Et Lila, poursuit Scott. Et… euh… ?

– Sheila Miller. Salut.

– Sheila ? Mais qu'est-ce que vous fichez toutes là ? Vous me regardiez ? Pourquoi vous ne m'avez rien dit ?

– Je leur ai dit qu'elles devraient venir te voir courir, m'explique Molly. Comme tu avais déjà commencé, je n'ai pas pu te prévenir.

– Qu'est-ce qui s'est passé ? me demande Sheila. Qu'est-ce qui t'a fait rater la courbe ?

– Comme tout le monde criait, je n'entendais plus Molly. Alors j'ai foncé dans ce mec, là.

J'agite la main en direction de Scott, qui continue à me remorquer au milieu de cet essaim d'abeilles.

– Comment tu as réussi à te retrouver devant moi, au fait ? demandé-je.

– Il faisait la navette en courant en diagonale en travers de la piste, m'explique Sarah.

– Quoi ?

– C'était évident que ça allait finir comme ça, commente-t-il. Si tu devais te planter, c'était forcément à l'entrée ou à la sortie d'un virage. Ça n'avait rien de compliqué de courir en ligne droite entre ces deux points pour te rattraper en cas de besoin. J'étais sûr que ça arriverait.

– T'es un petit génie, dis-je avec un grand sourire.

Je sens du béton sous mes semelles ; on est presque au gymnase.

– Qui est un petit génie ?

C'est Trish.

– Moi, semble-t-il, répond Scott sèchement. Parce que je suis le seul ici à savoir qu'on ne peut pas laisser cette fille sans surveillance. Tu devrais faire gaffe.

– Qu'est-ce qui s'est passé ? demande-t-elle. Pourquoi il y a tout ce monde ?

Personne ne répond. Pas par des mots, en tout cas.

– C'est pas vrai, Parker… reprend-elle. Je ne suis pas partie plus de cinq minutes. Qu'est-ce que tu as pu faire comme connerie en cinq minutes ?

TRENTE ET UN

Je me change. C'est moins simple que de me doucher le soir chez moi avant de me mettre en pyjama. Trish en fait autant et ressort avant moi. J'appelle Sheila, qui m'attend dans la voiture sur le parking en écoutant un CD. Elle propose de venir me chercher, mais je lui réponds que je l'aurai rejointe avec ma canne dans quelques minutes.

– Parker ! m'appelle Scott alors que je sors du gymnase.

– Ah, t'es toujours là ? Tu fais quoi, ce week-end ?

– Quoi ? J'en sais rien. Écoute… tu ne peux pas continuer comme ça.

– Comme ça comment ?

– À te jeter dans le vide parce que tu sais que je serai toujours là pour te rattraper. Sans moi… On était à trois mètres des gradins, merde ! Tu te serais retrouvée avec une fracture, cette fois-ci. Ou pire. Ça… C'est pas juste !

– Pas juste ?

Je sens monter la colère, mais je suis tiraillée. Il n'est pas content, mais j'entends aussi autre chose. De la peur.

– Tu ne peux pas partir du principe que je serai toujours là pour te protéger. Ce n'est pas mon boulot.

– Je ne savais même pas que tu étais là. Ce n'est pas parce que tu passes devant chez moi tous les matins en faisant ton jogging que j'en déduis que tu me suis partout… C'est pas vrai ! C'est ce que tu fais ?

– Bien sûr que non…

– Tu savais que j'avais cassé ma canne et que je m'étais perdue en rentrant chez moi à pied, cette semaine ? Tu crois que je t'en veux de ne pas avoir volé à mon secours ?

– Non, je ne savais pas…

– Eh non, tu ne savais pas. Je suis comme ça, et ça n'a rien à voir avec toi. Je ne vois pas pourquoi tu stresses autant. C'est pas comme si on était ensemble.

– Ça ne m'empêche pas de m'inquiéter pour toi.

– Je ne comprends pas ce que tu attends de moi. Je te remercie d'avoir été là tout à l'heure, vraiment. Mais tu ne dois pas te sentir obligé de faire quoi que ce soit.

– C'est pourtant le cas.

– Pourquoi ?

Pas de réponse.

– Parce que je suis aveugle ?

– Mais non.

– T'es sûr ? Si un autre aveugle arrivait au lycée, tu ne courrais pas derrière pour le protéger ?

– Je n'en aurais pas besoin… Il y a combien d'aveugles qui courent le cent mètres ?

Je ris, mais pas lui. Il est tellement… comment je pourrais arriver à oublier ce mec ?

– Je m'étais trompée, dis-je, soudain envahie par une sensation de calme bienfaisante. Je t'aimais le mois dernier, et encore avant. Je pensais juste que le Scott que j'aimais n'était pas le vrai Scott, celui que tu t'étais révélé être. Celui-là, je le détestais. Et puis j'ai découvert que c'était le contraire, que celui que je détestais n'était pas le vrai. Toi, le vrai Scott, je t'ai toujours aimé.

Waouh, s'il arrive à s'y retrouver… Comment expliquer ça un peu plus clairement ?

Mon sentiment de sérénité me dissuade d'essayer. Je me contente d'ajouter :

– C'est peut-être compliqué en ce moment, un peu embrouillé, quoi. Mais on doit être capables de démêler tout ça, non ? On est quand même les deux personnes les plus sincères qu'on connaisse, pas vrai ?

– Oui.

– Alors, réponds-moi par oui ou par non. Soit : « Oui, je t'aime, mais… » ; soit : « Non, je ne t'aime pas, mais… » À partir de là, on pourra discuter.

– Ce n'est pas aussi simple.

– C'est à ça que servent les « mais » : à intégrer les trucs compliqués. Il faut bien commencer quelque part.

– C'est précisément le problème. Quand ton père m'a dit de partir, j'étais prêt à attendre, mais je pensais que ça durerait une semaine, ou deux, mettons un mois. Et puis il y a eu les vacances, les mois ont passé, je me suis retrouvé dans un lycée où je ne te croisais plus tous les jours et, là, j'ai compris. Tu n'étais pas juste en colère, c'était *fini*. Tu ne reviendrais jamais.

– Je sais… Je suis désolée.

– Je sais que tu l'es. Mais, comme toi, tu t'es construit dans ta tête ce Scott qui t'avait trahie, moi, je me suis construit une Parker capable de jeter toute notre histoire et notre amitié à la poubelle en un claquement de doigts et… et à disparaître sans un mot.

Je me mets à pleurer. Sans que ça se voie, a priori. Mon foulard absorbe mes larmes et je lutte pour respirer normalement. Pas pour le lui cacher, mais parce que je ne veux pas l'interrompre.

– Est-ce que j'aime cette Parker-là ? Je m'en veux terriblement de l'avoir blessée, mais qu'elle ait pu s'en aller comme ça… Aujourd'hui, tu décides que le méchant Scott qui était dans ta tête n'est plus le vrai, et pouf, il n'existe plus et c'est le vrai moi qui refait surface… Mais…

Il n'a pas envie de formuler la suite. Moi non plus. Mais je me force :

– Mais cette Parker que tu as dans la tête, c'est la vraie moi. Je t'ai vraiment lâché.

Je n'ai pas pu empêcher ma voix de trembler, seulement l'empêcher de trembler encore plus.

– Ouais.

– Je… Je…

Je n'avais que treize ans !

Au secours, je ne vais pas dire *ça*. Il mérite mieux. Mieux que moi. Et ce n'est pas de l'apitoiement, c'est la vérité. La vérité froide et moche. On veut ce qu'il y a de meilleur pour ceux qu'on aime.

Je réussis à ravaler mes sanglots, mais il a dû s'apercevoir que je pleure. Je n'ai rien à dire. Je ne peux même pas répéter que je suis désolée et lui demander pardon. Si n'importe qui d'autre lui avait fait subir ça, je ne voudrais pas qu'il lui pardonne.

– Alors, tu vois… conclut-il, c'est compliqué.

Je hoche la tête en essayant de me retenir de trembler.

Je l'entends qui frotte ses semelles sur le sol.

– Mais on est amis. Tiens, j'ai quelque chose pour toi. Je l'avais fait au collège, juste après qu'on a rompu. Pour te le donner quand tu reviendrais. Ces derniers temps, je le prends souvent avec moi quand j'essaie de réfléchir à tout ça, et… tiens, tends la main.

Je sens quelque chose de léger et de métallique se poser sur ma paume. Avec une épingle. Un badge.

Je ne fais pas assez confiance à ma voix pour lui demander ce qui est écrit dessus, mais presque tout de suite, je sens des bosses sur la surface. Comme s'il les avait gravées sur le métal avec un clou minuscule. C'est du braille.

Avant même d'avoir lu, j'arrête de respirer. De tous mes badges, je n'en ai pas un seul en braille. J'ai collé des étiquettes en braille au dos de chacun pour les reconnaître, mais celui-ci est *écrit* en braille. Comme si c'était le premier qui me soit destiné, à moi et à personne d'autre.

Je promène mes doigts dessus :

voir
n'est pas
croire

Je craque.

Je suis secouée par les sanglots, ni hystérique ni angoissée, juste profondément triste, comme si c'était la fin du monde et que je n'y pouvais rien. Il me prend dans ses bras et j'enfouis le visage dans son cou.

Je mets quelques minutes à me calmer. À un moment, il essaie de me caresser les cheveux, mais ce n'est pas pratique avec mon bandeau. Alors il se contente de me serrer contre lui. Ça dit beaucoup de choses, une étreinte, si on fait un peu attention, et il n'y a rien de réservé dans sa façon de me tenir. Il reste là sans bouger, comme s'il pouvait rester là pour toujours. Moi aussi, je pourrais. Mais je dois le laisser aller. Ce que je finis par faire.

J'ai retrouvé ma voix.

– Tu ne peux pas me faire confiance parce que je ne t'ai pas fait confiance. C'est la plus grosse erreur que j'aie jamais commise. Je ne la referai pas. C'est promis.

– Ouais, me répond-il avec un sourire triste dans la voix. C'est ce qu'on dit…

– Je suis sérieuse. Je peux m'arranger avec le fait que tu ne veuilles plus être avec moi, mais pas avec l'idée que tu ne me feras plus jamais confiance. Je veux te le prouver… Mais je ne sais pas comment.

– Si tu devais me le prouver, ce ne serait pas de la confiance.

– Si. Tu confonds avec la foi. La confiance… La confiance exige des preuves.

Mon cœur martèle ma poitrine et me saute dans la gorge à cause de l'idée qui vient de surgir dans ma tête.

Je recule d'un pas.

– Quelle preuve ? me demande-t-il.

– On est tout seuls ? Je veux dire, vraiment seuls ? Je veux te montrer un truc… que je n'ai jamais montré et que je ne montrerai jamais à personne d'autre.

– Il n'y a personne. Mais je ne veux pas que tu fasses quelque chose que tu ne veux pas…

– Je *veux* le faire. Tu es sûr que personne ne peut nous voir? Sûr et certain?

– Il n'y a personne, je t'assure, mais…

– Chut.

Je lève lentement les mains et, d'un mouvement fluide, j'enlève mon bandeau.

– Parker…

J'essuie les larmes sur mes joues et je baisse les bras.

J'ouvre les yeux. Mes yeux morts, vides, inutiles.

Je me concentre, à l'affût du plus infime signe de réaction de sa part. Je n'entends rien, même pas son souffle. Je crois qu'il retient sa respiration. C'est ce que je fais, moi. Je ne sais pas si je vais recommencer un jour à respirer.

Voilà ce que je déteste *absolument* plus que tout dans le fait d'être aveugle.

– Ils sont bleu-vert, murmure-t-il. Comme la mer.

Il a sa voix de petit ami. J'inspire lentement pour absorber chaque particule de cet instant.

– Je sais qu'ils l'étaient, dis-je.

– Ils le sont toujours. Et ils sont magnifiques.

J'ai un petit rire.

– Ouais, c'est ça.

– Je ne t'ai jamais menti.

Il s'est remis à respirer.

– Je pensais que tu avais plus de cicatrices.

– Les lésions sont surtout internes.

– Vraiment magnifiques.

Je souris.

– J'ai les yeux de ma mère. Le nez de mon père et les yeux de ma mère.

– J'aurais voulu la connaître.

– Moi aussi, j'aurais voulu que tu la connaisses. Tu lui aurais plu.

Silence.

Bon, à part le martèlement dans ma poitrine et mes oreilles, et dans l'air tout autour de nous.

– Alors… ils sont fixés sur quoi ?

Il rit, alors je ris aussi.

– C'est important ? me demande-t-il.

– Non, c'est juste pour savoir. Qu'est-ce qu'ils regardent ?

– Ça dépend. Lequel ?

– Putain, Scott !

Je lui frappe le bras, contente d'avoir visé pile sur son biceps.

– Ils ne regardent rien. Ça n'a pas d'importance. Voir n'est pas croire.

– C'est vrai.

Je souris de nouveau et je lui tends le badge.

– Il est à toi, me dit-il.

– Trouve-lui une bonne place.

Je me concentre sur ses mains qui tâtonnent sur ma veste. Quand il a fini, je renoue mon bandeau « Nuit étoilée » sur mes yeux, lentement, pour repousser le moment de dire ce que je dois dire ensuite…

– Je n'ai pas le droit de te demander quoi que ce soit, mais j'ai vraiment besoin que tu me rendes un service.

– Quoi ?

– Si on ne peut pas être ensemble, il faut que tu arrêtes d'être aussi gentil avec moi.

– Quoi, on est amis…

– Courir cinq kilomètres tous les matins pour passer devant chez moi ? Cavaler sur la piste comme tu l'as fait aujourd'hui ? Si tu as une petite amie, au début, elle va trouver ça mignon que tu veilles sur l'aveugle de service, mais ça ne tardera pas à l'énerver. Il y a des choses qu'on ne fait que pour sa petite amie. Si ce n'est pas ce que je suis, tu dois arrêter.

– Mais…

– C'est dur de te demander ça, parce que je trouve ça génial, plus génial que tout… mais tu me peux pas me dire qu'on ne peut pas être ensemble tout en agissant comme si on l'était. Ou je n'y arriverai pas. Tous ces trucs que tu fais pour moi, sur le coup, ça me fait du bien, mais ensuite (je pose la main sur ma poitrine)… ça me fait mal.

Silence.

Je résiste à la tentation de le meubler par de nouvelles phrases. C'est son tour de parler.

– Je ne dis pas qu'on ne peut pas être ensemble, me répond-il enfin. Je sais juste que ce n'est pas possible tout de suite.

Rien que cela, ça me donne le vertige. Je crois que je vais m'évanouir.

– Bon, je te laisse y réfléchir.

J'ai essayé de prendre mon ton pragmatique, et je suis soulagée d'avoir réussi. Je continue sur ma lancée :

– Mais en attendant, reste assis dans les gradins à manger du pop-corn en me regardant me planter, comme tout le monde. Je vais peut-être me ramasser quelques bleus et une ou deux fractures, mais je n'en mourrai pas.

Il rigole doucement.

– Ça ne peut jamais être simple avec toi.

Je souris.

– Il y a des choses qui ne changent pas.

– J'ai combien de temps ? Pour réfléchir, je veux dire.

– Tant que tu te tiens à distance, tout le temps que tu voudras. Tu vois une longue file de gars qui font la queue, toi ?

Il rit de nouveau.

– Ils devraient.

– Ça, par exemple, ça ne va pas du tout, dis-je en sortant ma canne pour la déplier. La drague et les compliments, c'est pas dans le contrat. Faut que j'y aille. Sheila doit se demander ce que je fabrique.

– Je t'accompagne.

– Non, tu restes là.

– Arrête. J'ai l'habitude de raccompagner des amis à leur voiture. Ça n'a rien d'un traitement spécial.

– J'ai besoin d'une distance de sécurité, OK? (Là, j'ai du mal. Les mots butent.) Je ne veux pas commencer à me faire des idées et espérer que tu vas franchir le pas chaque fois que tu t'approcheras. C'est le service que je te demande. Ne t'approche pas si ce n'est pas assumé. Ou je n'y arriverai pas. S'il te plaît.

Pitié, tu ne vas pas te remettre à pleurer.

– OK. Pas de traitement spécial si ça ne veut rien dire. Promis.

– Merci. Je dois y aller.

Je trouve que je ne m'en suis pas mal tirée – passant sur le mode jovial à la fin, légère, drôle, solide –, mais là, il est temps que j'y aille. Pas par sens du timing, mais parce que ma voix est sur le point de se fêler et que je sens que je vais encore m'effondrer. S'il décide qu'il n'y aura jamais autre chose que de l'amitié entre nous, je sais que je m'en remettrai, mais un jour, plus tard... dans très, très longtemps. Pour l'instant, les larmes ont recommencé à couler sous mon bandeau et j'ai la respiration hachée.

– Au revoir, me lance-t-il tandis que je m'éloigne.

J'agite ma main libre au-dessus de ma tête.

– Ou pas.

TRENTE-DEUX

Samedi matin, je me réveille avant la sonnerie. J'appuie sur le bouton Audio et Stephen Hawking m'annonce qu'il est cinq heures trente-cinq.

Au début, les autres enfants me demandaient comment je savais que j'étais réveillée, puisque je ne pouvais pas ouvrir les yeux et que je n'y voyais rien. Je n'avais pas réalisé à ce moment combien la côte allait être rude.

J'ouvre la fenêtre et je sens la fraîcheur de l'air du dehors, pas très différent des dernières semaines mais un peu plus vif.

J'enfile ma tenue de sport, hachimaki inclus. Je le réserve généralement aux dimanches avec Petey, mais ce matin, je suis clairement d'humeur « Vent divin ».

Je fais mes étirements dans ma chambre, comme j'ai

commencé à le faire ces derniers jours, mais je n'entends pas de pas sur le trottoir. Je rappuie sur le bouton audio. Cinq heures cinquante-trois. J'attends jusqu'à six heures ; toujours rien. Scott respecte notre contrat. Je suis toute seule.

En me dirigeant vers la porte, je me souviens que j'ai laissé ma Carte des étoiles dessus. Je la détache, je la plie et je la jette à la poubelle. Je vais prendre le flacon à pilules qui contient les étoiles dorées dans la commode et je le jette aussi.

Tu sais que c'est parce que je ne veux plus penser à toi comme ça. Tous les soirs, je prenais une étoile dorée dans cette connerie de flacon, et je n'ai jamais réalisé à quel point c'était morbide. Je voyais ça comme une façon de me souvenir, mais c'était comme si j'avais gardé la bouteille de vin que maman a vidée ce soir-là. C'est dingue ce que les gens peuvent être aveugles à ce qui est bon ou mauvais pour eux, à ce qui est vrai ou faux, ou à la différence entre les secrets et ce qu'on ne sait pas encore.

Oh, et pour la règle numéro douze jusqu'à l'infini, celle sur l'absence de deuxième chance, que j'ai ajoutée après ma rupture avec Scott, je l'ai rayée. C'est la première fois que j'en supprime une. D'ailleurs, un nombre infini de règles, ça ne peut pas exister. Ne me demande pas ce que j'avais dans le crâne.

Maintenant, mon cerveau troll s'inquiète des obstacles que je pourrais rencontrer sur le trottoir. Ce qui est stupide, parce que je ne suis jamais posé la question en trois mois, même après avoir frôlé la catastrophe devant chez les Reiche. Mais maintenant que je sais que Scott vérifiait systématiquement, l'idée qu'il ne l'a pas fait ce matin… Merde, papa, pourquoi doit-on vivre avec un troll dans la tête ? Si tu trouves la réponse, préviens-moi… Par l'intermédiaire de mon subconscient, ou d'un rêve… débrouille-toi…

… parce que je ne peux pas continuer à te parler comme ça. Je croyais que c'était une façon de ne pas t'oublier, mais c'est juste un refus de lâcher prise. J'ai besoin de parler à des gens qui peuvent m'entendre et me répondre, rire quand je les rends heureux et m'engueuler quand je me comporte comme une crétine. J'essaie toujours de tout faire par moi-même, mais j'apprends bien plus avec les autres. Et – alerte à l'ironie – ce que je considère globalement comme les preuves de mon indépendance, c'est toi qui me les as apprises. Même si tu es parti bien trop tôt, tu m'en as appris assez pour une vie entière.

Et je n'ai plus peur de ce qui a pu se passer ou pas cette nuit-là. Ça ne change pas d'un iota les seize années de bonheur qui ont précédé, et en particulier les neuf années d'obscurité que tu m'as aidée à traverser. Elles sont bourrées de souvenirs heureux à chérir. Et c'est ce que je fais. Je t'aimerai toujours pour ça, papa.

Je m'arrête en bas de l'escalier. Ça fait une quinzaine de jours que je n'ai pas rêvé de mon père. Ce n'est pas l'idéal comme mode de communication, mais ces rêves sont toujours les bienvenus. J'en ai fini avec mes monologues silencieux mais j'espère le revoir bientôt.

Dehors, je verrouille la porte et je glisse la clé dans ma chaussette. Le trajet continue à me stresser…

Non, je ne vais pas me mettre à avoir peur maintenant. J'ai dit à Scott que ma sécurité relevait de ma responsabilité. Je dois arrêter de réagir bêtement, ou au moins essayer. S'il y a une fourgonnette garée en travers du trottoir devant moi, à moi d'être assez intelligente pour le gérer.

Je pars en petites foulées, le bras gauche tendu devant moi, le coude un peu plié pour épargner mon poignet en cas de choc. Ça devrait me laisser le temps de projeter une épaule en avant et de me protéger la tête avec le bras droit. C'est juste pour faire le chemin ; je ne vais pas courir comme ça au stade. Ce n'est pas très pratique et je vais devoir m'y habituer, mais c'est plus malin. Ou, disons, moins allumé du bocal.

Je fais une pause au croisement. Je n'entends que deux oiseaux qui chantent et je traverse en trottinant, le bras gauche toujours en avant, pour le cas improbable où une voiture se serait garée sur le passage piétons depuis hier sans s'être fait embarquer à la fourrière.

J'arrive à la clôture du stade Gunther, je prends à droite, je la longe sur quatorze pas qui m'amènent au trou dans le grillage, je fais un quart de tour à gauche et je le franchis, sans frôler les bordures, comme toujours.

Clic.

Je m'immobilise.

À l'autre bout du stade, j'entends démarrer la BO de *Grease.*

Cette fois, il ne l'a pas mise sur *repeat* avant d'aller m'attendre ailleurs avec son portable. Il vient juste d'enclencher la musique.

Je souris jusqu'aux oreilles. J'essaie d'arrêter, puis j'arrête d'essayer. Pourquoi me retenir de sourire ? Je repense à ce qui s'est passé d'autre la première fois. Et même si c'est beaucoup espérer aussi rapidement, au moins, je n'aurai jamais été aussi en sécurité au stade Gunther qu'aujourd'hui avec Scott.

La question est : est-ce que je cours, comme d'habitude, ou est-ce que je le rejoins en marchant, genre en la jouant cool ?

Hé, on parle de Parker Grant, là ! Cerveau troll, tais-toi. Je pars en petites foulées… j'accélère… je sprinte…

Je me demande quelle vitesse je peux atteindre. Ma vitesse maximale.

Je devrais bientôt le savoir.

REMERCIEMENTS

Merci à la géniale Jennifer Weltz, mon agent littéraire, pour sa patience et son calme, et pour ne m'avoir jamais *rien* laissé passer. Et à Tara Hart pour m'avoir aidé à régler les myriades de détails qui posaient problème.

Merci à Pam Gruber, mon éditrice chez Little, Brown Books for Young Readers, pour avoir tout de suite compris Parker et m'avoir aidé à améliorer mon histoire. À Barbara Bakowski, relectrice en chef, Annie McDonnell, responsable éditoriale, Ashley Mason, relectrice, et Joanna Kremer, correctrice, pour m'avoir aidé à améliorer mon récit sans altérer la voix de Parker. À Liz Casal, pour sa superbe conception de maquette. À Alvina Ling, Farrin Jacobs, Shawn Foster, Victoria Stapleton, Kristin Dulaney et Leslie Shumate, pour leurs éloges et leurs encouragements tout au long de ce parcours exaltant ; et aux champions Megan Tingley, Andrew Smith, Dave Epstein, ainsi qu'à toutes les autres stars de chez Little, Brown Books for Young Readers que je n'ai pas encore rencontrées et qui ont choisi de croire en Parker Grant.

Merci à Saralyn Borboa, présidente du comité littéraire de la *National Braille Association*, pour ses conseils avisés, ainsi qu'à ses assistants Bonifacio Lucio, Jo Elizabeth Pinto et Marilyn Breedlove.

Merci à Jon Horsley, pour m'avoir montré par l'exemple les vertus de la persévérance et de l'attention portée à l'intrigue et aux personnages ; à Andrew Trapani, pour m'avoir présenté l'agent parfait ; et à Suzanne Pertsch, pour m'avoir ouvert la porte sur un autre mode de pensée, qui m'a conduit là où je m'épanouis aujourd'hui.

Merci à Frederick Hampton d'être ma Sarah Gunderson (ou de me permettre d'être la sienne, selon les jours) depuis nos treize ans. Si je devais classer tout ce qui a contribué dans ma vie à mon développement en tant qu'écrivain, Frederick, tu serais en haut de la liste.

Merci à Susan, pour son amour, son soutien et son encouragement inconditionnels ; à Shannon (hello, Sunshine !), et à Rachel (ma conseillère particulière), pour m'avoir montré ce que le monde devrait devenir ; à Jake (mon héros personnel) et à James (et non Petey… enfin, peut-être un peu…), pour m'avoir fait croire que ça pouvait venir bientôt ; à ma mère, qui y a toujours cru, et à toi, papa, pour des raisons bien trop nombreuses pour être énumérées, qui remontent à mes souvenirs les plus lointains.

Et merci à vous d'avoir lu l'histoire de Parker. Je vous suis infiniment reconnaissant pour le temps que vous avez choisi de passer en sa compagnie.

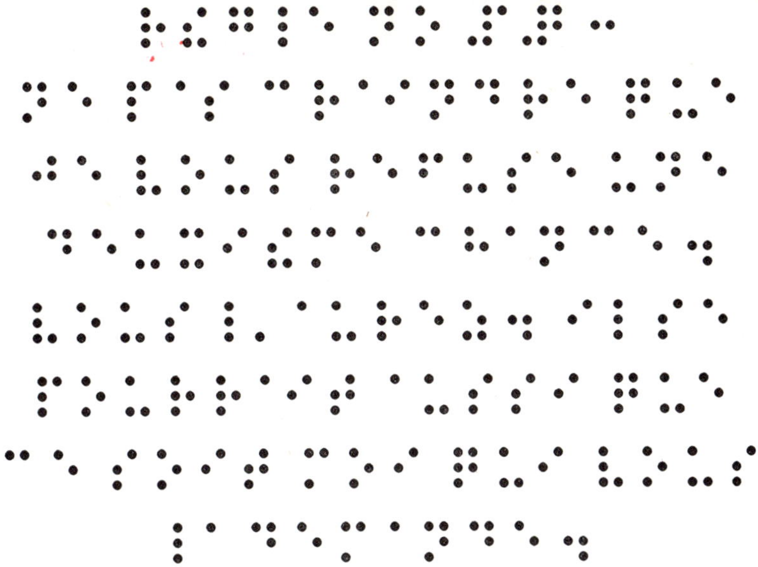

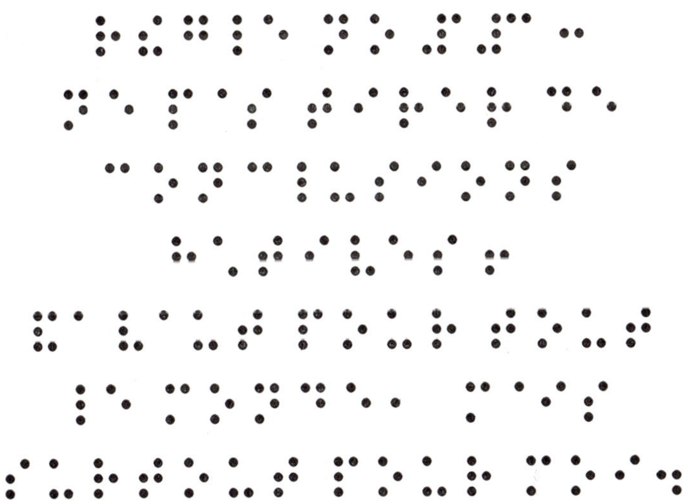

ENVIE DE DÉCOUVRIR
DES EXTRAITS D'AUTRES ROMANS ?
ENVIE DE PARTAGER
VOS AVIS SUR VOS LECTURES PRÉFÉRÉES ?
ENVIE DE GAGNER DES ROMANS EN EXCLUSIVITÉ ?
REJOIGNEZ-NOUS SUR

www.lireenlive.com

ET SUIVEZ EN DIRECT L'ACTUALITÉ
DES ROMANS NATHAN

N° éditeur : 10217014
Imprimé en mai 2016 par Brodard et Taupin (72200 La Flèche, Sarthe, France)
N° d'impression : 3015353